LIEBE JENSEITS DER TRÄUME

EIN-SCHOTTISCHER ZEITREISE-ROMANZE

BETHANY CLAIRE

Englischer Herausgeber: Jonathan Baker

Deutsche Übersetzerin: Anja Möst

Deutsche Lektorin: Nicole Wszalek

Cover entworfen von Damonza

E-Book ISBN: 978-1-970110-36-4

E-Book ISBN: 978-1-970110-34-0

Taschenbuch ISBN: 978-1-970110-50-0

http://www.bethanyclaire.com

KAPITEL 1

Festung Cagair – Gegenwart

Die Augen sind der wichtigste Teil eines jeden Porträts. Den Leuten fällt es vielleicht nicht auf, wenn man das Kinn verpfuscht oder die Nase nicht richtig geformt ist, aber sie werden es immer bemerken, wenn man die Augen falsch malt.

Das hatte mir meine allererste Kunstlehrerin beigebracht – eine exzentrische alte Frau mit einem leichten Messie-Problem, die meine Eltern eingestellt hatten, um mich zu unterrichten, als ich gerade mal acht Jahre alt war. Ich mochte es nie, wenn so viel Druck auf mein Kunstwerk ausgeübt wurde, also malte ich Landschaften, abstrakte Bilder und alles, bei dem ich nicht das Abbild einer anderen Person mit Farbe und Pinsel darstellen musste.

Außerdem hatte ich kein wirkliches Talent für Porträts, zumindest glaubte ich das, aber der Anblick des Fremden vor mir belehrte mich eines Besseren. Natürlich war ich mir nicht sicher, ob Talent irgendetwas mit der Art und Weise zu tun hatte, wie dieses Bild entstanden war. Das Bild des Fremden hatte sich so sehr in mein Gedächtnis eingebrannt, dass ich ihn genauso gut hätte malen können, selbst wenn ich noch nie in meinem Leben einen Pinsel in der Hand gehabt hätte.

Dieser Mann – mit seinen dunklen Haaren und seinen blauen Augen, die aussahen, als wären sie aus buntem Glas – war das Schönste, was ich je geschaffen hatte. Ich wünschte mir nichts sehnlicher, als ihn aus der Leinwand zu holen und in mein Schlafzimmer zu bringen.

Vielleicht würde er aufhören, mich in meinen Träumen zu verfolgen, jetzt, wo ich ihn als etwas verewigt hatte, das über meine Nachtruhe hinausging.

Jetzt musste ich nur noch meine Signatur anbringen, dann wäre das Bild fertig und ich könnte vielleicht, aber nur vielleicht, eine Nacht schlafen, ohne dass er in jeden Winkel meines Geistes eindrang.

»Du wirst bald keine Socken mehr haben, wenn er so weitermacht.«

Erst als ich Aidens Stimme hinter mir ertönte, wurde ich auf die kleinen Zähne aufmerksam, die an meinem großen Zeh zerrten, als Toby an meiner Socke zog, um mich vom Hocker zu reißen. Nach dem letzten Strich legte ich den Pinsel ab und beugte mich hinunter, um den Welpen in meine Arme zu nehmen, bevor ich mich zu ihm umdrehte.

Aiden stand groß und schlaksig in der Tür, sein freundliches Lächeln war ein willkommener Anblick nach den Stunden, die ich allein im Turm verbracht hatte. Normalerweise war er mit Sägespänen bedeckt, aber er hatte sich gut herausgeputzt. Sein langes blondes Haar hatte er zu einem kleinen Pferdeschwanz zusammengebunden und seine nackten Zehen ragten unter dem Saum seiner Jeans hervor. Er hatte sein ganzes Leben in

Schottland verbracht, aber auf den ersten Blick hätte man schwören können, er wäre ein gebürtiger Kalifornier.

»Ich habe jetzt schon keine mehr. Ich bin mir ziemlich sicher, dass jedes andere Paar bereits ein Loch hat. Ich sollte wirklich anfangen, Schuhe zu tragen. Ich hasse sie einfach so sehr.«

Aiden lachte und kam herüber, um Toby hinter den Ohren zu kraulen, bevor er auf das Bild zeigte. »Ich auch. Ist das dein Freund?«

Ich stand auf und stellte mich neben Aiden, wobei ich Toby auf dem Boden absetzte.

»Nein, das ist leider nicht mein Freund.«

Aiden verschränkte die Arme und legte den Kopf schief, während er mich schelmisch angrinste. »Dann zeigst du ihm das besser nicht.«

Ich lachte und schlug ihm spielerisch auf den Arm. »Aiden, ich habe keinen Freund. Meinst du nicht, wenn ich einen hätte, hättest du schon längst davon erfahren? Wir haben in den letzten sechs Monaten so gut wie jeden Tag zusammen verbracht.«

»Falsche Antwort.«

Meine Verwirrung wuchs mit jedem neuen Wort. »Wovon redest du?«

»Gillian, ich wusste, dass du keinen Freund hast, oder zumindest dachte ich nicht, dass du einen hast. Wenn du einen hättest, würde ich sagen, dass er ein Arschloch ist, denn du hast ihn die letzten sechs Monate nicht mehr gesehen. Billy hat mich gefragt, ob du einen hast. Ich habe ja gesagt, um dir den Ärger zu ersparen, damit er nicht versucht, dich zu umgarnen.«

Ich hob Toby wieder hoch und übergab ihn Aidan, dann machte ich mich daran, mein Chaos zu beseitigen.

»Mich umgarnen? Billy hat noch keine drei Worte zu mir gesagt. Ich kann mir nicht vorstellen, dass er jemals den Mut dazu aufbringen würde.«

»Oh, du würdest dich wundern. Ein oder zwei Drinks und er kaut dir das Ohr ab. Du würdest es nicht mögen. Vertrau mir.«

»Oh, das tue ich. Was machst du denn hier oben? Bist du für heute schon fertig?«

»Ja, ich habe alle Männer nach Hause geschickt. Anne hat ein besonderes Wochenende für unseren Jahrestag geplant. Wir werden nicht da sein, aber ich habe mein Handy dabei, falls du oder Tracy mich braucht.«

»Ich habe seit drei Monaten nichts mehr von Tracy gehört. Ich wäre schockiert, wenn du dieses Wochenende von ihr hören würdest.«

Meine Schwester Tracy brauchte niemanden außer ihrem Mann Mark. Und selbst er war ihr nicht sonderlich wichtig. Zumindest wusste ich, wie ihre Entscheidung ausfallen würde, wenn sie zwischen ihm und seinen Bankkonten wählen müsste.

»Ja, ich erwarte nicht, dass sie sich meldet, aber wenn sie es versucht, habe ich mein Handy dabei.« Er gestikulierte in Richtung des Porträts. »Ist das ein Auftragsgemälde?«

»Nein.« Ich biss mir auf die Lippe, als ich mit dem Putzen aufhörte und nach meinem dünnsten Pinsel griff, um ihn in schwarze Farbe zu tauchen und schnell meine Unterschrift an den unteren Rand zu setzen. »Das hier ist nur für mich.«

»Nur für dich, was?« Er zog eine Augenbraue hoch und nickte neckisch.

Ich lachte und machte mich wieder daran, meine Pinsel zu reinigen, ohne ihn zu beachten.

»Warum hast du diesen Mann gemalt? Kennst du ihn?«

Ich schüttelte den Kopf. »Nein, ich kenne ihn nicht. Ich bin mir nicht einmal sicher, ob es ihn wirklich gibt. Das ist das Seltsame. Jede Nacht, und ich meine jede einzelne Nacht seit ich hier bin, habe ich von ihm geträumt.«

Aidens Augen weiteten sich, und er nickte wissend mit dem Kopf. »Ist das so? Du weißt, dass diese Burg eine lange Vorgeschichte hat. Vielleicht ist er einer der Geister, die in diesen Gemäuern umherstreifen.«

Ich zuckte mit den Schultern. »Vielleicht, aber ich bin schon seit Monaten hier und habe noch keine Geister gesehen.«

»Ich auch nicht, aber es sind auch noch andere Dinge passiert. Die Mädchen, denen die Burg gehört hat, bevor deine Schwester sie gekauft hat, sind einen Monat nach dem Kauf verschwunden, und das ist nicht die einzige seltsame Begebenheit, die sich hier zugetragen hat.«

Ich hörte zum ersten Mal davon, aber es war eine Erklärung, warum Tracy die Burg überhaupt gekauft hatte. »Na ja, deshalb hat Tracy die Burg wahrscheinlich auch gekauft. Sie liebt solche Dinge – alles, was nach Abenteuer schreit. Allerdings liebt sie nie etwas so sehr, dass sie dabei bleibt, deshalb bin ich hier, um dich und Toby im Auge zu behalten.«

Aiden zeigte auf den Welpen, der jetzt tief und fest in seinen Armen schlief.

»Es wird dir schwer fallen, ihn ihr zurückzugeben, wenn sie zurückkommt, nicht wahr?«

»Oh, das wird auf keinen Fall passieren. Sie hatte ihn ganze drei Tage, bevor ich hierher gekommen bin, um auf ihn und die Burg aufzupassen. Er kennt mich viel länger, als er sie kannte. Toby ist jetzt mein Hund.«

Aiden nickte und als er sah, dass ich mit dem Aufräumen

fertig war, ging er auf die Tür zu, bevor wir gemeinsam die Wendeltreppe hinuntergingen.

»Das sollte er auch sein. Ich kenne Tracy schon lange, aber selbst ich kann nicht glauben, wie wenig Zeit sie hier verbracht hat. Sie hat den Großteil der Arbeit nicht genehmigt. Was, wenn ihr nicht gefällt, was ich geleistet habe?«

Meine Schwester und ich waren so verschieden wie Tag und Nacht, aber selbst sie konnte nicht leugnen, wie gut Aiden und seine Männer diesen Ort renoviert hatten. Sie hatten einem Bauwerk wieder Leben eingehaucht, das es schon sehr lange nötig gehabt hatte.

»Das bezweifle ich. Sie will nur, dass du das Gebäude so historisch korrekt wie möglich restaurierst. Du hast mehr als genug Berater, die dir dabei helfen, also bin ich sicher, dass sie sehr zufrieden sein wird. Wie könnte sie das nicht sein? Es ist unglaublich, wie viel du in so kurzer Zeit geschafft hast. Es ist umwerfend.«

»Ich habe es nicht allein geschafft. Ich hatte Hilfe.«

Das hatte er, aber der Rest waren nur angeheuerte Arbeiter, die nur so viele Tage blieben, wie sie für ihre jeweilige Aufgabe brauchten. Aiden hatte alles in die Burg investiert und war sogar mit seiner Frau dorthin gezogen, damit er sich rund um die Uhr der Restaurierung widmen konnte.

»Das mag sein, aber keiner von ihnen hat so hart gearbeitet wie du. Du liebst diesen Ort wirklich. Das sehe ich daran, wie du dich um ihn kümmerst. Genau das hat die Burg seit Jahrhunderten gebraucht.«

»Ja, das tue ich. Und du auch. Tracy sollte einen Ort wie diesen nicht besitzen. Ich weiß, dass sie ihn nicht behalten wird. Wenn ich das Geld hätte, würde ich ihr die Burg sofort abkaufen.«

Natürlich hatte sie vor, sie zu verkaufen. Tracy und Mark blieben nie länger als ein paar Monate an einem Ort. Sein unendlicher Geldvorrat, den er mit einer Art selbstentwickeltem Internetgeschäft erwirtschaftete – ich könnte nicht einmal annähernd beschreiben, was er beruflich machte -, ermöglichte ihnen einen Lebensstil, bei dem sie tun konnten, was sie wollten, wann immer ihnen danach war. Sie nutzten das voll aus und nahmen bei ihren Entscheidungen keine Rücksicht auf andere Menschen oder sonstige Faktoren.

Ich war wirklich verblüfft über Tracys Anruf gewesen, als sie mir mitgeteilt hatte, dass sie diese Burg gekauft hatte, und noch verblüffter war ich, als sie mir drei Wochen später mitteilte, dass sie für etwas, das mit Marks Geschäften zu tun hatte, nach Japan reisen würden. Natürlich wollte sie, dass ich, die Künstlerin, die von überall aus arbeiten konnte, herkam und die Renovierungsarbeiten überwachte.

Tracy mochte keine Verpflichtungen. Sie und Mark besaßen kein Haus. Sie hatten keine Kinder. Soweit ich wusste, hatten sie nicht einmal einen festen Ort, an dem sie ihre Post abholen konnten. Dann kaufte sie plötzlich innerhalb eines Monats eine Burg, adoptierte einen Welpen und übertrug mir beide riesigen Verantwortungen.

Nicht, dass mich das sonderlich gestört hätte. Wie konnte ich mich beschweren, wenn ich die letzten sechs Monate in einer prächtigen Burg mit einem Turm wie aus einem Märchenbuch verbracht hatte und abends mit dem flauschigsten Welpen, den ich je gesehen hatte, kuscheln konnte?

»Du hast recht. Ich bin mir sicher, dass sie nicht die Absicht hat, hier zu bleiben. Aber ihr seid ja alte Freunde. Vielleicht kannst du sie überreden, den Preis zu reduzieren, damit du sie kaufen kannst?«

»Wenn es nur um Tracy ginge, könnte ich sie vielleicht überzeugen, aber Mark hat sein Geld nicht ohne Grund. Er wird keinen Penny weniger akzeptieren, als es wert ist. Es ist eine Schande. Dieses Bauwerk braucht jemanden, der es liebt, hier bleibt und sich darum kümmert – der hier lebt.«

»Ja, das braucht sie.« Ich deutete mit dem Kopf in Richtung Tür. »Gehst du jetzt?«

»Ja, ich dachte, ich komme vorbei und verabschiede mich von dir. Wir sehen uns dann am Montag. Kommst du hier allein zurecht?«

Ich stand mit ihm in der Eingangshalle und sah mir den schönen Steinboden und die sanften Lichter an, die installiert worden waren, um die Burg so zu modernisieren, dass sie auch für zukünftige Generationen nutzbar war. Mir gefiel alles an dieser Burg. Ich würde mehr als zufrieden sein, hier allein zu wohnen. Tatsächlich würde ich jede Minute genießen.

»Auf jeden Fall. Geht ihr zwei nur und habt Spaß.«

KAPITEL 2

Höhlen in der Nähe der Festung Cagair – 1649

Marion war der Meinung, dass die Wellen ihn erschrecken und ihn daran erinnern sollten, wie nahe er dem Tod vor so vielen Monden gekommen war. Das taten sie aber nicht, denn er konnte sich nicht vor etwas fürchten, an das er sich nicht erinnerte. Stattdessen empfand er das Wasser als Balsam für seine wunde Haut und seine Seele – ein Ort, an dem er sich am wohlsten fühlte, in einer Welt, die ihm jetzt so fremd erschien. Seine Arme bewegten sich mit Leichtigkeit, sein Kopf hob und senkte sich, während er die feuchte, salzige Luft einatmete. Er gönnte sich jeden Tag nur wenige Momente im Wasser, und er genoss sie. Denn dort in den Wellen musste er nicht versuchen, sich an alles zu erinnern, was ihm entfallen war.

Er erinnerte sich nicht an seinen Sturz ins Wasser oder an die schlanken, aber starken Arme von Marion, die seinen scheinbar leblosen Körper vom Ufer in ihre Höhle gezogen hatten. Die Tage und Wochen danach waren ein Dunst aus

Schmerzen und wirren Träumen gewesen, aber all das schien jetzt so weit weg.

Seine Knochen waren nun verheilt, seine Haut vernarbt, aber nicht mehr offen, und sein Geist war so vollständig, wie er es sich nur vorstellen konnte. Er konnte sich an nichts mehr erinnern, bevor Marions Hände ihn ans Ufer gezerrt hatten, und der Verlust seiner selbst blieb eine ständige Qual für seinen Verstand.

Was, wenn er Familie oder Freunde hätte, die sich um ihn sorgten, die ihn für tot oder vermisst hielten? Er verabscheute den Gedanken, dass sein gebrochener Geist diejenigen, die er liebte, aber nicht mehr kannte, in einem Zustand endloser Trauer gefangen halten könnte.

Nach dem Schwimmen zog er sich schnell an und machte sich auf den kurzen Weg zu dem Ort, an dem er jeden Tag fischte. Trotz des Verlustes seiner Erinnerungen waren ihm seine Fähigkeiten geblieben. Er konnte Fische in der Hälfte der Zeit fangen, die Marion für dieselbe Aufgabe benötigte. Sie wollten sich an den Felsen treffen, damit er ihr das Fischen beibringen konnte. Er fragte sich, wie sie so lange allein hatte überleben können, denn sie peitschte und schlug auf das Wasser ein wie ein Bär. Er musste bald anfangen, ihr zu helfen. Es würde Zeit brauchen, um ihre Fähigkeiten zu verbessern, und er konnte nicht ewig hierbleiben.

Er lächelte, als er sie sah. Der Wind wehte ihr schwarzes Haar wild und verworren um ihr Gesicht, während sie eine Hand hochhielt, um die Sonne abzuschirmen. Aus dieser Entfernung sah Marion viel jünger aus, als sie es aus der Nähe war. Er konnte nicht umhin, sich zu fragen, wie alt sie wirklich war. Ihre sanften Züge ließen sie jung erscheinen, aber die tiefen Falten in ihrem Gesicht machten sie deutlich älter.

Aber das machte nichts, denn er wusste noch weniger über sie als sie über ihn, und das passte ihnen beiden sehr gut. Das machte die Freundschaft zwischen ihnen so einfach. Er würde ihr für immer dankbar sein, dass sie sein Leben gerettet hatte. Er hoffte nur, dass sie sein Bedürfnis, von hier wegzugehen, verstehen würde.

Er war sich nicht sicher, ob sie ihn sehen konnte, weil die Sonne ihre Augen blendete, aber er wusste, dass sie ihn zumindest hörte, als sie sprach und sich näherte.

»Craig, warum hast du so lange gebraucht? Bist du zur anderen Seite des Ozeans und zurück geschwommen?«

Es gab Momente, kurz und flüchtig, in denen etwas an einer verlorenen Ecke einer Erinnerung zerrte. Jedes Mal, wenn Marion ihn Craig nannte, war das der Fall. Er wusste zwar nicht, wie er hieß, aber er wusste, dass Craig nicht sein Name war. Er musste sich jedes Mal daran erinnern, auf den Namen zu antworten.

»Das ist nicht mein Name, Marion. Und ich habe auch nicht länger gebraucht als sonst. Es ist nur so, dass du normalerweise nicht hier herumstehst und darauf wartest, dass ich fertig werde.«

Marion nickte und stand auf. Er wusste, dass sie bereit war, mit dem Unterricht zu beginnen.

»Das ist wahr, aber sag mir nicht, dass ich dich nicht Craig nennen soll. Bis zu dem Tag, an dem du mir deinen richtigen Namen sagen kannst, werde ich dich so nennen. Denn das bedeutet ›Felsen‹ und es waren die Felsen, von denen du gefallen bist.«

Seit er wieder laufen konnte, betrachtete er die gefährlichen Felsen, die zur Festung Cagair führten, jeden Tag. Er konnte sich nicht vorstellen, wie jemand einen solchen Sturz überleben konnte, aber Marion schwor, dass sie ihn dort zum ersten Mal gesehen hatte – als er von den Felsen gestürzt war, die weit über ihnen lagen, hinein ins Meer, bevor er zu ihren Füßen an Land gespült worden war.

»Bist du bereit, zu lernen, wie man fischt, damit du auch ohne mich genug fangen kannst, um dich zu ernähren?«

Sie sah ihn eindringlich an, verschränkte beide Arme und setzte sich wieder auf die Felsen, bevor sie ihm bedeutete, es ihr gleichzutun. »Nein. Wir werden heute nicht fischen. Komm und setz dich neben mich, Craig.«

»Du musst den Namen nicht absichtlich aussprechen, Marion. Ich weiß, dass du den Namen, den du mir gegeben hast, manchmal sagen musst, um meine Aufmerksamkeit zu erregen, aber du hättest es auch einfach bei ›Komm und setz dich neben mich‹ belassen können. Du hättest ›Craig‹ nicht sagen müssen.«

Sie lächelte und stupste ihn an, als er sich neben sie setzte. »Ja, ich weiß.«

Er wartete, bis sie aufhörte zu lachen, bevor er wieder das Wort ergriff. »Was meinst du damit, dass wir heute nicht fischen werden? Ich habe genug Tage mit dir verbracht, um zu wissen, dass du nicht ohne Essen gehen willst.«

»Du hast recht, ich werde nicht ohne Essen gehen. Ich habe schon drei Fische allein gefangen, und ich habe mich viele Jahre lang selbst ernährt, bevor du aufgetaucht bist. Deine Methode mag besser sein, aber ich finde meine ganz gut.«

»Das mag sein, aber ich möchte sie dir trotzdem beibringen, solange ich noch hier bin.«

»Und was glaubst du, wie lange das sein wird?«

Er zuckte mit den Schultern und hoffte, dass seine Antwort sie nicht verärgern würde. Schuldgefühle überkamen ihn immer, wenn er daran dachte, Marion zu verlassen, aber er konnte nicht bei ihr bleiben. Wenn seine Erinnerungen nicht zurückkehrten, musste er auf jede erdenkliche Weise neu anfangen. Er hatte kein Verlangen nach der Art von Einsamkeit, nach der sich Marion zu sehnen schien.

»Zwei Monde, nicht mehr.«

Ihr Schnauben machte ihn stutzig.

»Zwei Monde? So lange willst du noch bleiben? Ich habe mit dir mehr Zeit verbracht als mit jedem anderen Menschen in den letzten Jahren, und das hat mir nichts ausgemacht. Aber du brauchst keine Zeit und keine Hilfe mehr, um zu heilen. Es ist an der Zeit, dass du dich darauf vorbereitest, mich zu verlassen.«

Es war nicht die Reaktion, die er von ihr erwartet hatte, aber er war erleichtert, dass Marion nicht traurig war, ihn gehen zu lassen. Sie war die einzige Freundin, die er hatte, die einzige Person, die er überhaupt kannte. Er wollte ihr nicht wehtun, aber je mehr er über sie herausfand, desto mehr schien ihm die Einsamkeit der seltsamen, in einer Höhle lebenden Wildlingsfrau zu gefallen.

»Wenn du es für richtig hältst, kann ich morgen früh gehen.«

»Aye, das tue ich. Es ist Zeit, dass sich unsere Wege trennen. Die Nähe zu dir hat Gefühle geweckt, die ich vor langer Zeit für andere hatte. Am besten vergisst man sie.«

Das war die sentimentalste Aussage, die er je von ihr gehört hatte, und er fragte sich, ob er vielleicht schon länger geblieben war, als er hätte bleiben sollen.

»Marion.« Er sah zu ihr hinüber. Die Traurigkeit in ihren Augen machte ihn stutzig. Er griff nach ihrer Hand, bevor er es sich anders überlegte. Sie wich vor ihm zurück, aber er fuhr mit seiner Frage fort. »Warum kommst du nicht mit mir? Um diesen Ort zu verlassen und ein neues Leben anzufangen? Ich weiß nicht, was in deinem Leben passiert ist, dass du diese Einsamkeit suchst, aber du musst nicht ewig hier bleiben. Wir könnten gemeinsam losziehen.«

Sie stemmte sich von den Felsen hoch, bückte sich, um die Fische einzusammeln, die sie selbst gefangen hatte, und wandte sich von ihm ab, bevor sie sprach.

»Nein, das will ich nicht. Du wirst morgen früh alleine losziehen. Klettere heute Nacht auf die Spitze der Felsen und überquere die Brücke ins Dorf, damit du entscheiden kannst, wohin du morgen aufbrechen willst. Ich sehe niemanden in der Nähe der Festung. Du solltest das Gelände unbemerkt durchqueren können.«

Das wusste er bereits. Er hatte viele Abende damit verbracht, auf die Spitze der Insel zu gelangen, auf der die Festung lag, um lange Spaziergänge im Mondlicht zu machen. Bisher hatte er sich noch nicht getraut, die Brücke zum Dorf zu überqueren, aber es schien, als würde Marion ihm heute Abend keine andere Wahl lassen, als genau das zu tun.

Es war an der Zeit, sein Leben noch einmal von vorne zu beginnen.

KAPITEL 3

Festung Cagair – Gegenwart

Ich genoss mein Wochenende mit Toby allein auf der Burg. Aber so sehr ich es auch genoss, bis mittags im Schlafanzug herumzulaufen und täglich mehrere Schaumbäder zu nehmen, war ich dennoch froh, als Aiden, Anne und der Rest des Bautrupps am Montagmorgen zurückkamen.

Als zunächst niemand auftauchte, nahm ich an, dass ihre Reise irgendwie verzögert worden war und Aiden nicht wollte, dass seine Männer ohne ihn mit der Arbeit begannen. Trotz meiner Enttäuschung machte ich mir keine allzu großen Sorgen um sie und ging meiner normalen Alltagsroutine nach.

Ich ging mit Toby spazieren, duschte, zog mich an, frühstückte und malte ziemlich ziellos an einem leeren Stück Leinwand. Ehe ich mich versah, war der Tag verstrichen, wie so oft, wenn ich malte. Erst als Toby die Geduld verlor und seine scharfen, nadelartigen Zähne in meinen Fuß bohrte, um mich zum Spielen zu bewegen, blickte ich auf und sah, dass die Sonne bereits untergegangen war.

Aiden war immer noch nicht da, und diese Erkenntnis beunruhigte mich. Er war nicht die Art von Person, die nicht anrief, wenn Pläne sich änderten.

Um meine Paranoia bezüglich der Angst, dass ihm etwas Schlimmes zugestoßen sein könnte, zu lindern, zog ich Toby von meinem Fuß weg und hob ihn in meine Arme, bevor ich mein Handy herausnahm, um ihn anzurufen. Als er nicht antwortete, hinterließ ich ihm eine kurze Nachricht, bevor ich Toby wieder auf dem Boden absetzte, um das Chaos zu beseitigen, während ich über die möglichen Gründe für seine Abwesenheit nachdachte.

Vielleicht hatten sie beschlossen, ihren Wochenendausflug zu verlängern, oder er hatte sein Handy verloren. Es gab viele logische Möglichkeiten, also beschloss ich, mir erst dann Sorgen zu machen, wenn es absolut notwendig war.

Toby half mir dabei, denn er machte mir immer wieder klar, dass er genug Zeit damit verbracht hatte, darauf zu warten, dass ich meine Arbeit beendete. Ich musste dem kleinen Kerl etwas Anerkennung zollen. Den ganzen Tag über hatte er brav geschlafen oder war vor meinen Füßen herumgehüpft, während ich gearbeitet hatte, aber jetzt, eine Stunde vor Sonnenuntergang, verlangte er, dass wir zumindest ein bisschen an die frische Luft gingen. Ich konnte es ihm nicht verübeln.

Ich blickte auf ihn hinab und lächelte. Nachdem er so viele Monate mit mir verbracht hatte, wusste Toby, dass dieses Heben meiner Mundwinkel das Ende meiner Arbeit bedeutete und dass er nun endlich echte Aufmerksamkeit bekommen würde. Er begann wie ein Verrückter durch den Raum zu rennen, drehte sich im Kreis um meine Füße und schaffte es, mich aus dem Turmzimmer zu treiben.

Der Welpe rannte vor mir die Treppe hinunter und hielt bei jedem Treppenabsatz inne, um darauf zu warten, dass ich ihn einholte. Sobald ich ihn erreichte, rannte er wieder los. Als wir endlich die Treppe hinunter waren, sah ich ihn wie immer an und zeigte mit einem Finger in mehrere Richtungen.

»Wohin geht es heute, Toby? Durch die Vorder- oder durch die Rückseite?«

Toby wusste, dass die Vorderseite einen langen Spaziergang um die Außenanlagen der Burg bedeutete, während die Rückseite Stöckchen-holen bedeutete. Er bellte und rannte in Richtung Eingangstür.

»Dann also ein Spaziergang.«

Ich lachte und hielt vor der Haustür inne, um meine Schuhe anzuziehen, bevor ich nach der Klinke griff. Als ich die Tür aufzog, blickte ich zu Boden und erwartete, dass Toby in vollem Tempo vor mir über die Schwelle flitzen würde. Stattdessen ging er langsam zur Tür hinaus und wedelte mit dem Schwanz, bevor er stehen blieb und an einem Paar winziger Schuhe schnupperte, die direkt vor der Tür standen. Ich war so auf Toby konzentriert gewesen, dass ich den Jungen erst bemerkte, als ich seine Schuhe sah.

»Na, hallo. Hast du geklopft? Das tut mir sehr leid. Ich habe oben gearbeitet und habe dich nicht gehört, falls du geklopft hast. Kann ich dir bei etwas helfen?«

Erst als ich von seinen Schuhen aufblickte und in sein Gesicht sah, bemerkte ich, dass er einen großen Koffer in einer Hand hielt.

»Hallo. Ist es okay, wenn ich reinkomme? Die Tasche ist furchtbar schwer. Ich habe einen Haufen meiner Dinosaurier zum Spielen eingepackt. Zu Hause kann ich nicht so oft mit ihnen spielen, weil die Leute anfangen, Fragen zu stellen, und ich dann nicht weiß, was ich sagen soll.«

Verblüfft lehnte ich meinen Kopf aus dem Türrahmen, um zu sehen, ob er von irgendeiner Aufsichtsperson begleitet wurde. Als ich niemanden sah, trat ich zur Seite und ließ ihn eintreten. Diese Festung war kein Ort, an dem jemand zufällig vorbeikam. Er hatte sich nicht verirrt. Wenn er hier war, gab es einen Grund dafür, aber als ich ihn eintreten sah, hatte ich nicht die geringste Ahnung, was das für ein Grund sein könnte.

Ich versuchte, einen freundlichen Gesichtsausdruck zu bewahren, aber ich spürte, wie ich die Stirn runzelte. Der Junge tat so, als hätte ich seine Ankunft erwarten sollen, dabei war ich in meinem ganzen Leben noch nie so verwirrt gewesen.

»Warum sollte man dich ausfragen, weil du mit deinem Spielzeug spielst? Machen das nicht die meisten Kinder?«

Seine Augen weiteten sich, als hätte ich ihn bei einer Lüge ertappt, und er setzte den Koffer fast sofort wieder ab, bevor er mir seine kleine Hand entgegenstreckte. Er schaute mich mit wunderschönen grünen Augen und durch lange, dunkle Wimpern an. Ich war neidisch, und die entzückenden Sommersprossen auf seinen Wangen machten es auch nicht gerade besser. Dennoch lächelte ich und nahm seine Hand an.

»Siehst du? So einfach ist das. Ich kann gut denken. Das sagen alle, aber manchmal kann ich mit dem ganzen Wahnsinn nicht mithalten und sage etwas, das Fragen aufwirft. Vergiss das mit den Dinosauriern einfach. Mein Name ist Cooper, wir sind hier, um die Burg zu mieten.«

»Ihr seid hier, um die Burg zu mieten?« Instinktiv griff ich nach meinem Handy und ahnte, dass ich eine kurzfristige Nachricht von Tracy vorfinden würde. Es wäre typisch für sie, so etwas zu organisieren, ohne mich zu informieren. Doch die Burg war noch nicht fertig, und obwohl sie sie nicht selbst gesehen hatte, wusste Tracy, dass es noch Monate dauern würde, bis Aidens Bautrupp nicht mehr auf der Burg herumlungern würde, um die Arbeit abzuschließen. Ich konnte mir nicht vorstellen, dass sie die Burg vor der Fertigstellung an Gäste vermieten würde.

»Ähm … ja, bist du nicht Trisha oder Tracy oder Tiffany? Ich weiß es nicht mehr genau, aber ich weiß, dass Tante Jane gesagt hat, sie hätte mit einer Frau gesprochen, deren Name mit einem T beginnt.«

Als hätte sie die Erwähnung des Jungen gehört, surrte mein Handy und Tracys Nummer erschien auf dem Display. Ich wischte über das Display, um abzunehmen, sagte ihr, sie solle kurz warten und wandte mich dann wieder dem Jungen zu.

»Könntest du hier einen Moment stehen bleiben? Das ist Tracy, die Frau, von der du gerade gesprochen hast. Ich bin Gillian, ihre Schwester. Cooper, sind deine Mom und dein Dad hier irgendwo?«

Er nickte und zeigte nach draußen. »O ja. Also, meine Mom und E-o sind da und meine Tante Jane und Onkel Adwen. Sie gehen gerade über die Brücke, wo die Autos uns alle abgesetzt haben. Sie werden bald hier sein.«

»Warum hat euch jemand vor der Brücke abgesetzt? Derjenige hätte auch hierher fahren können.«

»Oh.« Der Junge zuckte mit den Schultern. »Na ja, ich glaube, sie wollten einfach laufen. Ich bin ihnen vorausgelaufen.«

Ich glaubte ihm nicht. Die Worte kamen unbeholfen aus seinem Mund, und er sah unbehaglich und schuldbewusst aus.

»Mit ihrem Gepäck?«

Cooper antwortete nicht. Wäre Tracys kreischende Stimme nicht durch das Handy gedrungen und hätte gefragt, wo ich bliebe, wäre ich einen Schritt nach draußen gegangen, um nach seiner angeblichen Begleitung Ausschau zu halten und ihn weiter auszuquetschen. Stattdessen nickte ich nur und drehte mich um, um die halbe Treppe hinaufzugehen, damit ich in Ruhe mit meiner Schwester sprechen konnte. Als ich so weit genug weg war, um den Jungen noch sehen zu können, aber nicht von ihm gehört zu werden, ohne dass er sich anstrengen musste, sprach ich ins Handy.

»Du hast die Burg vermietet, Tracy? Aiden wird darüber gar nicht erfreut sein. An den meisten Tagen hat er immer noch viele Arbeiter hier und es gibt noch vieles, was sie nicht fertiggestellt haben.«

»O Gillie.« Sie klang wie immer völlig schamlos. Sie merkte nie, wenn sie etwas Unüberlegtes tat. »Aiden weiß es schon. Ich habe vor ein paar Stunden mit Anne gesprochen. Sobald seine Medikamente nachlassen, wird er sicher genauso begeistert sein wie du, wenn du hörst, wie viel sie mir zahlen wollen. Sie fährt ihn jetzt zurück zur Burg. Ich bin sicher, dass du die beiden bald sehen wirst.«

»Medikamente?« Verwirrung durchströmte mich bei ihrer Aussage über Aiden.

»O ja, anscheinend hat Anne ihm ein gemeinsames Urlaubswochenende versprochen, um ihn dazu zu bringen, eine umfangreiche Zahnbehandlung durchführen zu lassen, die er aufgeschoben hat, aber er ist ein großes Baby, also mussten sie ihn ganz schön unter Drogen setzen. Ich konnte ihn am Handy hören, und er hat die ganze Zeit gelallt und undeutlich gesungen.«

Tracy lachte, und ich ließ mich auf eine der Treppenstufen

fallen. Ich war bei der Erwähnung von Aidens Medikamenten in Gedanken schon bei explodierenden Blinddärmen und Krankenhauszimmern, und das machte mir Angst. Ich war unendlich erleichtert, dass es nur ein paar wunde Zähne waren, die ihn ausgebremst hatten.

Als Tracy endlich aufhörte, über sich selbst zu lachen, sprach sie wieder. »Also, komm schon, Gillie. Rate mal, wie viel sie geboten haben?«

»Ich weiß es nicht, Tracy. Wie viel?«

»Sie haben dir hunderttausend Dollar für drei Nächte auf der Burg angeboten. Und ihr müsst nicht einmal weggehen. Du, Aiden, der Hund, alle können bleiben, wo sie sind, denn es gibt genug Platz für alle.«

Es war das erste Mal, dass Tracy Toby erwähnte, seit sie abgereist war, und ich wusste, dass ich sofort Anspruch auf ihn erheben musste. Ich blickte zu dem Jungen und sah, wie Toby auf seinen Schoß sprang und ihm das Gesicht leckte, während Cooper lachte und den Hund liebevoll streichelte. Mein Herz schwoll vor Liebe zu dem kleinen Fellknäuel an.

»Tracy, bevor du mir das alles erklärst, möchte ich mit dir über den Hund sprechen. Er ist mir ziemlich ans Herz gewachsen und …« Ich zögerte und Tracy überraschte mich, indem sie mir meine Angst nahm, bevor ich überhaupt die Chance hatte, mein Anliegen zu äußern.

»Ich weiß. Er gehört jetzt dir, Gillie. Deshalb habe ich dich ja angerufen. Der Hund gehört dir, die Burg gehört dir, und das Geld, das die Gäste, die heute Abend kommen, hinterlassen werden, gehört dir, damit Aiden die Renovierungsarbeiten abschließen kann. Kurz gesagt, kleine Schwester, alles gehört dir.«

KAPITEL 4

Unmittelbar vor der Festung Cagair – 1649

Die Dämmerung setzte ein, als er die Spitze der Klippe erreichte, die zur Festung führte. Der Aufstieg fiel ihm leichter als je zuvor – ein sicheres Zeichen dafür, dass Marion recht hatte und es für ihn an der Zeit war, weiterzuziehen und etwas zu finden, womit er seine Zeit bis zu dem Tag, an dem er sich wieder erinnern würde, füllen konnte. Er musste daran glauben, dass seine Erinnerungen zurückkehren würden, schon um seiner eigenen geistigen Gesundheit willen.

Jedes Mal, wenn er die Felsen hinaufstieg, durchströmte ihn ein Gefühl der Vertrautheit, aber es war eine Empfindung, die er nicht verstand, der er nicht traute. Er wusste, dass es ein Teil von ihm sein musste, der sich noch an seinen Sturz erinnern konnte, aber so viele Dinge schienen ihm seltsam vertraut und doch unerreichbar. Er wusste nie, ob es sich um echte Erinnerungen handelte oder ob sie nur das Ergebnis seines kaputten Geistes waren, der ihm Streiche spielte.

Heute Nacht würde er das Dorf nicht betreten. Wenn er es täte, könnte er sich nicht mehr vorstellen, zu Marion zurückzukehren, und er wollte sich von ihr verabschieden, bevor er sie für immer verließ. Soweit er das beurteilen konnte, befanden sich die Festungsinsel und das Dorf weit weg von den stärker besiedelten Regionen Schottlands. Wenn er hier von den Felsen gefallen war, lag es nahe, dass er nicht weit von der Burg entfernt gelebt hatte.

Wenn sein Verdacht richtig war, würde ihn in einem so kleinen Dorf sofort jemand erkennen. Er war nicht bereit dafür, dass sich die Dinge so drastisch änderten. Stattdessen würde er oben auf den Felsen warten und die Festung genau beobachten, um sicherzugehen, dass niemand in der Nähe war, und sich dann über das Gelände bewegen, damit er über die Brücke gehen konnte. Von dort aus wollte er das Dorf umrunden und sich von außen umsehen. Vielleicht konnte er auf diese Weise planen, wo er seine Erkundungen am nächsten Morgen beginnen würde.

Trotz seiner Befürchtungen wusste er, dass er am Morgen riskieren musste, in das Dorf zu gehen, denn dann war es gut möglich, dass ihn jemand erkannte und die Wahrheit über ihn ans Licht kam. Im Moment konnte er nur hoffen, dass er vor seinem Sturz der Mann gewesen war, für den er sich jetzt hielt. Wenn ihn am nächsten Morgen niemand im Dorf erkannte, würde er sich nach Arbeit umsehen.

Nachts schien niemand in dem Gemäuer umherzuwandern, aber da das letzte bisschen Sonnenlicht noch am Himmel verweilte, wusste er, dass er sicherheitshalber noch ein wenig warten sollte. Er ließ sich oben auf den Felsen nieder und blickte zur Burg hinauf und hinüber zu den kleinen Ställen, die neben einem Steinhaus standen, das sicher für den Stallmeister gebaut worden war, der vermutlich dort lebte und arbeitete. Es sah stabil und klein aus und war seiner Ansicht nach geradezu perfekt. Im Inneren brannte kein Kerzenlicht, und er beschloss, sich näher heranzuwagen, obwohl er es besser wusste.

Er bewegte sich leise, ging um die Rückseite herum und spähte so vorsichtig wie möglich in eines der beiden Fenster. Als er feststellte, dass die Hütte leer war, ging er zu den Ställen hinüber und blieb dort stehen, um zu lauschen, ob jemand arbeitete. Alles, was er hören konnte, waren die Pferde. Er spürte, wie ein Gefühl der Hoffnung in ihm aufstieg. Vielleicht brauchte er gar nicht weiterzusuchen. Vielleicht würde er hier eine Tätigkeit finden, mit der er sich über Wasser halten konnte. Das erschien ihm angenehmer, als sich in das Dorf zu wagen. Er hoffte, dass er dem Burgherrn beweisen konnte, dass er gute Arbeit für ihn leisten konnte. Wenn man hier jemanden brauchte, der sich um die Pferde kümmerte, würde er diese Aufgabe gerne übernehmen.

Ein Job hier, weit weg vom Dorf, würde ihm die Zeit verschaffen, sich zu erinnern, ohne in ein ihm unbekanntes Leben zurückversetzt zu werden. Das war genau das, was er am meisten fürchtete, wenn er sich ins Dorf wagte.

Hier auf der Festungsinsel empfand er nicht dieselbe Angst. Denn wie auch immer sein Leben vorher gewesen war, es hatte sicherlich nicht beinhaltet, unter so mächtigen schottischen Landbesitzern zu leben – und so nahe an einer so großen Burg zu arbeiten und zu wohnen. Nein, er konnte sich vorstellen, dass sein Leben viel einfacher gewesen war. Niemand würde ihn hier auf der Festung Cagair wiedererkennen.

Er musste vor den Ställen eingeschlafen sein. Als ihn das Geräusch von Stimmen weckte, war der Mond die einzige Lichtquelle in der Dunkelheit. Er stand hastig auf und trat einen Schritt zurück, damit er nicht gesehen werden konnte. Er beugte sich vor und lauschte angestrengt.

»Ist er wirklich vor uns da durchgelaufen? Der Junge hat keine Angst. Das ist ein echtes Problem. Er ist schon so oft durchgegangen, dass er es nicht mehr für eine große Sache hält. Mir wird schlecht bei dem Gedanken, die beiden Babys mitzunehmen. Jedes Mal, wenn ich bisher da durchgegangen bin, habe ich mich danach tagelang miserabel gefühlt.«

Der Klang der Frauenstimme überraschte ihn. Sie unterschied sich so sehr von Marions Sprechweise oder seiner eigenen, aber er konnte den einfachen Dialekt der Frau verstehen. Er fragte sich, ob er irgendwann in seinem Leben schon einmal jemanden so sprechen gehört hatte wie diese Frau.

Er entfernte sich von den Ställen und ging leise um das kleine Haus herum, damit er sie besser hören konnte. Er konnte die Schatten von zwei Frauen sehen. Die eine, die gerade sprach, balancierte ein kleines Kind auf jeder Hüfte, während die andere sich näherte, um sie zu beschwichtigen.

»Grace, dieses Portal ist aus irgendeinem Grund anders. Es scheint niemanden zu verletzen. Es ist wirklich seltsam – erst wenn du aus dem Treppenhaus kommst, merkst du, dass die Reise funktioniert hat. Cooper geht es gut, da bin ich mir sicher. Er wartet nur auf der anderen Seite auf uns. Du wartest hier, und ich hole die Jungs. Dann müssen wir los.«

Die zweite Frau entfernte sich und erschien einen Moment später seitlich der Burg, gefolgt von zwei Männern. Er konnte ihre Gesichter nicht erkennen, aber er musste seine Füße fest in den Boden stemmen, um nicht auf die Gruppe von Fremden zuzulaufen. Irgendetwas in ihm wollte in ihrer Nähe sein, wollte mit ihnen sprechen und ihnen dorthin folgen, wohin sie so offensichtlich unterwegs waren. Er hielt sich zurück und beobachtete neugierig, wie sie sich einer unerwarteten Öffnung an der Seite der Burg näherten.

Sie traten einer nach dem anderen ein. Während er im Mondlicht saß und sie beobachtete, versuchte er sich vorzustellen, wie groß der Raum wohl sein mochte. Sicherlich war er nicht groß genug, um sie alle unterzubringen, es sei denn, es handelte sich um einen Tunnel, der unter dem Bauwerk hindurchführte. Er beschloss, sich zu nähern. Als er unmittelbar neben dem Gemäuer stand, ließ er sich Zeit und suchte nach einer Stelle, an der sie auf der anderen Seite hätten herauskommen können. Als er nichts fand, näherte er sich der Türöffnung, durch die sie alle gegangen waren.

Er wusste, dass er sich entfernen, zu Marion zurückkehren und den Abend mit ihr verbringen sollte, bevor er am nächsten Morgen mit dem Burgherrn sprechen würde, aber er konnte sich nicht dazu durchringen, den seltsamen Durchgang hinter sich zu lassen. Er verharrte so regungslos wie die Steine um ihn herum und atmete kaum, um jede Bewegung jenseits der Türöffnung zu hören.

Es vergingen lange Momente, bevor er den Mut aufbrachte, die Tür zu öffnen. Das Mondlicht leuchtete in das Treppenhaus hinunter. Als er hineinspähte, konnte er nicht glauben, was er sah – unten lag kein Tunnel und auch kein Raum, sondern nur eine Wand aus Stein. Jede Person, die er hatte hineingehen sehen, war jetzt mit Sicherheit fort.

KAPITEL 5

Festung Cagair – Gegenwart

»Es tut mir leid. Was hast du gerade gesagt?« Ich drückte das Handy fest an mein Ohr, um auf Nummer sicher zu gehen. Ich wollte kein Wort von dem, was sie sagte, missverstehen.

Sie wiederholte den gleichen Satz.

»Du hast mich gehört, Gillie. Es war dumm von mir, das Gelände zu kaufen. Das weiß ich. Ich wusste es an dem Tag, an dem ich den Kaufvertrag unterschrieben habe. Mein erster Gedanke war, es dir zu schenken, aber dann dachte ich an all die Arbeit, die noch zu erledigen war, und ich wusste, dass Mark mich niemals dafür bezahlen lassen würde, wenn es keine Chance auf eine Rendite geben würde. Wie auch immer, dann bekam ich einen Anruf von einer Frau, die mir anbot, die Burg für einen lächerlich hohen Betrag zu mieten. Da konnte ich nicht Nein sagen.

»Das war vor drei Tagen, und seitdem habe ich alles arrangiert. Es tut mir leid, dass ich es dir nicht früher gesagt habe. Ich weiß, dass die Gäste heute Abend ankommen werden, aber ich bin mir sicher, dass du das gut hinkriegen wirst.«

Mein Verstand drehte sich und schmerzte, als ich versuchte, alles zu verarbeiten, was sie sagte. Ich wollte lächeln, herumhüpfen und durch den Raum tanzen, weil ich diesen Ort nicht mehr verlassen musste, aber ich wollte Gewissheit haben, bevor ich mir erlaubte, etwas anderes als Skepsis zu empfinden.

Ich musste ihren Namen ins Handy schreien, damit sie aufhörte zu reden. »Tracy. Du musst es langsamer angehen. Du wirfst mir so viel auf einmal an den Kopf und es fällt mir schwer, mitzuhalten.«

Ich hörte, wie sie tief durchatmete und eine kleine Pause machte, bevor sie wieder sprach. Diesmal war ihre Stimme viel leiser und langsamer und sie sprach jedes Wort deutlich aus.

»Ich habe mich beeilt, weil ich sonst unseren Flug verpassen werde. Wir reisen für ein paar Wochen nach Italien und ich habe Angst, dass ich dann keinen Empfang mehr haben werde. Hör mir gut zu, Gillian. Ich überlasse dir die Burg, okay? Und den Hund. Ich bin mir ziemlich sicher, dass er nicht mitkommen würde, selbst wenn ich es wollte, also gehört er auch dir. Ich kann unser Geld nicht mehr verwenden, um das Bauwerk zu renovieren, wenn es auf deinen Namen läuft, aber du kannst die Einnahmen von den Gästen dafür verwenden.«

»Tracy.« Meine Hände zitterten vor Aufregung und Ungläubigkeit. »Das ist wirklich zu viel.«

»Es ist schon erledigt, Gillie. Ich muss jetzt los, aber ich schicke einen Anwalt mit dem Papierkram vorbei, heute in einer Woche, wenn die Gäste gegangen sind. Er kann dir alle Fragen beantworten, die du hast.«

Das leise Klicken, gefolgt von Stille, war das einzige Zeichen dafür, dass unser Gespräch zu Ende war. Als ich das Handy wieder in meine Tasche steckte, musste ich mich am Treppengeländer hochziehen, um mich wieder aufzurichten.

In einem kurzen Moment war alles, was ich mir von diesem Ort erträumt hatte, seit ich hierher gekommen war, Wirklichkeit geworden. Ich würde Tracy einen verdammt guten Dankesbrief schreiben müssen, wenn das hier alles geregelt worden war – auch wenn es keine richtige Adresse gab, an die ich ihn schicken könnte.

Gelächter drang durch das Treppenhaus und ich erinnerte mich plötzlich an den kleinen Jungen im Foyer. Ich blickte hinunter und sah ihn kichern, während Toby wie ein Kaninchen um ihn herumhüpfte. Ich ging die Treppe hinunter zu ihm, als Aiden mit Anne an seiner Seite in der Tür erschien. Sie hatte seinen Arm fest im Griff und ich konnte sehen, dass sie ihr Bestes tat, um ihn zu lenken. Seine Augen waren ein wenig glasig, sein Lächeln ein wenig zu fröhlich, und ich hätte mich nicht mehr freuen können, ihn zu sehen.

»Wie fühlst du dich?« Ich beschleunigte mein Tempo und gab Anne einen kurzen Kuss auf die Wange, bevor ich meine Arme zur Begrüßung um Aiden schlang. Anne löste ihren Griff für einen Moment von ihm, bevor er leicht auf den Füßen schwankte und wir beide einen Arm ausstreckten, um ihn zu stabilisieren.

Er überraschte mich, indem er nach meiner freien Hand griff, sie mit seinen Fingern umschloss, sie zu seinen Lippen führte und meine Knöchel sanft küsste. Ich runzelte die Stirn und schaute unbehaglich zu Anne hinüber. Sie brach in Gelächter aus.

»Oh, mach dir keine Sorgen. Das macht er schon den ganzen Tag mit allen. Er hat es mit der Krankenschwester gemacht, und ich glaube, sie wäre fast in Ohnmacht gefallen. Das liegt an den

Medikamenten. Sie haben ihm ein Gas gegeben – kannst du das glauben? Und wie du sehen kannst, hat es ihn ein wenig zu sehr mitgerissen. Ganz zu schweigen davon, dass er bereits eine seiner Schmerztabletten geschluckt hatte. Die Kombination ist ziemlich heftig. Wenigstens hat er Spaß.«

Ich lachte und zog meine Hand von ihm weg. »Ja, eindeutig.«

Anne und ich schoben ihn in den Eingangsbereich, während Anne sich neugierig im Raum umsah, bevor sie sich an Cooper wandte.

»Na du. Bist du der einzige Gast? Wo sind deine Eltern? Tracy hat gesagt, ihr wärt eine ganze Horde.«

Der Junge stand auf und wischte sich den Staub von seinen Shorts, bevor er zu ihr hinüberging.

»Oh, das sind wir. Sie kommen gleich. Ich musste mir die Beine vertreten, also haben sie mich vor der Brücke rausgelassen, damit ich den Rest des Weges laufen konnte.«

Diese Version unterschied sich von der, die er mir zuvor erzählt hatte, und in meinem Kopf schrillten die Alarmglocken.

»Warte mal. Vorhin hast du mir erzählt, dass die Autos euch vor der Brücke abgesetzt haben und du einfach vor ihnen hergelaufen bist. Jetzt hast du gesagt, dass sie dich aus dem Auto gelassen haben, damit du vorauslaufen konntest. Was stimmt nun? Auf jeden Fall sollten sie jetzt schon hier sein, oder nicht?«

Ich sah, wie das Gesicht des Kindes errötete und ich wusste, dass er sich nicht aus der Lüge herausreden konnte, obwohl ich mir nicht vorstellen konnte, warum er überhaupt das Bedürfnis verspürt hatte, mich anzulügen. Ihr Aufenthalt war bereits arrangiert worden.

Ich wartete und sagte nichts, um dem Jungen die Möglichkeit zu geben, sich zu entscheiden, wie er vorgehen wollte. Er öffnete und schloss seinen Mund ein Dutzend Mal, bevor ihn ein lautes Geräusch von draußen erlöste.

»Das sind sie. Sie sind da.«

Er rannte zur Vordertür hinaus, um den Rest seiner Familie zu begrüßen. Als er weg war, drehte Anne sich misstrauisch zu mir um.

»Ich bin gerade über die Brücke gefahren. Da war kein Auto und ich habe auch niemanden entlanggehen sehen.«

Ich zuckte mit den Schultern und beschloss, dass es letztendlich egal war. Kinder erzählten oft Geschichten, und es war nicht meine Aufgabe, ihn zurechtzuweisen. Ich würde einen der Erwachsenen fragen, wenn alle drinnen waren.

Cooper war der Erste, der wieder eintrat, und seine Hand umklammerte die eines hübschen kleinen Mädchens, das scheinbar gerade erst Laufen gelernt hatte. Sie wankte hinter ihm herein, und ich nahm an, dass sie seine Schwester war. Als Nächstes kam eine hübsche Blondine herein, die mit einem weiteren kleinen Baby alle Hände voll zu tun hatte. Sie lächelte mich an, als sie eintrat, aber sie sah gestresst und müde aus. Dazu hatte sie auch allen Grund, wenn sie mit so vielen kleinen Kindern unterwegs war.

Dann kamen zwei der größten, fittesten und umwerfendsten Männer, die ich je in meinem Leben gesehen hatte, und ich musste schlucken, um meinen Mund nicht zu offenstehen zu lassen. Ich warf einen Blick auf Anne und lächelte zufrieden, als ich sah, dass ihr die Augen förmlich aus dem Kopf fielen. Es freute mich zu wissen, dass ich nicht die Einzige war, die von ihrem Anblick beeindruckt war.

Beide Männer nickten höflich, als sie eintraten. Einen Moment lang dachte ich, dass sie etwas sagen wollten, als eine weitere Blondine – genauso schön wie die erste – hereinkam und sofort auf uns zusteuerte, um uns die Hand hinzuhalten.

»Hi, du musst … Gillian sein? Deine Schwester hat dich Gillie genannt, aber ich würde dich nicht so nennen wollen, wenn es ein Spitzname unter Schwestern ist.«

Ich lächelte, schüttelte ihre Hand und beschloss auf Anhieb, dass ich sie sehr mochte. Sie war sympathisch, selbstbewusst und freundlich – ganz anders als die hochnäsige, reiche Gruppe von Snobs, die ich erwartet hatte, als Tracy den Betrag erwähnt hatte, den sie zahlen würden.

»Stimmt, Tracy ist die Einzige, die mich so nennt, also ja, bitte nenn mich Gillian.«

»Großartig. Ich bin Jane.« Sie ließ meine Hand los und ging einen Schritt zurück, um sich im Raum umzusehen.

»Ist es nicht wunderbar, Tante Jane? Es sieht noch genauso aus wie früher, nur ohne die vielen Kerzen, und es ist nicht mehr so kalt.« Es war Cooper, der sprach. Erst jetzt bemerkte ich, dass Janes Augen sich mit Tränen gefüllt hatten, nachdem sie zurückgetreten war.

»Ja, Coop. Es ist erstaunlich.« Jane trat einen Schritt zurück, bis sie neben einem der Männer stand. Sie streckte die Hand aus, um ihn zu beschwichtigen.

Ich konnte erkennen, dass die Festung Cagair zumindest einem Teil der Gruppe sehr viel bedeutete, und plötzlich ergab es einen Sinn, dass sie gekommen waren – einige von ihnen waren schon einmal hier gewesen. Zögerlich ergriff ich das Wort.

»Gefallen euch die Renovierungsarbeiten? Wir haben versucht, alles so originalgetreu wie möglich wiederherzustellen, aber wir haben auch vieles modernisiert, damit es für das heutige Leben besser geeignet ist.«

Der Mann, der Janes Hand festhielt, sprach, und ich bemerkte die Anspannung in seiner Stimme. Der Anblick der Burg hatte auch ihn gerührt. »Ihr habt gute Arbeit geleistet.« Er schüttelte fast ungläubig den Kopf. »Ich kann euch gar nicht sagen, wie gut ihr das gemacht habt.«

Ich schaute zu Anne hinüber, die alles fasziniert zu beobachten schien, während sie Aiden fest im Griff hatte. Er sah aus, als würde er über ihren Köpfen tanzende lila Dinosaurier sehen.

»Na ja, ich war es nicht.« Ich gestikulierte in Aidens Richtung. »Er verdient den ganzen Ruhm, aber heute Abend würde ich nicht versuchen, mit ihm darüber zu reden. Er ist ein bisschen neben der Spur.«

Der andere Mann, der bis jetzt geschwiegen hatte, meldete sich zu Wort. »Hat er zu viel Bier getrunken? Sollen wir ihm ins Bett helfen?«

»Nein. Kein Bier. Nur Lachgas. Ich denke, er kann gut alleine gehen.«

Anne ergriff das Wort. »Oh, das kann er. Und ich glaube, ich bringe ihn jetzt gleich ins Bett.« Sie streckte die Hand aus und berührte meine. »Ich überlasse es dir, sie ein bisschen herumzuführen, und komme dann wieder runter, um mit dir zu reden.«

Als sie mit Aiden davonging, richtete ich meine Aufmerksamkeit wieder auf Jane. »Ihr wart schon einmal hier, nehme ich an? Wie lange ist das her?«

Cooper schnaubte und gluckste kurz, bevor ihm jeder in der Gruppe neben ihm einen Blick zuwarf, der ihn schnell zum Schweigen brachte. Es kam mir seltsam vor, aber ich hatte mein Tagespensum an Merkwürdigkeiten erreicht, also ließ ich es unkommentiert.

»Oh, das ist jetzt schon eine ganze Weile her. Da wir gerade von Leuten sprechen, die nicht bei der Sache sind … ich glaube, wir sind alle ziemlich erschöpft von der Reise. Wäre es okay, wenn wir für heute Schluss machen und uns morgen früh weiter unterhalten? Und uns dann richtig vorstellen?«

»Natürlich.« Dieser Tag hatte mich mit seinen unerwarteten Wendungen auch erschöpft. »Auf der linken Seite der Treppe gibt es jede Menge Zimmer, sucht euch welche aus, wenn ihr wollt. Die rechte Seite gehört uns.«

Jane nickte. Bevor ich ein weiteres Wort sagen konnte, machten sich alle außer ihr, ohne zu zögern, auf den Weg in diese Richtung. Als sie weg waren, wandte sie sich noch einmal an mich.

»Ich wollte mich nur dafür bedanken, dass wir hier sein dürfen. Es war auch für uns ziemlich kurzfristig, aber das erkläre ich dir morgen. Soll ich dir den Scheck jetzt geben oder erst, wenn wir gehen?«

»Oh, es ist in Ordnung, wenn du ihn mir bei eurer Abreise gibst. Jane, kann ich dich etwas fragen?« So sehr ich mich auch bemühte, ich wurde das Gefühl nicht los, dass ihre unerklärte Ankunft seltsam war.

»Aber sicher.«

»Wie seid ihr alle hierhergekommen? Draußen stehen doch keine Autos für euch.«

»Wir wurden von zwei Autos abgesetzt, aber bevor wir zur Haustür kamen, haben wir einen Spaziergang über das Gelände gemacht. Jedenfalls alle außer Cooper. Er hat beschlossen, direkt zur Tür zu gehen und zu klingeln, wie du ja weißt.«

Ihre Erklärung leuchtete eher ein als die von Cooper, und ich konnte mir nicht vorstellen, warum der Junge mir das nicht einfach gesagt hatte. Aber das war auch nicht so wichtig. Ihre Erklärung zerstreute alle Bedenken, die ich gehabt hatte.

»Ah, das erklärt eine Menge. Okay, dann wünsche ich euch noch einen schönen Abend. Mein Zimmer ist das dritte von rechts in der obersten Etage. Sagt mir Bescheid, wenn ihr etwas braucht.«

Sie nickte und lächelte, als sie wegging. »Okay, vielen Dank.«

Jane machte zwei Schritte, bevor sie sich umdrehte und mich eine lange Minute lang anstarrte. Ich musste sprechen, um sie aus ihrer Starre zu reißen.

»Ist alles in Ordnung? Brauchst du etwas?«

Als sie sprach, brach ihre Stimme und ich bemerkte, dass ihre Augen wieder wässrig waren.

»Ach, es ist nichts. Du erinnerst mich nur an eine ganz besondere Person, das ist alles. Ich kannte mal jemanden, der dich sehr gemocht hätte.«

Sie drehte sich um und ließ mich im Foyer stehen. Erst als ich ihre Schritte nicht mehr hören konnte, wagte Anne, die ich vorhin aus dem Augenwinkel hatte kommen sehen, zu sprechen.

»Das war seltsam.«

Ich nickte. »Du hast das also gehört?«

»Äh, ja, habe ich. Ihre Reaktion auf diesen Ort – finde ich merkwürdig. Nicht so, wie jemand reagieren würde, der gerade erst hierhergekommen ist. Es ist fast so, als hätten sie hier gelebt oder so, aber wir wissen, dass das nicht stimmen kann. Die letzten Besitzer sind verschwunden und vor ihnen war die Burg jahrelang verlassen.«

»Ich weiß. Die ganze Sache ist unheimlich.« Und das war es auch. Ich erwartete schon fast, dass ich gleich ohnmächtig auf dem Fußboden des Turms aufwachen würde, weil ich zu viele Farbdämpfe eingeatmet hatte oder so.

»Weißt du, was noch seltsam ist, Gillian? Ich will dich nicht beunruhigen, aber ich habe auch gehört, wie sie gesagt hat, dass sie über das Gelände gelaufen sind, bevor sie zur Haustür gekommen sind.«

Ihre Worte machten mich nervös. »Ja, und?«

»Na ja, ich weiß, dass er ziemlich high ist, aber Aiden hat immer wieder davon erzählt, als ich ihn ins Bett bringen wollte. Er ist überzeugt, dass er sie aus einem Keller an der Seite der Burg herauskommen sehen hat, als wir angekommen sind.«

Im ersten Moment wollte ich lachen, aber Annes Gesicht blieb ernst.

»Das ist unmöglich, Anne. Dort gibt es keinen Keller.«

»Ich weiß. Es sei denn, wir wussten einfach nichts davon.«

KAPITEL 6

Wenn es einen solchen Keller gab, war er bemerkenswert gut versteckt. Die Vorstellung, dass diese Überraschung während der intensiven Bauarbeiten auf dem Gelände verborgen geblieben sein könnte, hielt mich fast die ganze Nacht über wach. Als ich es schließlich nicht mehr aushielt, verließ ich gegen vier Uhr morgens mein Bett, zog mich warm an und machte mich auf den Weg nach draußen, um mich selbst umzusehen.

Ich verbrachte über eine Stunde damit, mich langsam um die Burg zu bewegen und fand nichts. Zufrieden mit der Annahme, dass das Ganze ein Hirngespinst aufgrund von Aidens Schmerzmitteln war, ging ich gegen fünf Uhr morgens zurück nach drinnen in die modernisierte Küche, um mir eine große Tasse Kaffee zu brühen.

Ich wusste, dass ich nicht mehr einschlafen würde, wenn ich mich wieder ins Bett legte, also beschloss ich, mich mit Koffein vollzupumpen und dann den Turm hinauf zu gehen, um zu malen. Als ich mich der Küche näherte, erreichte mich der Geruch von Kaffee – jemand war mir zuvorgekommen.

Ich erwartete, Coopers Mutter drinnen vorzufinden, die vielleicht ein Baby in den Armen wiegte oder einfach nur ein paar Minuten der Einsamkeit suchte. Als ich hereinkam und Cooper selbst auf dem Tresen direkt neben der Kaffeekanne sitzen sah, wurde mir bewusst, dass ich aus irgendeinem Grund überhaupt nicht überrascht war.

»Bitte sag mir nicht, dass du das trinkst. Du bist viel zu jung, um schon süchtig danach zu sein.«

Der Junge lächelte und winke mich heran, während er mir eine Tasse hinhielt.

»Das Zeug? Auf keinen Fall. Es schmeckt wie Dreck. Tante Jane mag es aber sehr, also dachte ich, ich mache ihr welchen, da ich schon so früh auf bin.«

»Weißt du, wie man die Kaffeemaschine bedient?« Er konnte nicht älter als sechs sein. Ich habe erst auf dem College gelernt, wie man eine anständige Tasse Kaffee macht. Vorsichtig nippte ich an der Flüssigkeit. Zu meiner Überraschung war sie köstlich.

»Ja, als ich noch ganz klein war, vielleicht vier Jahre alt, habe ich oft bei meiner Tante Jane übernachtet und bin immer früh aufgestanden. Das ist irgendwie mein Ding.« Er lächelte und warf die Hände hoch. »Ich weiß nicht, was das bedeutet, aber sie hat mir gesagt, dass es mein Ding ist. Jedenfalls haben wir eine Abmachung getroffen, weil sie es satt hatte, von mir geweckt zu werden, und sie hat gesagt, dass sie nicht böse wird, solange ich jedes Mal eine schöne große Tasse Kaffee für sie bereithalte, wenn ich sie wecke. Also hat sie es mir gezeigt. Ich habe ziemlich schnell kapiert, wie das geht.«

Ich lächelte und nahm einen weiteren Schluck. »Oh, das sehe ich.«

Zufrieden über seinen Erfolg stellte Cooper die Kaffeekanne

zurück auf die Warmhalteplatte und rutschte von der Theke, um sich zu mir an den Tisch zu setzen. Er beobachtete mich, während ich trank. Als ich fast fertig war, ergriff er das Wort.

»Hast du nach dieser Tasse Kaffee irgendetwas zu tun?«

»Überhaupt nicht.« Das Malen konnte warten. Auch wenn er ab und zu Lügen erzählte, fand ich den Jungen faszinierend. »Brauchst du etwas?«

»Na ja, ich habe mich gefragt, ob du mich auf eine Tour durch die Burg mitnehmen und mir zeigen könntest, was ihr alles verändert habt? Ich wollte eigentlich allein gehen, aber Mom war ziemlich sauer, nachdem ich gestern allein losgelaufen bin. Sie hat mir gesagt, dass ich nirgendwo herumschnüffeln soll, weil das hier nicht unser Haus ist und es mir nicht zusteht. Da sie sowieso schon sauer war, dachte ich, es wäre wohl das Beste, auf sie zu hören.«

Ich lachte und leerte den letzten Schluck meines Kaffees. »Kluger kleiner Mann. Klar, ich würde dich gerne herumführen. Bist du bereit?«

»Auf jeden Fall. Lass mich nur schnell meine Hausschuhe holen. Meine Füße sind ein bisschen kalt.«

Während er loslief, um sich etwas Wärmeres für seine Füße zu besorgen, ging ich zum Schrank hinüber, um ein paar Taschenlampen herauszuholen. Die Stromversorgung war zwar bereits installiert, aber ich wollte nicht alle Lichter anmachen, wenn noch alle schliefen. Als ich mich mit den Taschenlampen in der Hand umdrehte, war der Junge bereits an meiner Seite. Ich fand es mehr als nur ein bisschen unheimlich, wie gut er sich überall auszukennen schien.

»Okay, willst du den Weg anführen oder soll ich?«

Er sah mich an, als hätte ich ihm eine Fangfrage gestellt, und in gewisser Weise hatte ich das auch. Ich wollte sehen, ob er die

Führung übernehmen würde. Wenn ja, wollte ich ihn weiter über seine Vorgeschichte mit diesem Ort ausfragen. Aber er war ein schlaues Kerlchen und streckte stattdessen eine Hand vor sich aus, als er seine Taschenlampe einschaltete und mir den Weg leuchtete.

»Ich? Das ist nicht meine Burg. Warum gehst du nicht voraus? Ich werde dir folgen.«

Da sich zu diesem Zeitpunkt so viele Menschen in der Burg aufhielten, gab es viele Räume, die wir um diese Zeit nicht betreten konnten. Aber Cooper schienen die Teile der Burg, die wir besichtigten, zu gefallen, und selbst als ich ihm die genaue Arbeit erklärte, die wir geleistet hatten – ein Gespräch, das ihn eigentlich hätte überfordern müssen –, hörte er aufmerksam zu.

Unsere letzte Station war der Turm. Da er von den meisten anderen Räumen abgetrennt war, zögerte ich nicht, die moderne Beleuchtung in dem Treppenaufgang einzuschalten, der zum Turmzimmer führte. Kaum hatte ich den Schalter umgelegt, meldete Cooper sich zu Wort.

»O Mann, das ist wirklich eine große Hilfe. Ich frage mich, ob Isobel gestürzt wäre, wenn das beim letzten Mal, als ich hier war, schon hier gewesen wäre.«

»Wer ist Isobel?«

Cooper lächelte und überraschte mich, indem er nach meiner Hand griff, als wir die Treppe hinaufgingen. Ich wusste nicht, ob er sie mir oder ihm zuliebe hielt, aber ich hinterfragte es nicht.

»Sie ist eine gute Freundin und so etwas wie meine Chefin.«

»Deine Chefin? Du hast einen Job?«

»Keinen richtigen Job. Ich bekomme kein Geld. Aber ich bekomme Süßes. Ich gehe jeden Tag hin, auch wenn meine Tante Jane mit Adwen unterwegs ist. Seit ich sechs Jahre alt bin, lassen meine Eltern mich allein reiten, solange sie auf mich aufpassen, bis ich ankomme. Jedenfalls reite ich jeden Tag für ein paar Stunden hin, helfe ihr bei der Hausarbeit und bevor ich gehe, gibt sie mir immer etwas Süßes.«

Ich lachte und ließ seine Hand los, als wir die oberste Stufe erreichten. Ich antwortete ihm, während ich auf den Schalter im Turm zuging, um auch hier das Licht einzuschalten. »Das hört sich nach einem ziemlich guten Deal an. Hast du jemals …«

Ich hielt mitten im Satz inne, als ich sah, wie er das Gemälde in der Mitte des Raumes betrachtete. Es befand sich noch immer auf der Staffelei, frisch gemalt und perfekt. Der Junge wurde kreidebleich und seine Unterlippe zitterte, als er es betrachtete und er wich ein paar Schritte zurück, bis sein Rücken die Wand berührte.

Er sah nicht verängstigt aus, nur schockiert und verwirrt. Als er endlich die Kraft hatte zu sprechen, war seine Stimme zittrig und atemlos. Er hob einen kleinen Finger und zeigte auf meinen Fremden.

»Wer ist das?«

Ich beobachtete ihn genau. Er sah so aufgewühlt aus. Ich wollte ihn nicht verunsichern, indem ich etwas Falsches sagte. Bevor ich antwortete, ging ich langsam auf ihn zu. Als ich direkt vor ihm stand, beugte ich mich auf seine Augenhöhe hinunter.

»Der Mann auf dem Bild? Ich weiß nicht, wer er ist.«

Cooper wartete und schließlich wandte er seinen Blick von dem Gemälde ab, um sich zu mir umzudrehen. In seinen Augen sammelten sich die Tränen, und ich ertappte mich dabei, wie ich ihn in meine Arme zog.

»Cooper, was ist los? Willst du, dass ich es wegstelle? Ich kann es mit etwas abdecken, wenn du dich dann besser fühlst. Findest du es beängstigend?«

»Nein.«

In seiner Stimme lag Panik, als er antwortete, und das gab mir Gewissheit, dass dies das Letzte war, was er von mir wollte.

»Nein, nimm es nicht weg. Ich liebe es. Es … Es hat mich nur sehr überrascht, das ist alles.«

Er entfernte sich von meiner Schulter, hielt aber meine Hand fest, während er mit der anderen in eine seiner Taschen griff.

»Das kann ich sehen. Warum hat es dich überrascht? Weißt du, wer das ist?«

Er nickte und hielt mir einen kleinen, glatten Holzchip hin. Ich nahm ihn entgegen und betrachtete ihn erstaunt.

Es war mein Fremder, der Mann, den ich gemalt hatte. Und er war erstaunlich detailliert in das Holz geschnitzt.

»Ja. Ich weiß, wer das ist. Es ist Orick.«

So viele Monate hatte ich mich gefragt, wer der Mann war, der mir jede Nacht in meinen Träumen erschien, und jetzt wusste das Kind, das neben mir stand, genau, um wen es sich handelte.

Ich blickte auf meinen Arm hinunter. Alle Härchen standen mir zu Berge. Ein Schaudern durchlief meinen Körper.

»Wer ist Orick?«

»Er war mein Kumpel, mein Freund, und so viele Menschen haben ihn sehr geliebt.«

Daran zweifelte ich nicht. Die Freundlichkeit in seinen Augen verfolgte mich jede Nacht im Schlaf. Wer auch immer die Frau an seiner Seite war, sie hatte großes Glück.

»Wenn du ihn so sehr liebst, warum beunruhigt dich das Bild dann so sehr?«

Cooper sah mir direkt in die Augen, als er an meiner Hand zog.

»Das tut es nicht, es macht mich nur traurig. Warum hast du ihn gemalt? Woher wusstest du, wie er aussieht?«

Wie sollte ich diesem Jungen erklären, dass ich ihn Nacht für Nacht gesehen hatte, wenn ich es mir selbst nicht erklären konnte? Das Kind würde denken, dass ich völlig verrückt war, aber ich konnte mich nicht dazu durchringen, ihm etwas anderes als die Wahrheit zu sagen.

»Ich weiß es nicht genau. Seit ich hier bin, habe ich diesen Mann oft in meinen Träumen gesehen, also habe ich beschlossen, ihn zu malen – ihn Wirklichkeit werden zu lassen. Aber jetzt, wo du mir das erzählt hast, scheint es, als hätte ich das nicht tun müssen, denn er ist ja schon echt, nicht wahr?«

»Er war echt und er war ein guter Mann, genau wie mein Dad, Opa, E-o und Adwen. Aber jetzt ist er nicht mehr da.«

Ich stellte die Frage, bevor ich die Worte überhaupt richtig registrierte. »Was meinst du damit, er ist nicht mehr da?«

Coopers Lippen bebten und seine Tränen flossen ungehindert, während seine Stimme brach.

»Er ist tot.«

KAPITEL 7

Marions Höhle – 1649

Er hätte es besser wissen müssen, als Marion zu erzählen, was er gesehen hatte. Sie war eine Einsiedlerin, die sich von allen Menschen fernhielt, weil sie ihnen so sehr misstraute, dass er sich nicht vorstellen konnte, was sie dazu getrieben hatte. Natürlich würde sie nicht so erstaunt von dem sein, was er gesehen hatte, wie er selbst.

»Geh nicht in die Nähe dieser Treppe. Das ist mein Rat an dich. Ich erwarte nicht, dass du auf mich hörst. Es würde dir nur Kummer bereiten. So ist das mit unnatürlichen Dingen.«

Er verschränkte die Arme und lehnte sich an Höhlenwand, um seine Geduld so gut es ging zu bewahren.

»Dein Rat bedeutet mir viel, Marion, ob ich nun darauf hören will oder nicht. Sag mir, warum. Warum soll ich den anderen nicht folgen? Warum soll Kummer das einzige Ergebnis sein?«

Marion atmete frustriert aus, wie sie es immer tat, wenn er ihr nicht zustimmte.

»Du hast mir gerade erzählt, dass du sie beobachtet hast, wie sie die Treppe hinuntergegangen sind, ohne irgendwo anzukommen, und dass sie auch nicht dort herausgekommen sind, wo sie hineingegangen sind. Was glaubst du, wohin eine solche Treppe führen kann, wenn du selbst gesehen hast, dass unten kein Raum ist? Das ist die Höhle einer Hexe. Sie hat diesen Leuten wahrscheinlich schon das Fleisch von den Knochen geschält und es in ihren Eintopf gegeben.«

Er lachte so laut, dass das Geräusch von den Wänden widerhallte. Marion starrte ihn wütend an.

»Marion, erzähl nicht solche Geschichten, sie werden dich in Angstzustände versetzen, wenn ich nicht mehr bei dir bin. Sie sind zielstrebig ins Treppenhaus gegangen. Sie wussten, wohin es sie führen würde. Ich weiß, dass du das nicht für klug hältst, aber … ich weiß nicht, ich kann es nicht beschreiben.«

Er hielt inne und schritt dann in der Höhle umher, als er sich daran erinnerte, wie sich seine Füße fast gegen seinen Willen zu ihnen bewegt hatten.

»Es war, als würden sie mich zu sich rufen. In dem Moment, als ich sie gesehen habe, wollte ich nichts anderes, als zu ihnen zu laufen und ihnen zu folgen, wohin auch immer sie unterwegs waren. Ich weiß nicht, wie ich es erklären soll, aber ich fühle mich zu ihnen hingezogen, als hätten sie vielleicht die Antworten, die ich suche.«

Zum ersten Mal an diesem Abend hörte Marion auf, an dem Holzstück in ihrer Hand herumzufummeln und sah ihn ernst an.

»Meinst du das ernst? Die Menschen, die du dort gesehen hast, haben dir so viel bedeutet? Meinst du nicht, du hättest bei jedem Menschen dasselbe empfunden, wenn es der erste ist, den du siehst, seit du von hier weggegangen bist?«

Er zuckte mit den Schultern. Das hatte er sich auf dem Rückweg zur Höhle in der Nacht zuvor auch gefragt, aber je länger er über die Frage nachgrübelte, desto mehr wehrte sich sein Verstand dagegen. Die Wahrheit bahnte sich ihren Weg an die Oberfläche seines Verstandes. Er konnte spüren, wie sie in ihm aufstieg. Er konnte sie nur nicht allein begreifen. Er musste nur den Schlüssel finden, um sie zu enthüllen, und er glaubte, dass diese Menschen ihn an die verlorenen Zeiten erinnern könnten.

Die seltsam sprechenden Frauen und die Männer, die sie begleitet hatten, zogen etwas in ihm an, sodass er sich fragte, ob sie genau dieser Schlüssel waren.

»Ich kann es nicht mit Sicherheit wissen, aber ich glaube es nicht. Ich hatte das Gefühl, dass ich sie kannte, aber ich konnte mich nicht wirklich an sie erinnern. Ich weiß nur, dass ich das starke Gefühl habe, und dass ich bei dieser Treppe anfangen muss, sie zu erkunden.«

Er durchquerte den kleinen Bereich der Höhle und setzte sich neben Marion. Ihr Blick wurde weicher, als er das tat.

Sie saßen eine lange Zeit schweigend nebeneinander, bis Marion schließlich das Wort ergriff.

»Dann mach dich auf den Weg, ob es nun eine Hexenhöhle ist oder nicht. Es ist Zeit, Craig. Zeit, dass sich unsere Wege trennen.«

Er stand mit einer Traurigkeit im Herzen auf, die er nicht leugnen konnte. All seine Erinnerungen galten Marion – es gab nichts anderes in seinem Kopf. Er fragte sich oft, ob er ihr so viel bedeutete wie sie ihm, ob sie genauso traurig über das Ende ihrer Freundschaft war wie er. Sie sprach wenig über ihre

Gefühle, aber er wusste, dass das nicht bedeutete, dass sie keine hatte.

»Ich werde dich vermissen, Marion. Soll ich dich besuchen kommen, wenn ich wieder hier vorbeikomme?«

»Nein.«

Die Schroffheit ihrer Antwort schmerzte ihn.

»Ich werde nicht hier sein. Diese Höhle war nicht mein erstes Zuhause, und sie wird auch nicht mein letztes sein. Ich ziehe oft um und es ist Zeit, dass ich weiterziehe. Ich war gerade auf dem Weg zu einem anderen Ort, als ich dich fallen sah.«

Das war ihm neu. Törichterweise war er davon ausgegangen, dass Marion viele Jahre in der Höhle verbracht hatte, und jetzt erfuhr er, dass sie vielleicht erst seit Kurzem hier gewesen war, als sie ihn gefunden hatte.

Er würde sich verloren fühlen, wenn er sie verließ – ohne sie wäre jeder Mensch auf der Welt ein Fremder für ihn.

»Marion, du weißt gar nicht, wie dankbar ich dir bin. Ich wünschte, ich könnte mich für all das revanchieren, was du für mich getan hast.«

Sie schüttelte den Kopf und stellte sich an den Eingang der Höhle, als würde sie darauf warten, dass er ging. Ihre knappe Verabschiedung ärgerte ihn. Es war bedauerlich, dass sie in ihrem letzten gemeinsamen Moment so wenig sagen konnte. Er legte es nicht darauf an, sondern ging an ihr vorbei und blieb stehen, um ihr einen Kuss auf die Wange zu geben, bevor er sich entfernte und die Höhle verließ.

Die ersten paar Schritte dachte er noch, sie würde ihn ohne ein weiteres Wort gehen lassen, aber dann rief sie nach ihm. Er drehte sich um und sah seine Freundin ein letztes Mal an.

In ihren Augen glitzerten Tränen, ein Anblick, den er noch

nie gesehen hatte. Er wollte auf sie zugehen und sie trösten, aber sie hielt eine Hand hoch, um ihn aufzuhalten.

»Du musst jetzt gehen, Craig. Wenn du jemals eine Gruppe von Menschen findest, die sich mehr um dich kümmern als ich, darfst du sie nicht verlassen. Werde ein glücklicher Mann.«

KAPITEL 8

Gegenwart

Coopers Enthüllung erschreckte mich so sehr, dass ich den Rest des Tages in der Einsamkeit meines Schlafzimmers verbrachte und mich fragte, ob Aiden recht hatte. Könnte es in dem alten Gemäuer wirklich spuken? Aber besuchten Geister die Menschen in ihren Träumen? Ich wusste es nicht, da ich selbst keine Erfahrung mit paranormalen Phänomenen hatte. Aber die Vorstellung, dass ich von einem toten Mann geträumt, gemalt und fantasiert hatte, bereitete mir mehr Unbehagen als dieser eine Vorfall, bei dem ich meine Tante und meinen Onkel im Ferienhaus meiner Eltern beim Sex erwischt hatte.

Und die Tatsache war, dass niemand sonst diesen Mann in der Nähe der Burg gesehen hatte. Weder die Bauarbeiter noch Aiden oder Anne. Was sagte das also über mich aus? War ich verrückt? Spukte es nicht im Gemäuer, sondern in mir? Die ganze Sache war beunruhigend und eigentlich auch ziemlich peinlich. Ich hatte stundenlang Unsinn in meine Träume hineininterpretiert und gehofft, dass ich diesen Mann eines Tages kennenlernen würde – dass ich ihn vielleicht in einem anderen Leben oder später in dem jetzigen lieben würde. Die Wahrscheinlichkeit, dass das passieren könnte, war nun eindeutig dahin.

Ich verbrachte eine unruhige Nacht, in der ich versuchte, wach zu bleiben, und schlief schließlich ein, nur um denselben schönen, toten Mann in meinen Träumen zu sehen. Am nächsten Morgen ging ich erschöpft und ziemlich verärgert zu Aiden, um zu sehen, ob er etwas brauchte, nachdem Anne losgegangen war, um in ihrem richtigen Zuhause nach dem Rechten zu sehen.

Ich fand ihn bereits wach, angezogen und auf dem Fußende seines Bettes sitzend vor, wo er in seine Schuhe schlüpfte, als würde er sich gleich an die Arbeit machen. Das würde heute auf keinen Fall passieren. Wenn ich das zuließe, würde Anne mir das nie verzeihen.

»Wie fühlst du dich? Was auch immer du sagst, ich weiß, dass es dir noch nicht gut genug geht, um in deine Arbeitsschuhe zu schlüpfen.«

Seine Hände hielten an den Schnürsenkeln seiner Schuhe inne und er richtete sich so auf, dass er die Arme verschränken und mich anstarren konnte.

»Meine Frau ist gerade gegangen. Ich komme auch zurecht, ohne dass ihr mich herumkommandiert. Ich fühle mich gut, ein bisschen angeschlagen, aber besser als gestern.«

Nach den vielen Medikamenten, die er am Tag der Operation eingenommen hatte, war der gestrige Tag für den armen Kerl miserabel gewesen. Anne schränkte die Menge an Schmerztabletten ein, die er nehmen durfte, und er hatte keine Lust, nur herumzuliegen und sich von ihr verwöhnen zu lassen.

»Ich bin froh, dass es dir etwas besser geht, aber ich glaube nicht, dass du heute arbeiten musst. Der Bautrupp kann erst wiederkommen, wenn alle weg sind, also lass es eine Weile ruhig angehen, ja? Sieh es als einen kleinen Urlaub an.«

Er schien zu begreifen, dass er die Schlacht bereits verloren hatte und zog seine Schuhe mit einem Stirnrunzeln aus.

»Ich will nicht noch einen ›Urlaub‹. Der letzte ist nicht gut gelaufen.«

Ich grinste und trat in den Raum, um mich ihm gegenüber auf eine kleine Bank zu setzen.

»Ja, es war furchtbar gemein, was sie mit dir gemacht hat. Aber ich bin mir sicher, dass sie es irgendwie wiedergutmachen wird.«

Aiden hob schelmisch die Augenbrauen. »Ja, dafür werde ich schon sorgen. Was machst du hier, Gillian? Ich dachte, du würdest inzwischen schon eine halbe Leinwand vollgemalt haben.«

»Ich werde eine Weile aufhören, tagsüber zu malen. Unsere Gäste sollen sich hier frei bewegen können. Ich versuche nur, ihnen nicht im Weg zu sein. Sie scheinen alle damit beschäftigt zu sein, sich auf die Gäste vorzubereiten, die sie heute Abend hier empfangen werden.« Ich hielt inne und biss mir auf die Lippe, als ich versuchte, das seltsame Thema anzusprechen. Schließlich entschied ich mich, einfach zur Sache zu kommen. »Hey, willst du etwas wirklich Unheimliches hören?«

Er lächelte mit großen Augen. »Ja, immer.«

»Okay, du erinnerst dich doch an das Bild, zu dem du neulich etwas gesagt hast? Das mit dem Mann?«

»Mr. Muss-mehr-Kekse-essen-und-weniger-Eiweiß-Shakes-trinken? Ja, ich erinnere mich an das Bild. Was ist damit?«

Ich lachte über Aidens Beschreibung von ihm. Derselbe Gedanke war mir schon ein paar Mal durch den Kopf gegangen – der Körperfettanteil des Mannes musste sich in einem lächerlich niedrigen Prozentbereich bewegen.

»Na ja, ich habe von ihm geträumt, weißt du? Und gestern Morgen habe ich den kleinen Jungen getroffen, der hier ist – Cooper? Du erinnerst dich wahrscheinlich nicht mehr an seinen Namen, weil du total high warst, als sie hier angekommen sind, aber egal, er wollte, dass ich ihm die Burg zeige, also habe ich das getan und ...« Ich zögerte und bekam eine Gänsehaut, als ich daran zurückdachte. »Als er das Bild gesehen hat, sah er aus, als hätte er einen Geist gesehen.«

Aidens Augenbrauen zogen sich zusammen und sein Lächeln verblasste. »Warum sollte ihn das erschrecken?«

»Er kannte den Mann auf dem Gemälde. Er kannte ihn sehr gut. Dieser Mann ist jetzt tot.«

»Ja, du hast keine Witze gemacht, als du ›unheimlich‹ gesagt hast.«

»Ich weiß.« Meine Stimme stieg um eine Oktave, als ich ihm antwortete. »Ich weiß nicht, was ich davon halten soll. Ich habe letzte Nacht auch wieder von ihm geträumt.«

»Glaubst du, diese Burg war sein Zuhause? Vielleicht solltest du dir ein anderes Schlafzimmer aussuchen?«

Ich schüttelte den Kopf und stand auf, um im Zimmer auf und ab zu gehen und meine Nerven zu beruhigen. »Ich glaube nicht, dass er hier gelebt hat, aber ich weiß es nicht. Ich habe den Jungen nicht weiter ausgefragt. Es schien ihn so traurig zu machen. Ich habe es einfach darauf beruhen lassen und ihn wieder nach unten gebracht.«

»Frag die Eltern des Jungen.«

Das konnte ich nicht tun. Ich hatte Cooper schon versprochen, dass ich das nicht tun würde.

»Das kann ich nicht. Er war der Meinung, dass das Bild seine Tante Jane und seinen Onkel Adwen noch mehr aus der Fassung bringen würde als ihn. Er wollte nicht, dass jemand anderes davon erfährt.«

Aiden strich sich mit der Hand über das Gesicht, wie er es immer tat, wenn er über etwas nachdachte. Als er sprach, war sein Tonfall völlig ernst.

»Der Mann auf dem Bild versucht, dir etwas zu vermitteln, Gillian. Du musst ihm zuhören. Nur so wird er dich in Ruhe lassen.«

»Aber er sagt nie etwas. Ich sehe ihn nur. Ich weiß nicht, wie ich ihm zuhören soll. Ich träume von ihm. Ich habe ihn gemalt. Wenn er ein Geist ist, warum verhält er sich dann nicht einfach wie ein normaler Geist und taucht nicht in meinem Kopf auf?«

Aiden stand auf und spähte in den Flur, als würde er denken, dass meine Worte den Mann direkt aus seinem Grab heraufbeschwören würden. »Sag das nicht, wenn du es nicht ernst meinst. Du solltest Geistern nicht hereinbitten. Es wandern schon genug auf dieser Welt herum.«

»Ich meine es aber ernst. Ich habe es satt und es macht mir mehr als nur ein bisschen Angst, jetzt, wo ich weiß, dass dieser Mann tot ist und nicht mein Seelenverwandter.«

Aiden lachte und lockerte damit die unheimliche Spannung, die sich ziemlich schnell aufgebaut hatte.

»Dein Seelenverwandter? Ich hätte nicht gedacht, dass du an so etwas glaubst. Wenn er dein Seelenverwandter wäre, wäre er nicht tot und du würdest ihm eher an einem Flughafen als in deinen Träumen begegnen.«

Mein Gesicht erwärmte sich vor Verlegenheit. »Ja, natürlich weiß ich das jetzt, aber am Anfang schien es logisch.«

Aiden schüttelte amüsiert den Kopf. Am liebsten hätte ich ihm mit einem Finger in die Wange gepikst, um seine wunden Zähne zu reizen.

»Logisch? Ha. Bei euch Frauen gibt es keine Logik.«

Ich konnte ihm nicht widersprechen. Jetzt, wo ich wusste, was ich mir eingebildet hatte, erschien es mir selbst lächerlich.

»Okay, ich bereue es, dir das gesagt zu haben. Lass uns das einfach vergessen.«

Aiden wollte etwas sagen, hielt aber inne, als sich jemand von der Tür her räusperte. Es war Adwen, Janes Ehemann, dem ich am Tag zuvor offiziell vorgestellt worden war. Er sah besorgt aus und begann zu sprechen, sobald wir ihn bemerkten.

»Es tut mir leid, euch beide unterbrochen zu haben, aber ich fürchte, ich habe schlechte Nachrichten erhalten und muss sofort gehen.«

Ich stand auf und ging zu ihm hinüber. »Das tut mir sehr leid. Kann ich irgendetwas tun, um zu helfen?«

»Ich glaube nicht, aber danke für das Angebot. Es geht um meinen Bruder und meinen Vater. Sie sind oft unterwegs und ich mache mir keine Sorgen, aber sie sind vor über zwei Wochen nicht dort angekommen, wo sie hinwollten. Mein anderer Bruder bricht heute Abend auf, um sie zu suchen, und ich glaubte nicht, dass ich ihn allein gehen lassen sollte.«

»Natürlich nicht. Werden die anderen auch gehen?« Zwei Wochen schienen eine sehr lange Zeit zu sein. Nicht zu wissen, wo die eigene Familie war und sich erst jetzt Sorgen zu machen, erschien mir etwas seltsam, aber offensichtlich verbreiteten sich Nachrichten unter meinen Gästen etwas langsamer.

»Nein, das hier ist zu wichtig für Jane und Grace, und ich

bin sicher, dass ihnen nichts passiert ist. Ich wette, sie haben es sich nur anders überlegt und denjenigen, die sie erwarten, nichts davon mitgeteilt, oder sie haben jemanden geschickt, der ihnen die neue Richtung hätte mitteilen müssen, der aber nicht das getan hat, worum man ihn gebeten hat.«

Ich konnte mir die Kritik einfach nicht verkneifen. »Warum haben dein Vater und dein Bruder diejenigen, die sie erwarteten, nicht einfach angerufen und es ihnen selbst gesagt?«

Adwens Mundwinkel verzogen sich zu einem seltsamen Lächeln und ich merkte, dass er sich trotz seines dringenden Bedürfnisses, nach ihnen zu sehen, nicht allzu große Sorgen machte. »Sie haben kein Telefon dabei und es gibt dort, wo sie sind, auch keines.«

»Sind sie in der Antarktis unterwegs?«

Während wir uns unterhielten, kam Aiden zu uns herüber und stieß mich plötzlich in die Rippen, als hätte ich etwas Unhöfliches gesagt.

Adwen lachte nur und ignorierte mich völlig, während er sich Aiden zuwandte.

»Ich weiß, dass ich dich noch nicht kenne, aber du scheinst ein guter Mann zu sein. Darf ich dich um einen Gefallen bitten? Es ist keine Kleinigkeit, und ich weiß nicht, ob deine Frau damit einverstanden wäre.«

Seine Frage machte Aiden neugierig und er gab sofort seine Erlaubnis. »Aye. Was brauchst du?«

Ich trat zurück und beobachtete die beiden, während Adwen unruhig von einem Fuß auf den anderen trat. Ich konnte es kaum erwarten zu hören, was er zu sagen hatte.

»Wir sind hier, weil Jane und Grace erfahren haben, dass ihre Eltern aus Amerika zu Besuch kommen werden. Sie haben nicht gefragt, ob sie kommen dürfen. Ihre Eltern haben uns einfach mitgeteilt, wann und wo sie auftauchen würden. Die Mädchen stehen ihnen nicht besonders nahe, aber ich glaube, ihre Eltern haben beschlossen, dass sie sie zu lange nicht mehr gesehen haben. Sie haben weder mich noch Eoghanan kennengelernt, und Jane versteht zwar, dass ich gehen muss, aber sie macht sich Sorgen, dass sie denken werden, sie hätte mich erfunden, wenn ich nicht da bin.«

Die Eigenartigkeit dieser Leute schien von Sekunde zu Sekunde zuzunehmen. Sie hatten eine Burg für eine unverschämt hohe Summe gemietet, Aiden war davon überzeugt, dass sie aus einem Keller gekrochen waren, den es gar nicht gab, sie kannten den Mann, der mich im Schlaf heimsuchte, und jetzt hörte es sich fast so an, als wollte Adwen vorschlagen, dass Aiden seinen Platz einnehmen sollte.

Aiden schien zu demselben Schluss gekommen zu sein, denn sein Gesicht verzog sich vor Verwirrung. »Es tut mir leid, ich weiß nicht, wie ich dir helfen kann.«

»Ich bitte dich, heute Abend so zu tun, als wärst du ich. Jane ist damit einverstanden und die anderen werden die Wahrheit nicht verraten.«

Fast hätte ich den Mund gehalten, da er nicht mit mir sprach, aber wenn er nicht gewollt hätte, dass ich es hörte, hätte er fragen sollen, wenn ich nicht in der Nähe war. »Es tut mir leid, aber wie soll das jemals funktionieren? Selbst wenn sie es jetzt glauben, ist es nicht so, als wäre Aiden jedes Mal dabei, wenn ihr eure Schwiegereltern seht. Es ist irgendwie lächerlich, ihn darum zu bitten.«

»Das ist die einzige Gelegenheit, bei der ich meine Schwiegereltern sehen werde, und nach allem, was ich über sie gehört habe, sind sie in einem Zustand, der dem ähnelt, in dem Aiden in der Nacht unserer Ankunft war.«

Aiden sah aus, als hätte man ihn gerade gebeten, die Welt zu retten. Sein Gesicht leuchtete vor Aufregung auf und er hob die Brust, als könnte er sofort mit dem Schauspiel beginnen.

»Sei still, Gillian, und kümmere dich um deinen eigenen Kram. Wenn das stimmt, habe ich kein Problem damit, das zu tun, worum du mich gebeten hast. Was meine Frau angeht, so wird sie nichts dagegen haben. Wie ich sie kenne, wird sie sich das Spektakel gerne ansehen. Ich bin dabei.«

KAPITEL 9

»Gillian, wonach genau suchst du eigentlich? Du siehst irgendwie verrückt aus, und ich habe Angst, dass du aus dem Fenster fällst, wenn du dich noch weiter hinauslehnst.«

Mit einem frustrierten Stöhnen schaltete ich die Taschenlampe aus und zog mich ins Haus zurück, bevor ich das Fenster schloss und mich umdrehte, um Anne anzuschauen. Sie trug eine Jogginghose und hatte ihr Haar lässig hochgesteckt. In der einen Hand hielt sie eine Tiefkühlpizza, die sie gerade aus dem Ofen geholt hatte, in der anderen eine Flasche Wein. Sie war bestens vorbereitet für unsere Erwachsenen-Übernachtungsparty. Wir hatten vor, viel zu viel zu essen, viel zu viel Wein zu trinken, Aidens Schauspiel so gut wie möglich zu belauschen und trotz meiner Bedenken Orick mit Hilfe eines Geisterbuchs zu beschwören, das Anne in Glasgow gekauft hatte.

»Ich fühle mich verrückt, Anne. Das tue ich wirklich, aber ich werde das Gefühl nicht los, dass mit diesen Leuten etwas nicht stimmt. Ich glaube, Aiden hatte in der ersten Nacht hier recht mit ihnen. Es kann nicht sein, dass sie kein Auto haben, und was für einen Fahrdienst kennst du, der die Leute bis hierher bringt?«

Anne warf mir einen Blick zu und schloss die Schlafzimmertür, während sie den Wein und die Pizza abstellte. »Ich kenne keinen, aber das heißt nicht, dass es ihn nicht gibt. Hast du dir Aidens Schmerztabletten reingezogen oder so? Du hörst dich nämlich schon sehr nach ihm an. Wenn dem so ist, lasse ich dich nichts von diesem Wein trinken. Ich kann mit dieser Art von Wahnsinn heute Abend nicht umgehen.«

»Nein.« Ich ging quer durch den Raum, nahm den Korkenzieher vom Tisch und arbeitete an der Weinflasche, während ich sprach. »Ich habe keine Schmerztabletten genommen.« Der Korken ploppte aus der Flasche und ich hielt inne, um ihn vom Korkenzieher zu nehmen, bevor ich uns beiden ein großes Glas einschenkte. »Du weißt doch, dass Adwen gehen musste? Ich habe ihn nach einem Auto gefragt, und er hat darauf bestanden, dass er zu Fuß ins Dorf geht, wo ihn jemand abholen wird.«

Anne nahm einen großen Schluck, bevor sie genervt mit den Schultern zuckte. »Und?«

»Was und?« Ich setzte mein Glas ab, um verärgert die Arme zu verschränken. »Und? Wer macht sowas? Wer läuft den ganzen Weg ins Dorf, bei Nebel und Regen?«

»Leute, die gerne zu Fuß gehen.«

Ich schüttelte den Kopf, weil ich frustriert war, dass sie nicht erkannte, was an seinem Verhalten so seltsam war. »Ich gehe gerne spazieren, aber nicht im Regen. Es war einfach zu seltsam, also habe ich darauf bestanden, dass ich ihn fahre und weißt du was? Auf dem ganzen Weg dorthin hat er sich so gestresst verhalten, als müsste er gar nicht ins Dorf.«

Anne lachte und machte sich daran, ihr Glas wieder aufzufüllen.

»Bitte sag mir nicht, dass du denkst, er hätte nicht ins Dorf gemusst, weil er in Wirklichkeit um die Burg herum in einen geheimen Keller gehen wollte.«

Ich blickte in mein Glas, als ich ihr antwortete. »Das ist genau das, was ich denke.«

»Ach, komm schon, Gillian. Du hast doch schon gesucht. Ich habe auch gesucht und nichts gefunden. Aiden hat sich das nur ausgedacht oder halluziniert oder so. Du erinnerst dich doch daran, wie verwirrt er an diesem Abend war.«

»Ich erinnere mich, aber du kannst nicht leugnen, wie seltsam diese Leute sind.«

Zum ersten Mal nickte sie zustimmend. »Sie sind seltsam und die ganze Sache mit dem Gemälde ist äußerst merkwürdig, aber was soll's? Sie zahlen dir einen Haufen Geld, damit sie hier sein können, und sie werden übermorgen wieder abreisen, also nimm es einfach hin und mach dir keine Sorgen.«

Ich legte beide Hände auf mein Gesicht und atmete so ruhig aus, wie ich konnte.

»Gut.«

»Gut. Warum erzählst du mir jetzt nicht, warum du dich aus dem Fenster gelehnt hast, als ich hier reingekommen bin?«

»Oh.« Ich warf einen Blick auf das offene Fenster und die Taschenlampe, die auf meinem Bett lag. »Ich habe nach Adwen Ausschau gehalten, um zu sehen, ob er aus dem Dorf hierher zurückkommen würde.«

Anne sagte nichts. Sie schüttelte nur den Kopf und stellte ihr Weinglas ab, bevor sie die Tür öffnete und auf den Flur hinausging.

Ich stand auf und folgte ihr aus dem Zimmer. »Was machst du da?«

»Ich werde gar nichts machen, aber du musst nach unten gehen und die Eltern von Jane und Grace begrüßen, damit wir uns zurückziehen und unsere Pizza essen können.«

»Was?« Ich ging wieder zurück ins Zimmer. »Das muss ich ganz bestimmt nicht tun.«

Sie lächelte und kicherte so komisch, dass ich mich fragte, ob sie schon ein bisschen Wein getrunken hatte, bevor sie in mein Zimmer gekommen war.

»Du hast recht, aber so haben wir die Möglichkeit zu sehen, wie Aidan zurechtkommt. Ich bin sehr neugierig.«

In dem Moment, als wir das kleine Wohnzimmer betraten, das an den großen Speisesaal angrenzte, wusste ich, dass es ein Fehler war. Die Gruppe war in ein hitziges Gespräch über Cooper vertieft, und alle verstummten sofort, als der alte Mann Anne und mich in der Tür stehen sah.

Aiden stand der Schweiß auf der Stirn und ich merkte, dass er bereits bereute, dieser Sache zugestimmt zu haben.

»Können wir Ihnen irgendwie helfen?«

Es war der alte Mann, der sprach, und ich mochte ihn nicht. Sein Blick, sein Tonfall, seine Haltung – alles an seinem Auftreten verriet, dass er sich für etwas Besseres hielt und dass er meine Unterbrechung nicht schätzte.

»Ich wollte Sie nur auf der Festung Cagair willkommen heißen. Ich hoffe, Sie haben einen schönen Besuch bei Ihren Töchtern. Bitte zögern Sie nicht, mich wissen zu lassen, wenn Sie etwas brauchen.«

Der Mann wandte sich von mir ab und machte sich nicht die Mühe, mir zu danken oder mich weiter zu beachten, während er mit seinen Töchtern sprach, als wäre ich nicht da.

»Warum sollte eure Bauingenieurin das Bedürfnis haben, uns auf der Burg zu begrüßen? Um ehrlich zu sein, bin ich ziemlich überrascht, dass ihr eine Frau angeheuert habt. Ich hatte angenommen, es handle sich um einen Mann.«

Ich wollte schon protestieren, aber Jane stand auf und ergriff das Wort, bevor ich die Gelegenheit dazu hatte.

»Ja. Ja, sie ist eine Frau und sie hat einen tollen Job gemacht, findest du nicht auch? Sie ist gekommen, um dich zu begrüßen, weil sie höflich ist, Vater. Warum erweist du ihr nicht die gleiche Höflichkeit?«

Der alte Miesepeter drehte sich um und nickte mir entschuldigend zu, bevor er seinen Mund öffnete, um auf Anne loszugehen.

»Und wer ist das? Sicherlich niemand, den du eingestellt hast. Sie ist so schlampig gekleidet.«

»Sie ist die Köchin.« Jane starrte uns direkt an und flehte uns mit ihren Augen an, ihr zuzustimmen.

»Die Köchin? Warum ist sie dann so angezogen?«

»Weil *sie* …« Anne betonte das Wort, als sie sprach, und machte damit deutlich, dass sie es nicht mochte, wenn man über sie sprach, als wäre sie gar nicht da. Anne sagte immer ihre Meinung, aber ich hatte das Gefühl, dass der Wein sie noch mutiger machte als sonst. »… jetzt gerade keinen Dienst hat. Wenn Sie uns jetzt entschuldigen würden.«

Sie zog an meinem Arm, als wir aus der Tür traten, und sie schimpfte den ganzen Weg über vor sich hin, als ich ihr in mein Schlafzimmer folgte.

Sobald die Tür geschlossen war, ließ sie ihre Wut an mir aus.

»Was für ein furchtbarer, unausstehlicher Mann. Am liebsten würde ich ihm diese halbleere Weinflasche in den Arsch schieben – nicht, dass da noch Platz wäre, denn da steckt bereits ein riesiger Stock drin.«

Vor lauter Schock über ihre Ausdrucksweise fielen mir fast die Augen aus dem Kopf, bevor ich in einen Lachanfall verfiel, der mich fast in die Knie zwang.

Kurz darauf schloss sie sich mir an, und ich wusste, dass der Ärger, den sie vorher empfunden hatte, nun verflogen war.

»Er war ätzend, aber Jane hat sich noch merkwürdiger verhalten. Denken ihre Eltern, dass ihr diese Burg gehört? Warum sollte sie sonst sagen, dass ich die Bauingenieurin bin?«

Anne zog den Stuhl heran, der in der Ecke vor meinem Schreibtisch stand, und setzte sich, während sie antwortete.

»Weißt du, da unten wusste ich nicht, was ich davon halten sollte, aber du hast wohl recht. Ich glaube, ich stimmte dir jetzt zu. Die ganze Sache ist gruselig – du verdienst eine viel bessere Erklärung als die, die sie dir gegeben haben, egal, wie viel sie zu zahlen bereit sind.«

Ich hob mein Glas an ihres, damit wir zusammen anstoßen konnten. »Einverstanden. Ich werde morgen früh mit Jane darüber reden, aber heute Abend sollten wir uns ein bisschen Zeit für uns nehmen.«

Anne zeigte auf das alte Buch, das sie auf den Tisch gelegt hatte. Allein der Anblick jagte mir ein Schaudern über den Rücken.

»Und lass uns den Geist dieses wunderschönen toten Mannes heraufbeschwören, der dich immer wieder heimsucht.«

»Ich brauche mehr Wein, bevor ich den Mut habe, mit dieser Sache anzufangen. Würdest du bitte das Fenster schließen, Anne? Der Regen weht langsam herein.«

Mit dem Weinglas in der Hand ging Anne zum Fenster und lehnte sich hinaus, um die feuchte Luft einzuatmen.

»Es riecht so gut, und der Wind ist auch ganz angenehm. Wollen wir nach draußen gehen und ein bisschen herumlaufen?«

Ich kicherte von der anderen Seite des Zimmers. »Du verträgst nicht gerade viel, was, Anne?«

Sie antwortete mir nicht und ich nahm an, dass sie mich nicht hören konnte, da sie den Kopf aus dem Fenster streckte und versuchte, die Regentropfen mit ihrer Zunge aufzufangen.

Ich wandte mich von ihr ab, um mir ein Stück Pizza zu nehmen, als sie einen entsetzten Schrei ausstieß.

»Was ist los?«

Ich rannte zu ihr hinüber, als sie sich mit großen Augen und schockiertem Gesicht zurückzog.

»Da draußen ist ein Mann, Gillian.«

»Ein Mann?« Augenblicklich dachte ich an Adwen und Wut stieg in mir auf. Ich ging zum Bett hinüber, um meine Taschenlampe zu holen. »Ich wusste es. Ich wusste, dass dieser verlogene Kerl nicht ins Dorf musste.«

Anne schloss das Fenster und lief mir hinterher, als ich zur Tür ging.

»Das sah nicht nach Adwen aus.«

»Draußen ist es dunkel, Anne. Wie hättest du das erkennen können?«

»Ich weiß, dass es dunkel ist, aber ich sage dir, ich glaube nicht, dass es Adwen war. Vielleicht war es der Geist – vielleicht haben wir ihn herbeigerufen.«

Ich schüttelte den Kopf und drängte mich an ihr vorbei. »Es ist nicht der Geist. Wir haben noch nicht einmal angefangen, ihn heraufzubeschwören. Kommst du mit mir oder bleibst du hier?«

Anne schüttelte ihren Kopf so heftig, dass die Wassertropfen vom Regen im Zimmer verstreut wurden.

»Auf keinen Fall. Ich bleibe hier. Wenn es Adwen ist, ist es wohl das Beste, wenn du die Konfrontation allein austrägst und mir später davon erzählst, und wenn es der Geist ist … na ja, ich glaube nicht, dass ich das ertragen kann. Also bist du auf dich allein gestellt.«

»Das ist in Ordnung. Lass mir einfach ein paar Stücke Pizza übrig. Ich bin in ein paar Minuten zurück, mit diesem Lügner im Schlepptau.«

Ich ließ sie stehen und marschierte die Hintertreppe der Burg hinunter, während meine Frustration mit jedem Schritt wuchs. Ich würde durch den Hintereingang gehen, um den anderen Haufen Lügner im vorderen Teil der Burg nicht zu stören.

Der Wind wehte so heftig, dass ich mit aller Kraft an der Tür ziehen musste, damit sie sich öffnete. Als sie endlich aufging, taumelte ich ein paar Schritte rückwärts und fing mich an der Wand ab. Als ich aufblickte, sah ich einen großen Schatten in der Tür stehen.

Der Schock und die Angst lähmten mich, während mein Atem stockte.

Anne hatte recht gehabt. Adwen war nicht in Richtung des imaginären Kellers unterwegs.

Mein Geist stand dort, keine zwei Meter von mir entfernt.

KAPITEL 10

Die Frau sah verängstigt aus, aber selbst als die Farbe aus ihren Wangen wich, wusste er, dass sie der Grund dafür war, dass er sich zu der geheimen Treppe hingezogen gefühlt hatte. Er kannte sie nicht, wusste nicht, wie sie hieß und warum sie sich so anders kleidete als Marion, aber er hatte diese feurigen Haarsträhnen schon einmal gesehen.

Auch ohne seine Erinnerung wusste er, dass er ihretwegen hier war. Es war eine überwältigende Verbindung, die er sich nicht erklären konnte. Egal, ob er die Erinnerung für immer verloren hatte oder ob sie noch bevorstand, er wusste, dass das Mädchen, das vor ihm stand, sein Herz erobern würde.

Er wollte nach ihr greifen, sie an sich ziehen, sie umarmen und seine Finger in ihren Haaren vergraben. Vielleicht war sie die Hexe, in deren Höhle er sich Marions Ansicht nach verirrt hatte, denn er hatte das Gefühl, dass sie seine Seele mit ihren grünen Augen verzauberte.

Er verstand immer noch nicht, was im Treppenhaus mit ihm passiert war. Er war die Stufen hinuntergelaufen, aber anstatt einen Tunnel oder ein Zimmer vorzufinden, war er von einer flüssigen Wand verschluckt worden, deren Existenz er sich immer noch nicht erklären konnte. Er hatte gedacht, dass die Wand ihn umbringen würde, so schnell, wie er das Bewusstsein verloren hatte. Es war ein dunkler, seltsamer Schlaf gewesen, der ewig zu dauern schien, bis er im selben Treppenhaus wie zuvor erwacht war.

Um eine erneute Bewusstlosigkeit zu vermeiden, war er die Treppe hinauf geflüchtet und zurück auf den Rasen gekrochen, als wäre nichts geschehen. Verwirrt und begierig darauf, Schutz vor dem Regen zu finden, hatte er nach der nächsten Tür der Burg gesucht. Gerade als er sich ihr genähert hatte, war die Tür aufgeschwungen und hatte die Frau enthüllt, die er jetzt anstarrte.

»Es tut mir leid. Ich wollte dich nicht erschrecken. Das hier war die nächstgelegene Tür. Ich wollte nur dem Sturm entkommen.«

Er beobachtete, wie sie den Mund öffnete und wieder schloss, als würden die Worte, die sie sagen wollte, einfach nicht herauskommen, und er fragte sich einen Moment lang, ob sie stumm war.

Langsam, um sie nicht zu erschrecken, machte er einen Schritt auf sie zu. Die Frau war durch das Gewicht der Tür nach hinten gestolpert, hatte sich aber an der Wand abgefangen und hielt sich immer noch an ihr fest. Er streckte seine Hand nach ihr aus, in der Hoffnung, sie aufrichten zu können. Die Bewegung ließ sie zusammenzucken und er wich zurück in den Regen, als er ihre Stimme hörte.

»Nein, nein, nein. Du bleibst zurück. Bist du … Ich werde dich anfassen, okay?«

Ihre Worte überraschten ihn, sowohl in ihrer Bedeutung als auch in ihrem Tonfall. Sie war atemlos und zitterte am ganzen

Körper, aber in ihren Augen lag eine furchtlose Neugier, die er bewunderte. Er nickte zustimmend und schloss die Augen, als sie ihre Hand nach ihm ausstreckte. Sie legte ihre Handfläche sanft auf seine Brust und ihre Finger ruhten an der Seite seines Halses.

Es raubte ihm den Atem und ließ seine Bauchmuskeln verkrampfen, als er sich zwang, die Augen zu öffnen, während sie sprach.

»Heilige Scheiße. Du bist doch kein Geist, oder? Du bist nicht tot.«

Er trat wieder auf sie zu, sodass er unter dem Schutz des Vordachs und außerhalb des Regens stand, während er sich in den Türrahmen lehnte.

»Nein, schöne Maid. Ich bin sehr froh, dir sagen zu können, dass ich kein Geist und auch noch nicht tot bin. Aber ich muss dich fragen, ob du mich kennst? Dachtest du, ich sei tot?«

Er musste sich daran erinnern zu atmen, als er auf ihre Antwort wartete. Er wollte unbedingt, dass sie ja sagte. Er wollte, dass sie ihn so kannte, wie er sie kennen wollte. Wenn sie Teil seines vergessenen Lebens war, konnte er sich der Zukunft ohne Angst stellen, ob er sich nun erinnerte oder nicht.

»Wenn ich dich kennen würde, würdest du dann nicht wissen, wer ich bin?«

Ihre Antwort ließ sein Herz sinken.

»Nein, ich fürchte, das würde ich nicht. Ich bin vor vielen Monden gestürzt und kann mich an nichts mehr erinnern, was davor passiert ist. Ich wurde von einer Frau gerettet, die in einer Höhle wohnt, und ich habe ihre Obhut erst heute Abend verlassen, um mich auf die Suche nach meiner Identität zu machen.«

Er wusste nicht genug über Menschen, um den

Gesichtsausdruck der Maid zu deuten, aber sie sah jetzt noch schockierter aus als in dem Moment, in dem sie ihn zum ersten Mal gesehen hatte.

»Meinst du das ernst, oder gehörst du auch zu den Verrückten, die diese Festung in den letzten Tagen überfallen haben?«

Er wusste nicht, wovon sie sprach.

»Ja, ich meine es sehr ernst. Und nein, ich glaube nicht.«

Die Augen der Frau wurden weicher. Langsam winkte sie ihn ins Haus.

»Okay, na dann. Es muss sehr schwer für dich sein, dich an nichts zu erinnern.«

Als er eintrat, griff sie um ihn herum und schloss die Tür, wobei sie ihm gegen die Brust stieß. Sie erstarrte und ihm entging nicht, wie ihr Atem bei dem Aufprall stockte. Er wusste nicht, ob sie Angst hatte oder ob sie dasselbe Herzklopfen verspürte wie er – er hoffte sehr, dass es Letzteres war.

»Es ist sehr schwer. Ich lebe mit Schuldgefühlen für die, die mich vielleicht vermisst haben, obwohl ich mich weder an ihre Gesichter noch an ihre Namen erinnern kann. Es ist, als würde ich Menschen lieben, die ich nie getroffen habe. Ich wünsche mir nichts sehnlicher, als sie wiederzusehen.«

Sie wich nicht von ihm zurück. Er genoss ihre Nähe, obwohl er keine Anstalten machte, sie zu berühren. Sie standen einfach zusammen an der Tür.

»Kennst du deinen eigenen Namen?«

Er blickte auf sie hinab und als sie zu ihm aufsah, schien er das Sprechen zu verlernen. Sie machte ihn auf eine Art und Weise nervös, die seine Brust in Brand setzte, seine Stimme in ein Flüstern verwandelte und seine Hosen unangenehm eng machte.

»Nein, schöne Maid. Ich weiß nur, wie Marion mich genannt hat, und sie nannte mich Craig. Du darfst mich so nennen, wenn du es möchtest.«

Sie lächelte. Er spürte die Wärme dieses Lächelns bis in sein Innerstes.

»Nein. Dein Name ist nicht Craig.«

Offenbar war er nicht der Einzige, der fand, dass der Name nicht zu ihm passte. »Ja, das weiß ich. Es schien nie zu mir zu passen, aber sie hat darauf bestanden, mich so zu nennen. Ich wünschte, ich wüsste, wie ich heiße, aber mein Name ist nur eines von vielen Dingen, die ich vergessen habe.«

Die Stimme der Frau war nur ein Flüstern, aber sie lächelte, als sie es sagte.

»Ich weiß, wie du heißt. Orick. Dein Name ist Orick.«

»Woher willst du das wissen, wenn du mich nicht kennst?«

In dem Moment, als er den Namen hörte, wusste er, dass es stimmte. Er war schon einmal mit diesem Namen angesprochen worden. Ihn jetzt zu hören - ein kleines Stück einer vertrauten Vergangenheit -, raubte ihm den Atem.

Er wollte sie küssen, weil es ihm so viel Freude bereitete. Er wollte sie noch aus vielen anderen Gründen küssen, aber er hielt sich zurück und sah ihr in die Augen, während er auf ihre Antwort wartete.

»Ich kenne dich nicht. Nicht wirklich. Obwohl ich irgendwie trotzdem das Gefühl habe, dich zu kennen. Aber ich kenne ein paar Leute, die wissen, wer du bist. Ein paar Leute, die sehr glücklich und ziemlich überwältigt sein werden, dich zu sehen.«

Wie konnte er nur so viel Glück haben? Dass er so schnell wiedergefunden hatte, was er vor seinem Aufenthalt bei Marion verloren schien. Freude, Angst, Nervosität, Hoffnung – so viele

Emotionen durchströmten ihn, als er diese Nachricht hörte. Tränen stiegen ihm in die Augen, und er bemerkte es erst, als die Frau ihm eine aus dem Augenwinkel strich.

Verlegen wich er zurück, bis sie ihm sanft die Hand drückte.

»Es ist in Ordnung. Natürlich berührt es dich, so etwas zu hören. Würdest du sie gerne kennenlernen?«

»Oh, mehr als du denkst, schöne Maid.«

Sie lächelte ihn an und neigte ihren Kopf in Richtung der Treppe, als sie sich von ihm entfernte.«

»Gut. Das wirst du, aber jetzt noch nicht. Komm mit.«

KAPITEL 11

Der Anblick eines Mannes, den ich für tot gehalten hatte, hätte mich eigentlich erschrecken müssen, vor allem wenn man bedachte, dass ich nur Minuten davon entfernt gewesen war, seinen Geist aus dem Grab heraufzubeschwören, aber das tat er nicht. Ich war verblüfft und schockiert, ja, aber nicht verängstigt. Stattdessen war ich erleichtert – erleichtert, dass er nicht tot war und ich nicht von einem Toten geträumt hatte.

Hoffnung schien mein zweitstärkstes Gefühl zu sein. Hoffnung, dass meine albernen Hirngespinste vielleicht doch nicht so albern gewesen waren. Das würde sich mit der Zeit herausstellen, aber als er mir die Treppe hinauf folgte, fiel es mir schwer, nach vorne zu schauen, anstatt die ganze Zeit den Kopf zu drehen, um ihn anzustarren.

Er sah genauso aus, wie ich ihn mir vorgestellt hatte – genauso, wie ich ihn gemalt hatte. Nur war es etwas ganz anderes, ihn in Wirklichkeit zu sehen. Es war besser. Obwohl ich es nicht für möglich gehalten hätte, sah er in echt noch viel attraktiver aus.

Orick war gut zehn Zentimeter größer, als ich es mir

vorgestellt hatte, und seine Augen hatten einen tieferen Blauton. Sie sahen aus wie der Ozean, wenn man in den tiefsten Teil starrte – ein Blauton, der sich mit keinem Buntstift oder Farbgemisch einfangen ließ.

Als ich vor ihm herging, wurde mir bewusst, dass ich mich nicht einmal an die Kleidung erinnern konnte, die er im Moment trug. Hatte er Jeans und einen Pullover an? Kurze Hosen und ein T-Shirt? War er nackt? *Nein, ganz sicher nicht nackt,* dachte ich mir. Ich musste schlucken, um nicht laut zu lachen. Mir wäre aufgefallen, wenn er nackt gewesen wäre. Was auch immer er anhatte, ich hatte es nicht bemerkt, als er in der Tür gestanden hatte, aber jetzt konnte ich mich kaum noch umdrehen. Wenn ich es täte, würde ich nur eine weitere Ausrede finden, um ihn wieder zu berühren. Das hatte ich in der Tür schon oft genug getan und er fand es wahrscheinlich schon komisch.

Wenigstens wusste ich jetzt, warum ich ihn gemalt hatte, warum ich ihn so viele Monate lang in meinen Träumen gesehen hatte – es war eine Art Warnung an mich gewesen, dass ich eine Rolle dabei spielen würde, diesem Mann zu helfen, mit den Menschen wiedervereint zu werden, die er verloren hatte. Es war eine gewaltige Aufgabe, der ich mich nicht gewachsen fühlte, denn ich wusste, dass der Schock und die Umstellung sowohl für Orick als auch für alle anderen, die ihn für tot hielten, enorm sein würden. Gott sei Dank hatte ich Anne und, sobald er nach dem heutigen Abend von seiner Maskerade befreit war, auch Aiden, die mir dabei halfen, zu entscheiden, was das Beste war.

Im Moment blieb mir nichts anderes übrig, als ihn mit in mein Schlafzimmer zu nehmen und mit ihm und Anne darüber zu reden, ob er irgendetwas brauchte und ob er eine Meinung dazu hatte, wie wir mit all dem umgehen sollten.

Es dauerte nicht lange, bis wir in meinem Zimmer waren, aber als ich mich an Annes Bemerkung über den Geist erinnerte, als wir die Tür erreichten, wurde mir bewusst, dass ich sie besser warnen sollte, bevor ich mit ihm hineinstolzierte. Ich drehte mich zu ihm um und schaute mir seine Kleidung genau an. Es war nicht, wie ich erwartet hatte.

»Es tut mir leid, ich weiß, dass das eine unhöfliche Frage ist, aber … bist du schon länger obdachlos? Ich frage das nur, weil du so gekleidet bist.«

Er trug eine dunkle, eng anliegende Hose, aber sie war abgenutzt und schmutzig, und seine Schuhe sahen aus, als gehörten sie in ein Museum. Sein Hemd saß locker und hatte mehrere Löcher. Alles war vom Regen durchnässt. Jetzt, wo ich nicht mehr so sehr von seinen Augen, seiner Größe oder der Art und Weise abgelenkt war, wie mein Herz jedes Mal unkontrolliert zu schlagen schien, wenn ich ihn berührte, konnte ich jede Kurve seiner muskulösen Brust durch den dünnen Stoff seines Hemdes sehen. Es war verdammt schön.

Nachdem ich ihn genug angestarrt hatte, blickte ich auf und wartete auf seine Antwort. Er schien von meiner Frage völlig verwirrt zu sein.

»Ich weiß nicht, was du mit deiner Frage oder deiner Bemerkung über meine Kleidung meinst. Es tut mir leid, wenn der Zustand der Kleidung dich beunruhigt.«

Sofort fühlte ich mich schrecklich und versicherte ihm schnell, dass das überhaupt nicht der Fall war.

»O nein, ganz und gar nicht. Es tut mir leid. Ich hätte nichts sagen sollen. Würdest du bitte einen Moment hier draußen warten? Ich habe da drinnen eine Freundin. Ich denke, es ist besser, wenn ich sie vor dir warne, bevor ich dich reinbringe.«

»Kennt sie mich?«

Ich lächelte und war enttäuscht, dass ich ihm diese Frage nicht mit Ja beantworten konnte, nachdem ich die Hoffnung in seinen Augen gesehen hatte.

»Nein, aber sie weiß von dir. Zumindest hat sie schon von dir gehört. Ich brauche nur eine Sekunde.«

Ich ging schnell hinein und schloss die Tür leise hinter mir. Anne sprang vom Fenster weg, den Mund voller Pizza, während sie sprach.

»Und … hast du ihn gefunden und ihm die Meinung gegeigt? Ich habe versucht, ihn zu beobachten, aber ich konnte nichts sehen oder hören.«

»Es war nicht Adwen.«

»War es nicht?«

»Nein. Bist du nüchtern genug, um nicht auszuflippen, wenn ich dir sage, wer auf der anderen Seite der Tür ist?«

Sie schluckte und nickte, während sie ihre Arme verschränkte und sich auf die Kante meines Bettes setzte.

»Ja, Gillian. Ich habe nicht so viel Wein getrunken, und die Pizza hat geholfen. Sag mir nicht, dass es der Geist ist.«

In ihrer Stimme lag Humor, aber als ich nicht lachte oder widersprach, änderte sich ihr Tonfall deutlich.

»Gillian?«

»Nein, es ist kein Geist, aber es ist der Mann, den wir für einen Geist gehalten haben.«

Sie stand auf und marschierte zur Tür, um sie zu öffnen. Ich stellte mich ihr in den Weg.

»Du musst behutsam mit ihm umgehen. Das ist alles zu viel für ihn, glaube ich. Er kann sich an nichts erinnern.«

»Ach nein?« Ihre Stimme klang ungläubig.

»Nein, er erinnert sich wirklich nicht und ich glaube nicht, dass er unter den besten Umständen gelebt hat. Er ist ziemlich schmutzig. Das wirst du schon sehen. Los, mach die Tür auf.«

Anne zögerte keinen Moment und reagierte ähnlich wie ich – sie starrte ihn ein paar lange Sekunden an, bevor sie ihr Bestes tat, um sich wieder zu fangen. Dann zerrte sie ihn in den Raum und schloss die Tür.

»Heiliger Bimbam, du siehst genauso aus wie auf dem Gemälde.«

Orick runzelte die Stirn, als er auf Anne herabblickte.

»Dem Gemälde?«

Ich versuchte schnell, ihn abzulenken. Er würde noch früh genug von dem Gemälde erfahren, aber ich hielt es nicht für das Beste, damit anzufangen.

»Das ist nicht wichtig. Warum setzt du dich nicht? Willst du ein Stück Pizza?«

Er setzte sich, wie ich es ihm aufgetragen hatte, und sah sich die Käsepizza an, als hätte ich ihn gebeten, eine lebende Ratte zu essen.

»Was ist Pizza?«

Aus seinem Mund klang das Wort unbehaglich.

»O Mann, du erinnerst dich nicht mehr an viel, oder? Iss, sie wird dir schmecken.«

Ich konnte sehen, dass er hungrig war, denn er griff sofort zu. Innerhalb von Sekunden entspannte sich sein Gesicht vor Genuss.

»Es schmeckt wirklich wunderbar. Es stellt meine eigene Küche in den Schatten. Und die von Marion auch.«

Er erwähnte Marion oft und ich konnte nicht unterscheiden, ob es nur aus Dankbarkeit oder aus anderen Gründen war, aber ich wusste, dass sie ihm sehr viel bedeutete. Wenn er sich wirklich an nichts vor ihr erinnern konnte, war sie wahrscheinlich die wichtigste Person in seinem Leben. Ich konnte nicht umhin, mich zu fragen, warum er sie verlassen hatte. Da ich wusste, dass wir dringendere Dinge zu besprechen hatten, beschloss ich, mir die Frage für einen späteren Zeitpunkt aufzuheben.

»Orick, ich will dir nicht zu nahe treten und ich bin mir wirklich nicht sicher, was die beste Herangehensweise ist, also werde ich dir einfach sagen, was ich weiß, und du sagst mir dann, ob du eine Vorstellung davon hast, wie du vorgehen möchtest.«

Er nickte und hielt seine Augen direkt auf mich gerichtet, um mir aufmerksam zuzuhören.

»Okay. Ich kenne dich nicht, und Anne kennt dich auch nicht, aber mir gehört diese Burg und …«

»Es tut mir leid«, warf er ein, und ich verstummte. »Bist du die Herrin dieser Burg? Marion hat von dem Gutsherrn gesprochen und gesagt, er sei ein Mann und keine Frau.«

»Was? Nein, ich bin nicht die Herrin. Gutsherren gibt es in Schottland eigentlich nicht mehr. Schon seit sehr langer Zeit nicht mehr.«

Ich beobachtete seine Reaktion genau und versuchte, ihn zu verstehen. Dass er sein Gedächtnis verloren hatte, war eine Sache, aber die Frage bereitete mir noch mehr Kopfzerbrechen. Was, wenn er noch viel mehr verloren hatte und mit seinem Gedächtnis auch sein Verstand verschwunden war?

Er dachte einen langen Moment über meine Antwort nach und verlagerte sich etwas unbehaglich, als er meine Worte zu akzeptieren schien.

»Marion weiß es vielleicht nicht. Sie lebt nicht unter

Menschen, und ich muss zugeben, dass ich es selbst nicht weiß. Rede weiter, schöne Maid.«

»Okay, mir gehört die Burg, und eine Familie hat sie für ein paar Nächte gemietet. Ich glaube, dass sie dich kennen, auch wenn ich jetzt lieber nicht näher darauf eingehen möchte, warum ich das glaube. Ich bin mir aber sicher, dass sie dich kennen. Sie dachten, du seist tot, und ich weiß, dass es ein Schock für sie sein wird, dich zu sehen.«

»Ja, da bin ich mir sicher.«

Ich schaute zu Anne hinüber, die mit verschränkten Armen an der Tür meines Schlafzimmers lehnte und unseren Austausch schweigend verfolgte. Ich hoffte, dass sie die perfekte Lösungsmöglichkeit nennen würde, aber als ich sie beobachtete, wusste ich, dass sie sich bei diesem seltsamen Gespräch nur als Zuschauerin und nicht als aktive Teilnehmerin betrachtete. Ich war auf mich allein gestellt.

»Ich glaube nicht, dass heute Abend der beste Zeitpunkt wäre, um es ihnen zu sagen. Wäre es für dich in Ordnung, wenn wir bis morgen früh warten, damit ich mit ihnen reden kann und euch dann alle zusammenbringen kann?«

Stimmen von unten schienen sich plötzlich meinem Schlafzimmer zu nähern, und wir konnten alle hören, dass dort eine Art Aufruhr herrschte. Anne ging schnell auf den Flur, um nach dem Rechten zu sehen. Ein paar Sekunden später kam sie mit einem sehr frustrierten Aiden an ihrer Seite wieder herein.

Er war sichtlich erschöpft und so frustriert, dass er nicht einmal bemerkte, dass Orick an dem kleinen Tisch neben der Tür saß.

»Es war so dumm von mir, mich auf diesen Mist einzulassen. Ich glaube, sie haben es mir abgekauft, aber ich war seit unserer Hochzeit nicht mehr in einem Raum mit so viel spürbarer wütender Spannung, Anne. Und damals auch nur, weil du wütend auf deine Schwester warst, weil sie weiß getragen hat. Dieser alte Mann ist ein verrückter, hasserfüllter Kerl.«

Aiden stand mit dem Rücken zu Orick, während er sich mit Anne unterhielt, und hörte gar nicht mehr auf zu reden.

»Ich kann mir nicht vorstellen, warum Jane und Grace sich all diese Mühe für ihn gemacht haben. So wie er mit dir und Gillian geredet hat, hätte ich ihm am liebsten eine reingehauen. Er ist weg, zusammen mit der alten Frau. Es hat ihnen nicht gefallen, dass Grace sich geweigert hat, Cooper mit ihnen in die USA zu schicken, und sie sind wütend und schimpfend abgereist. Der arme Junge hat in dieser Nacht bestimmt ein paar Wörter gelernt, mit denen er auf dem Schulhof um sich werfen kann.«

Anne, die offensichtlich nicht wusste, wie sie auf alles eingehen sollte, was Aiden gesagt hatte, reagierte einfach so, als wären Orick und ich nicht da.

»Oh, das ist ja schrecklich. Sind sie denn alle schon im Bett?«

»Sie sind auf dem Weg dorthin. Ich weiß, dass du mit Gillian aufbleiben wolltest, damit ihr beide so tun könnt, als wärt ihr wieder vierzehn, aber ich brauche dich bei mir. Der ganze Abend war zu viel für mich.«

Ich beschloss, ihn zu unterbrechen, bevor er alle mit weiterem Schlafzimmergerede in Verlegenheit brachte.

»Es ist in Ordnung, Aiden. Du kannst sie mitnehmen, aber vorher solltest du noch jemanden kennenlernen.«

Er drehte sich um. Für eine kurze Sekunde wich die Verlegenheit aus seinem Gesicht, bevor er Orick sah. Dann verwandelte sich sein Blick in Entsetzen und er rempelte Anne mit dem Rücken an, sodass sie zu Boden stürzte.

Ich eilte hinüber, um ihr aufzuhelfen, während Aiden vor sich hin stotterte.

»Wa… Es… Ich… Gillian, ich habe dir gesagt, du sollst nicht über Geister sprechen. Du hast ihn heraufbeschworen, oder?«

Anne stand auf, lachte und strich ihrem Mann sanft über den Rücken.

»Er ist kein Geist, du Dummkopf. Er ist nur nicht tot, wie alle dachten.«

Die Angst in Aidens Gesicht löste sich sofort in Luft auf, als er zu Orick sprach.

»Oh. Na, dann ist es ja gut. Ich nehme an, du bist ziemlich erleichtert, kein Geist zu sein.«

Dann wandte Aiden sich mit einer Selbstverständlichkeit, wie ich sie noch nie von ihm gesehen hatte, an mich, und hatte ein seltsames, mürrisches Funkeln in seinen Augen.

»Gillian, ich glaube, ich hatte heute Abend genug mit dieser Familie zu tun. Dieser Kerl hier ist deine Sache, und was immer du mit ihm vorhast. Ich werde mit meiner Frau ins Bett gehen und dort bleiben, bis sie alle weg sind.«

Ich begann zu protestieren, aber er ließ mir keine Gelegenheit und schwang Anne über seine Schulter, als würde sie nichts wiegen. Ich rief nach ihr, aber anscheinend war ihr eine Nacht mit ihrem Mann lieber als die komplizierte Situation in meinem Schlafzimmer. Sie hob nur den Kopf und zwinkerte mir zu, als sie zur Tür hinausgingen und sie hinter sich schlossen.

Orick und ich waren jetzt ganz allein.

KAPITEL 12

Ich erlaubte ihm, die Pizza aufzuessen. Trotz meines knurrenden Magens konnte ich mir vorstellen, dass er sie viel dringender brauchte als ich. Er sagte nicht viel, während er aß, und das war mir ganz recht, denn so hatte ich ein paar Momente Zeit, um darüber nachzudenken, wie der Rest des Abends verlaufen würde.

Ich wusste, dass ich ihn nicht in einem Gästezimmer unterbringen konnte, da Cooper ständig durch die Gegend rannte und tat, was er wollte, und ich konnte aus demselben Grund auch nicht woanders übernachten. Da ich also keine andere Lösung sah, mussten wir uns wohl oder übel ein Zimmer teilen.

Außerdem musste er gesäubert werden. Eine Dusche wäre leicht, da das Badezimmer dank Aidens Renovierung jetzt mit meinem Zimmer verbunden war, aber ich hatte keine sauberen Klamotten, die ich ihm geben konnte. Zuerst zog ich in Erwägung, zu Aidens und Annes Zimmer hinüberzugehen, aber dann dachte ich an das Funkeln in Annes Augen, als sie gegangen waren, und entschied mich dagegen.

Danach würde ich ihn einfach schlafen legen und ihm eine gute Nachtruhe gönnen, bevor die überwältigenden Ereignisse morgen eintreten würden.

»Darf ich fragen, wie du heißt, holde Maid? Du warst so freundlich, mir meinen eigenen Namen zu nennen. Ich würde deinen auch gerne wissen.«

Ich konnte nicht glauben, dass ich vergessen hatte, ihm meinen Namen zu sagen.

»Natürlich darfst du das. Gillian. Mein Name ist Gillian.«

Er testete den Namen, indem er ihn zunächst lautlos formte, bevor er ihn aussprach.

»Gillian. Das ist ein hübscher Name. Darf ich dir noch ein paar andere Fragen stellen?«

Ich lächelte und nickte, während ich ihm eine Stoffserviette reichte, damit er sich die restlichen Pizzakrümel und die Soße von seinen Fingern und seinem Mund wischen konnte.

»Bist du verheiratet, Gillian?«

»Nein.« Ich lachte und gestikulierte durch den Raum. »Glaubst du, ich würde dich in meinem Schlafzimmer einquartieren, wenn ich es wäre?«

Er lächelte verlegen und mir entging nicht, wie seine Wangen erröteten. »Ja, da hast du wohl recht. Weißt du … Weißt du, ob ich verheiratet bin?«

Ehrlich gesagt, war mir der Gedanke nie in den Sinn gekommen. Nicht, als ich von ihm geträumt hatte und schon gar nicht, als ich ihn in Wirklichkeit sah. Ich hoffte, dass er nicht verheiratet war. Aber ein Mann, der so aussah, wie er aussah, mit einer so freundlichen Art … wie konnte er nicht verheiratet sein?

»Ich weiß es nicht. Du wirst es morgen herausfinden, denke

ich. Hast du genug gegessen? Wenn du noch hungrig bist, kann ich runter in die Küche gehen und dir etwas zubereiten.«

Insgeheim hoffte ich, dass er ja sagen würde, nur damit ich eine Ausrede hatte, mir auch etwas zu essen zu besorgen. Er lehnte mein Angebot schnell ab.

»Nein. Ich habe heute Abend schon mehr gegessen als in den letzten Tagen. Ich bin so froh, dass ich keinen Fisch mehr essen muss, denn ich glaube nicht, dass ich auch nur einen weiteren Bissen davon ertragen könnte. Trotzdem danke ich dir für alles, was du mir gegeben hast.«

Ich versuchte, meine Enttäuschung zu verbergen, während ich meine Stimme über mein Magenknurren hinweg erhob.

»Das ist kein Problem. Willst du dich frischmachen?« Ich sah das Unbehagen in seinem Gesicht und wusste, dass ich ihn wieder beunruhigt hatte – dass ich ihn glauben ließ, seine Kleidung oder seine Hygiene wäre mir unangenehm. Schnell versuchte ich, meine Frage zu klären. »Nicht, dass du es nötig hättest. Eine Dusche tut manchmal einfach gut, wenn man müde ist. Der neue Warmwasserboiler funktioniert sehr gut.«

»Ja, vermutlich wäre es nicht sonderlich anständig von mir, so schmutzig in deinem Zimmer zu bleiben, aber ich möchte nicht, dass du mir Wasser hochbringst. Wenn du mir zeigst, wo es ist, kann ich es selbst holen.«

»Was? Man muss nirgendwo Wasser holen. Komm hier rüber.«

Ich winkte ihn ins Bad. Als er neben mir stand, öffnete ich die Duschtür und drehte das Wasser auf.

»Siehst du? Das Wasser kommt einfach. Jetzt, wo du es gesehen hast, weißt du doch sicher noch, wie man es bedient, oder?«

Ich drehte mich zu ihm um und sah, wie die Erkenntnis in seinen Augen aufflackerte und er grinste.

»Ja, es kommt mir sehr seltsam vor, aber ich glaube, ich weiß, wie es geht. Es ist fast so, als hätte ich schon einmal unter so einer Gischt gestanden.«

Ich konnte mir ein kleines Kichern nicht verkneifen und drehte das Wasser ab, um die Tropfen von meinen Fingern zu schnippen und ihn nass zu machen.

»Na, das will ich doch hoffen.«

»Marion hat keine von diesen Dingern, aber sie hat allgemein nicht viel, also ist es nicht verwunderlich. Ich habe in der Angelstelle zwischen den Felsen und den Höhlen gebadet. Ich kann es dir nicht so schildern, dass du es verstehen würdest. Es fühlt sich an, als würde ich Erinnerungen aus zwei verschiedenen Welten in mir tragen. In der einen scheint Marions Höhle ein schönes Zuhause zu sein und das Feuer, an dem wir täglich Fisch zubereitet haben, war mehr als geeignet. In der anderen scheint ein warmer Wasserfall wie dieser die einzige Möglichkeit zu sein, sich vom Schmutz zu befreien. Auch die Art und Weise, wie die Dinge hier beleuchtet werden, ist mir nicht vollkommen fremd. Ergibt das, was ich sage, für dich einen Sinn?«

Das tat es nicht, nicht wirklich, aber ich versuchte zu erraten, was er meinte.

»Du meinst, dass du dich zwar nicht mehr an Menschen und Dinge erinnern kannst, aber immer noch weißt, wie die Dinge funktionieren? All deine Fähigkeiten und dein gesunder Menschenverstand sind dir geblieben?«

Er nickte und zuckte mit den Schultern, und da wusste ich, dass ich das Ziel verfehlt hatte. Trotzdem blieb er höflich und zuvorkommend.

»In gewisser Weise, aber in meinem Kopf scheint alles noch mehr im Widerspruch zueinander zu stehen. Ich hoffe nur, dass die Erinnerungen zu mir zurückkommen werden, wenn ich die Menschen sehe, die mich kennen. Ich glaube nicht, dass sie für immer verschwunden sind, denn es ist, als könnte ich fühlen, wie sie unter der Oberfläche meines Verstandes lauern. Wenn ich nur tief genug graben könnte, kämen sie vielleicht an die Oberfläche.«

Ich hatte Mitleid mit ihm, weil er sich so lange verloren gefühlt haben musste. Ich konnte mir kaum etwas Schlimmeres vorstellen, als meine Erinnerungen zu verlieren, selbst wenn es die schlechtesten von ihnen waren. Denn jede einzelne war ein wesentlicher Teil von mir.

»Ich kann mir nicht vorstellen, wie das für dich sein muss. Es tut mir leid. Es tut mir leid, dass dir das passiert ist.«

»Ach, bemitleide mich nicht. Ich bemitleide mich auch nicht selbst. Wir haben alle unsere Probleme. Das ist meines.«

»Das glaube ich auch. Und jetzt«, ich verließ das Bad, um ihm etwas Privatsphäre zu geben, »lasse ich dich allein, damit du dich waschen kannst. Ich fürchte, ich habe nichts zum Anziehen für dich. Du musst …« Mitten im Satz bemerkte ich meinen dunkelgrünen Bademantel, der an einem der Haken im Bad hing, und hob ihn an, um seine Größe zu überprüfen.

Er verschluckte mich regelrecht und als ich ihn betrachtete, stellte ich mir vor, dass er ihm gut passen würde, obwohl er einen guten Meter länger sein müsste, um für ihn geeignet zu sein. Trotzdem würde das seine intimsten Stellen bedecken. Und wenn nicht, würde ich mich wohl damit abfinden müssen, einen Blick auf sein Hinterteil zu erhaschen.

»Warum ziehst du den nicht an, wenn du aus der Dusche kommst, bis deine Sachen trocken sind?«

Er betrachtete den Bademantel misstrauisch, trat dann aber auf mich zu, wobei seine Schuhe quietschten, weil sie durchnässt waren. Mit einem Blick auf seine nassen Klamotten gab er nach und streckte seine Hand danach aus.

»Nun gut. Danke.«

In dem Moment, in dem ich die Tür zum Badezimmer schloss, hörte ich, wie die Dusche zu laufen begann und seine Kleidung leise auf den Boden fiel.

»Bist du auf den Boden gefallen, schöne Maid? Warum solltest du sonst nicht in deinem eigenen Bett liegen?«

Das Geräusch von Oricks Stimme ließ mich aufschrecken, und ich sprang so schnell von der Matte auf dem Boden auf, dass mein Kopf sich beim Aufstehen drehte. Ich hatte die Matte nur zum Schlafen vorbereiten wollen und war stattdessen innerhalb von wenigen Augenblicken eingeschlafen.

»Nein, ich bin nicht aus dem Bett gefallen. Ich habe es für dich frei gelassen.«

Er sah in meinem Bademantel lächerlich niedlich aus und hätte mir fast einen Blick auf seine Kronjuwelen gewährt, als er seine Brust als Reaktion auf meine Erklärung, warum ich auf dem Boden lag, aufplusterte.

»Willst du damit sagen, dass du vorhast, mich hier bei dir schlafen zu lassen? In deiner Kammer? Ich kann dich doch nicht so beschämen. In der Höhle war das etwas anderes als hier.«

»Oh, komm schon, Orick. Ich fühle mich geschmeichelt, dass du dir Sorgen um meinen Ruf machst, aber sei nicht so prüde. Du brauchst deinen Schlaf. Ich bestehe darauf, dass du das Bett nimmst. Ich habe jede Menge Decken hier. Es ist sogar ziemlich gemütlich. Aber du musst hier bei mir übernachten. Wir können nicht riskieren, dass du in einem anderen Zimmer schläfst. Nicht, bevor sie dich gesehen haben.«

»Nein, Mädchen. Ich werde dich nicht auf dem Boden schlafen lassen.«

Er ging zum Bett hinüber, zog an der obersten Decke und legte sie auf der anderen Seite des Bettes ab, bevor er aus meinem Blickfeld verschwand und sich auf den Boden legte.

Ich drehte mich um und starrte ihn unter dem Bett hindurch an.

»Was hat das für einen Sinn? Wenn du auf dem Boden schläfst, schlafe ich auch auf dem Boden. Ich bin sehr stur. Du solltest mich nicht auf die Probe stellen.«

Er schaute zu mir herüber, wobei sich ein Mundwinkel zu einem anerkennenden Lächeln verzog.

»Was willst du damit sagen? Dass ich mit dir im Bett schlafen muss, wenn ich will, dass du im Bett schläfst?«

Das ließ mich tatsächlich etwas begierig erscheinen, aber ich war dazu erzogen worden, eine gute Gastgeberin zu sein. Ich würde nicht dulden, dass er auf dem Boden schlief, und er würde es mir auch nicht erlauben.

»Nein. Mir wäre es lieber, wenn du einfach ins Bett steigen und mich hier liegen lassen würdest, aber wenn du das nicht willst, ohne dass ich im Bett liege, schadet es mir auch nicht, es mit dir zu teilen.«

»Bist du nicht besorgt, dass ich dich ausnutzen könnte? Dass die Verlockung zu groß sein könnte, wenn du neben mir liegst?«

Ich lachte und richtete mich auf, während ich die Decken von meiner Matte zurück auf das Bett legte. Ich wusste, wie meine Haare wahrscheinlich aussahen, nachdem ich darauf eingeschlafen war, und ich war mir auch bewusst, welche Geräusche ich im Schlaf von mir gab – beides war nicht attraktiv. Selbst wenn ich mit einem weniger höflichen Mann zusammen gewesen wäre, hätte ich mir keine Sorgen gemacht, dass ich eine Versuchung darstellen könnte – nicht, dass ich vorhatte, mich jemals wieder in eine solche Situation mit einem fremden Mann zu begeben.

»Ich bin nicht besorgt. Sollte ich das sein? Du wirkst nicht wie der Typ Mann, der so etwas tun würde.«

»Nein, holde Maid. Ich schwöre, dass ich dich nicht anfassen werde.«

Als er erkannte, dass ich jedes Wort ernst gemeint hatte, folgte er mir langsam und rollte die Decke, die er aus dem Bett geholt hatte, zu einer langen Schlange zusammen, die er in die Mitte legte, um uns beide voneinander zu trennen.

Nachdem ich das Licht ausgeschaltet hatte, ließen wir uns beide in einem angenehmen Abstand zueinander im Bett nieder, und ich begann genauso schnell einzuschlafen wie zuvor, als Oricks Stimme in der Dunkelheit zu mir sprach.

»Ich habe Angst.«

Wir lagen mit dem Rücken zueinander, aber als ich spürte, dass er jemanden zum Reden brauchte, drehte ich mich zur gleichen Zeit wie er zur Mitte um, sodass unsere Körper einander viel näher waren. Ihn so zu sehen, so nah bei mir, dass ich die Wärme seines Atems spüren konnte, erinnerte mich so sehr an meine Träume, dass ich nach ihm greifen wollte, um ihn an mich zu ziehen und meine Lippen auf seine zu pressen. Beinahe hätte ich genau das getan, aber ich wurde zur Vernunft gebracht, als er seinen Mund öffnete, um wieder etwas zu sagen.

»Ich glaube, dass ich mich mit der Zeit erinnern werde, aber diese Zeit ist vielleicht nicht morgen. Ich möchte denen, die mich kennen, keinen Kummer bereiten.«

Stattdessen legte ich meine Handfläche auf seine Wange, um ihn zu trösten.

»Darüber brauchst du dir keine Sorgen zu machen. Das wird ein Schock für sie sein, aber wenn sie dich lieben, werden sie dir die Zeit geben, die du brauchst.«

Er sagte nichts. Alles, was ich sehen konnte, waren seine blauen Augen im Mondlicht.

»Weißt du …«, flüsterte ich ihm zu, während ich ein wenig näher rutschte, bis meine Vorderseite die Barriere berührte, die er zwischen uns errichtet hatte. »Du erinnerst dich vielleicht nicht mehr daran, aber manchmal drückt man seine Lippen auf die eines anderen, um ihm Mut zu machen. Ich habe noch etwas Mut übrig, falls du welchen brauchst.«

Er lächelte in der Dunkelheit, und ich ließ ihm keine Gelegenheit zu antworten, bevor ich mich vorbeugte und meine Lippen ganz sanft über seine strich. Ich verweilte nicht lange, aber seine Hand wanderte zu meiner Wange und umfasste sie, als er mich für einen zweiten Kuss zu seinem Gesicht führte. Seine Berührung war leicht und sanft, und sie war so schnell vorbei, wie sie begonnen hatte.

Dann drehte ich mich auf die andere Seite und wünschte ihm eine gute Nacht.

Er sagte nichts, aber ich merkte, dass er wusste, dass ich gelogen hatte.

KAPITEL 13

Zum ersten Mal, seit ich in die Burg eingezogen war, träumte ich nicht von Orick. Ich träumte von meinen Eltern und wie sehr ich sie vermisste. Es war die Art von Traum, in dem die Erinnerungen so intensiv waren, dass man sie riechen, berühren, hören und sogar sehen konnte, dass einem das Herz vor lauter Sehnsucht nach ihnen wehtat. Als ich aufwachte, standen mir die Tränen in den Augen.

Ich warf einen Blick über meine Schulter, um mich zu vergewissern, dass Orick noch schlief, bevor ich aus dem Bett schlüpfte und ins Bad ging, wo ich die Tränen und Erinnerungen mit einer heißen Dusche abwaschen konnte. Ich träumte nicht mehr so oft von ihnen wie früher, aber die Bedeutung war mir nicht entgangen.

Sie waren wie Leuchtfeuer, Leuchttürme, die mich entweder zu etwas hin oder von etwas weg führten, das ich selbst noch nicht sehen konnte. Sie erinnerten mich an ihre Weisheit, wenn ich sie brauchte, auch noch lange, nachdem sie von uns gegangen waren. So waren meine Träume von ihnen immer gewesen.

Was wollten sie mir jetzt sagen? Vielleicht war es einfach ein Zeichen dafür, dass sie Tracys Entscheidung, mir die Burg zu überlassen, guthießen. Was auch immer es war, ich wusste nie, was ich von solchen Träumen halten sollte. Irgendwie wollte ich nie, dass sie zu Ende gingen, aber sobald sie das taten, wünschte ich mir immer, sie wären nie passiert. Das Gefühl, ihnen so nahe aber gleichzeitig so fern zu sein, tat mir weh und brachte mich meistens zum Weinen.

Ich erlaubte mir diese Tränen, während ich duschte, aber sobald ich fertig war, ließ ich sie mit dem Schaum des Shampoos den Abfluss hinunterlaufen.

Ich machte mich im Bad fertig, und brachte meine Morgendusche vergleichsweise schnell hinter mich, wobei ich darauf achtete, leise zu sein, damit ich Orick nicht weckte. Ich war ziemlich schnell fertig. Ehe ich mich zurück in das Zimmer schleichen konnte, hörte ich das Bett knarren, als wäre er aufgestanden. Ich öffnete die Badezimmertür und sah ihn aufstehen. Ich musste ihm zurufen, um ihn davon abzuhalten, sich in meinem kurzen Bademantel zu strecken, während ich ihm zusah.

»Morgen, lass mich nur schnell die Tür schließen, bevor du das machst. Sonst bekomme ich einen umfangreichen Ausblick auf deinen Hintern.«

Er stand mit dem Rücken zu mir, aber er lachte über meine Worte.

»Das ist eher für dich peinlich als für mich, holde Maid.«

Er drehte sich um und zeigte auf das Bett. »Ich kann mich nicht erinnern, jemals so gut geschlafen zu haben.«

»Gut.« Ich ging auf ihn zu und machte das Bett, jetzt wo er aufgestanden war. »Ich glaube, du hast das gebraucht.«

Er machte sich sofort daran, mir zu helfen, obwohl ich merkte, dass er mit dieser Aufgabe nicht allzu vertraut war, denn er ahmte meine Bewegungen genau nach. Nicht, dass ich das auf seinen Gedächtnisverlust schob – er war schließlich ein Mann.

»Ich glaube, da stimme ich dir zu. Zum ersten Mal seit meinem Sturz habe ich nicht mehr von sinnlosen Farben und Stimmen geträumt.«

»Das ist gut. Was hast du geträumt?«

Ich wusste, dass meine Träume oft von meinen eigenen Erinnerungen an Dinge, die ich zuvor gesehen hatte, herrührten. Ich fragte mich, wovon ein Mann mit so wenigen Erinnerungen träumte.

Er lächelte und blickte schüchtern zu Boden.

»Ich weiß nicht, ob ich es dir sagen soll, aber es war von dir, und es hat sich nicht nach einem Traum angefühlt. Eher nach einer Erinnerung. Bist du sicher, dass du mich nicht kennst?«

»Ich bin mir sicher. Ich hätte es dir gesagt, wenn ich dich kennen würde. Aber vielleicht bedeutet das ja, dass du anfängst, dich zu erinnern und dein Verstand einfach das Gesicht einer anderen durch meins ersetzt hat, weil du mich kurz vor dem Schlafengehen gesehen hast. Ich denke, das ist eine gute Nachricht.«

»Hmm.«

Er machte das Geräusch, als er vom Bett wegging, und verschränkte die Arme, während er nachdachte.

»Vielleicht hast du recht, aber ich konnte dich so genau sehen, Gillian. Ich stand draußen im Regen, direkt vor dem Fenster deines Schlafzimmers, neben einem Mädchen, das ich nicht sehen konnte. Ich habe dich beobachtet, wie du da standest. Dein rotes Haar hat die Hälfte deines Gesichts verdeckt. Du konntest mich nicht sehen. Ich wollte dich unbedingt kennenlernen.«

Ich schluckte und der Raum schien sich durch seine Worte zu erwärmen.

Ich stotterte ein paar unsichere Worte und war erleichtert, als die Türklinke zu meinem Zimmer klapperte, als würde jemand hereinkommen wollen. Das hielt mich davon ab, auf sein Traum-Geständnis zu antworten, und das war auch gut so, denn mein Herz klopfte viel zu heftig, als dass ich das hätte tun können.

Mit Anne konnte ich gut umgehen und ihre Anwesenheit würde auch meine Fähigkeit, Worte aneinanderzureihen, wiederherstellen. Ich nahm an, dass sie nach uns sehen wollte, nachdem sie mich in der Nacht zuvor im Stich gelassen hatte.

»Ich komme schon.«

Ich ging hinüber und öffnete die Tür, um Cooper dort stehen zu sehen. Panisch schlug ich ihm die Tür vor der Nase zu, bevor ich mich zu Orick umdrehte.

»Geh bitte für einen Moment aus dem Blickfeld und lass mich mit ihm reden. Du darfst ihn erst kennenlernen, wenn ich mit den Erwachsenen gesprochen habe.«

»Wer ist es?«

Er tat, worum ich ihn bat, aber seine Neugierde war offensichtlich.

»Das ist nicht wichtig. Bleib einfach zurück.«

Ich öffnete die Tür erneut und blickte auf den verletzten Gesichtsausdruck des Jungen hinab.

»Guten Morgen, Cooper.«

»Morgen. Warum hast du mir die Tür vor der Nase zugeschlagen?

»Äh …« Ich stellte mich in den Türspalt, um sicherzustellen, dass er nicht hineinsehen konnte. »Mein Zimmer ist ein einziges Durcheinander. Ich wollte nicht, dass du es siehst.«

»Mein Zimmer ist auch immer unordentlich, also mach dir darüber keine Sorgen. Ich habe dir einen Kaffee mitgebracht.«

Er streckte mir eine große, dampfende Tasse entgegen, und ich nahm sie an.

»Danke. Das ist sehr nett von dir. Ich werde jeden Tropfen genießen.« Ich ging zurück in den Raum und wollte die Tür schließen, aber er hielt mich mit dem Fuß auf.

»Hey, warte mal kurz. Ist es okay, wenn ich reinkomme? Ich könnte wirklich jemanden zum Reden gebrauchen.«

Er tat mir sofort leid. »Oh. Ist deine Tante Jane noch nicht wach? Ich bin sicher, sie würde gerne mit dir reden. Ihr zwei steht euch doch ziemlich nahe, oder?«

Er ließ die Schultern hängen. Ich wusste, dass meine Ablehnung ihn verletzte, aber ich sah keine andere Möglichkeit.

»Ich kann nicht mit ihr reden – nicht über letzte Nacht. Es war so furchtbar, Gillian. Sie haben sich alle gegenseitig angeschrien und es ging nur um mich. Ich habe es gehasst.«

»Gillian.«

Die zweite Stimme war die von Orick, und ich keuchte angesichts ihrer Dringlichkeit.

»Wer war das?«

Cooper versuchte, um meine Beine herumzugehen, aber ich hielt ihn zurück.

»Niemand. Warte mal einen Moment.«

Ich schloss die Tür so gut es ging und warf Orick einen wütenden Blick zu, aber in dem Moment, als ich ihn sah, verflog mein Ärger. Ich wusste schon, was er sagen würde, bevor er sprach. Ich konnte in seinen Augen sehen, dass er sich verändert hatte.

»Gillian. Wie heißt der Junge?«

»Er heißt Cooper.«

»Lass mich ihn sehen. Seine Stimme … Ich kenne sie.«

KAPITEL 14

Wie würde es sich anfühlen, sich zu erinnern? Er dachte, es würde schmerzhaft sein, wie eine Überschwemmung seines Geistes mit so vielen Gefühlen, Bildern und Erinnerungen, dass es schwer zu ertragen oder zu verstehen sein würde.

Seine Erwartungen waren so anders als die Realität.

Als er die Stimme des Jungen hörte, wusste er einfach, wie er mit ihm reden musste und was den Jungen aufmuntern würde. Und als Gillian dann von der Tür wegging und er den Jungen sah, war es, als hätte er ihn nie vergessen.

Er kannte ihn, er liebte ihn und er erinnerte sich an jedes Versteckspiel, das er jemals mit dem Jungen gespielt hatte, an jedes überraschende Wort, das aus seinem Mund gekommen war. Augenblicklich verschwand der Mann, der er viele Monde lang gewesen war, und wurde durch den Mann ersetzt, der er wirklich war.

»Cooper.«

Der Junge stürmte auf ihn zu und warf sich in Oricks Arme, die er nach unten gestreckt hatte, um das Kind hochzuheben. Er lächelte, als Coopers kleine Ärmchen sich fest um seinen Hals schlossen.

Das Vertrauen des Kindes verblüffte ihn. Er sah ihn nicht mit Angst, Zweifeln oder Verwirrung an – keine der Emotionen, von denen er wusste, dass Jane sie haben würde, wenn sie ihn zum ersten Mal nach so langer Zeit wiedersah. Nein, für Cooper hatte es nur einen Blick gebraucht, und er hatte seinen Augen getraut. Und das genügte ihm, um sich zu freuen. Eine Freude, die so stark war, dass Coopers kleiner Körper zitterte, als er ihn im Arm hielt.

Oricks Augen füllten sich mit Tränen, als er hörte, wie Cooper in den Kragen des flauschigen Gewandes schluchzte, das er immer noch trug, und er ließ dem Kind die Zeit, die sie beide brauchten, um die ersten Momente ihres freudigen Wiedersehens auszukosten.

Schließlich holte der Junge tief Luft und unterdrückte ein weiteres Schluchzen, während er sich in Oricks Armen zurücklehnte und seine kleinen Hände auf beide Seiten von Oricks Gesicht legte.

»Wir dachten alle, du wärst gestorben. O Orick, ich bin so froh, dass du nicht tot bist. Ich habe dich so sehr vermisst.«

Cooper keuchte über seine eigenen Worte und fing erneut an zu weinen, als Orick ihn in die Arme nahm und festhielt.

»Ach, Junge, ich habe dich auch vermisst. Es tut mir leid, dass ich so lange gebraucht habe, um dich zu finden. Natürlich musstest du es sein, der mir all die Erinnerungen zurückbringt. Ich habe immer gewusst, dass du mit deiner weisen Seele und deiner klugen Zunge ein bisschen Magie in dir trägst. Wie es scheint, hatte ich recht.«

»Was? Was soll das heißen?«

»Nachdem ich ins Meer gefallen war, konnte ich mich an nichts mehr erinnern. Nicht bis zu diesem Moment.«

Cooper hatte sein Gesicht immer noch fest im Griff.

»Du hast dich nicht an uns erinnert? Was hast du die ganze Zeit über gemacht?«

»Ich habe in einer Höhle gelebt, viele kleine Fische gegessen und nur mit einer Person gesprochen – einer freundlichen, aber seltsamen Frau namens Marion. Sie hat mir das Leben gerettet.«

Cooper ließ endlich sein Gesicht los und legte seine Hände auf Oricks Schultern.

»Bist du sicher, dass du dich jetzt an alles erinnerst? Was ist meine Lieblingsfarbe?«

Orick lachte und neigte seinen Kopf, um den Jungen misstrauisch zu beäugen.

»Ich glaube nicht, dass du eine faire Frage gestellt hast. Du änderst doch ständig deine Meinung. An einem Tag ist es Blau, am nächsten Grün, und an anderen Tagen magst du Rot.«

Cooper kicherte und beugte sich vor, um ihn noch einmal zu umarmen.

»Genau so ist es! Du erinnerst dich, weil ich nie weiß, was ich auf diese Frage antworten soll. Willst du Tante Jane sehen?«

Ihm fiel sofort auf, dass Cooper Adwens Namen nicht gesagt hatte, und er fragte sich, ob etwas zwischen ihnen vorgefallen war. Das würde er schon bald herausfinden.

»Ja, aber zuerst …«

Er kam nicht dazu, zu Ende zu sprechen, als Cooper aus vollem Halse schrie.

»Tante Jane … komm sofort her! Das musst du dir ansehen!«

»Ach Cooper. Ich habe schon einen Gedächtnisverlust erlitten, ich will nicht auch noch mein Gehör verlieren. Ruf noch nicht nach deiner Tante Jane. Am besten gehen wir die Sache langsam an.«

Gillian sprach von der Tür aus zu ihnen, und er ließ zu, dass Cooper sich in seinen Armen drehte, damit er sie ansehen konnte.

»Ich werde mit ihnen reden. Warum bleibt ihr nicht hier?«

Als sie fort war, löste Cooper sich aus seinen Armen und griff nach seiner Hand, um ihn auf den Boden zu ziehen.

»Okay. Lass uns auf dem Boden sitzen, während sie sie holt. Du weißt, dass du ganz schön doof aussiehst, oder? Ich bin mir ziemlich sicher, dass das ein Mädchen-Bademantel ist, den du da anhast.«

Orick lachte und ließ sich auf den Boden sinken.

»Stimmt. Ich hatte keine angemessene Kleidung, als ich hergekommen bin. Ich wusste nicht, dass ich durch das Portal gegangen bin, denn ich konnte mich nicht daran erinnern. Was machst du in dieser Zeit, Cooper?«

»Morna hat Mom einen Brief geschickt, als sie erfahren hat, dass meine Großeltern nach Schottland kommen würden. Ich glaube, sie waren ziemlich sauer, weil sie mich so lange nicht gesehen haben. Also mussten wir herkommen und sie hier treffen, weil sie denken, dass Tante Jane diese Burg gehört. Es ist nicht gut gelaufen.«

»Aye, das habe ich gestern Abend gehört.«

Coopers Stimme klang überrascht.

»Du bist schon seit gestern Abend hier?«

»Ja. Was ist mit deinen Großeltern passiert?«

Cooper zuckte mit den Schultern und blickte zu Boden.

»Sie wollten, dass ich mit ihnen nach New York zurückkehre, um dort zur Schule zu gehen. Sie verstehen es nicht, weil sie es nicht können. Und wir können es ihnen nicht sagen. Sie würden es nie glauben.«

»Es tut mir leid, Junge. Es ist nicht immer leicht mit der Familie, obwohl sie dich alle lieben.«

»Ich weiß und es ist in Ordnung. Nichts davon kann mich traurig machen, nicht, wenn du hier bist.«

Orick hörte, wie sich Schritte näherten, gefolgt von Janes erhobener und zweifelnder Stimme. Er stand auf, um sich auf ihr Eintreten vorzubereiten. Es überraschte ihn nicht, dass Gillians Gespräch mit ihr nicht lange gedauert hatte. Sobald Jane eine ungeheuerliche Behauptung hörte, wollte sie sofort Beweise sehen, das wusste Orick.

Es schmerzte ihn, an den Tag zu denken, an dem er fast gestorben wäre, als er Jane geholfen hatte, den felsigen Abhang hochzuklettern. Er hoffte, dass sie keine Schuldgefühle hegte und sich nicht für das Geschehene verantwortlich machte. Das tat er jedenfalls nicht.

»Ich weiß nicht, was du vorhast, und ich bin mir auch nicht sicher, woher du überhaupt von Orick weißt. Hast du noch nie jemanden verloren? Es ist nicht nett, jemandem so etwas zu sagen. Wenn Orick leben würde, hätten wir schon lange von ihm gehört. Er wäre nicht fortgeblieben.«

Orick hörte, wie Gillians Stimme, die viel leiser und weniger streitlustig war, hinter Janes Stimme zurückblieb. Er wusste durch das Verstummen ihrer Schritte, dass sie direkt vor der Tür standen.

»Er konnte sich an nichts erinnern. Das geht mich alles nichts an; ich hielt es nur für das Beste, dich zu warnen, bevor er dir im Flur über den Weg läuft. Überzeuge dich selbst.«

Die Tür schwang auf. Er beobachtete Janes Reaktion genau

und trat auf sie zu, als sie sich vor Schreck beide Hände an die Wangen presste.

»Wie? Orick, wie? Du kannst doch nicht … du kannst nicht …«

»Ich weiß nicht, wie, aber ich lebe. Ich kann dir gar nicht sagen, wie sehr ich mich freue, dich zu sehen.«

Ihr Gesicht zerknitterte zu einem Schluchzen, als sie auf ihn zulief.

KAPITEL 15

Ich schlich mich leise hinaus, weil ich es für unhöflich hielt, einen so intimen Moment zwischen zwei Menschen, die sich so nahestanden wie Orick und Jane, zu stören. Kaum hatte ich ihr erzählt, was passiert war und dass Orick hier war, war sie auch schon aufgestanden und hatte sich auf die Suche nach ihm gemacht, wobei sie mich bei jedem Schritt zur Rede gestellt hatte.

Ich konnte es ihr nicht verdenken. Es hatte ihre Welt auf eine Weise erschüttert, die ich nicht einmal ansatzweise verstehen konnte. Ich konnte es nicht nur nicht verstehen, sondern auch nicht nachempfinden, so wie ich es eigentlich hätte können sollen. Es erschreckte mich, wie leicht ich Gefühle, die andere Menschen so stark empfanden, ausblenden konnte.

Als ich dort gestanden und zugesehen hatte, wie Orick seine Arme um Jane schlang, während sie an seiner Brust weinte, hätte ich selbst zu Tränen gerührt sein müssen, bevor ich hinausgegangen war. Stattdessen wollte ich einfach nur weglaufen.

Es war nicht so, als hätte ich keine Gefühle. Ich machte mir Sorgen, ich genoss die Gesellschaft anderer, ich mochte Kinder, Weihnachten und rührselige Filme, aber tief in meinem Inneren war ich kalt geworden. Wenn es darum ging, die aufrichtigsten menschlichen Gefühle zu erleben oder zu spüren – Angst, Trauer, Intimität oder Liebe –, schaltete ich ab.

In den letzten zehn Jahren war Toby, mein treuer und liebevoller Hund, das einzige Wesen, das mir wirklich nahegekommen war und sich durch meine Mauern gegraben hatte, sodass ich ihn wirklich liebte. Das war einer der Gründe, warum mich die Träume von meinen Eltern so sehr quälten. Sie weckten Reste der Trauer in mir, und Trauer war ein Gefühl, das ich nicht mehr zuließ.

Anstatt über sie nachzudenken oder über sie zu sprechen, drückte ich meine Gefühle mit Pinsel und Leinwand aus. Die Bilder, die ich dabei schuf, konnten mich nie verletzen.

Sogar meine Träume von Orick und die fantasievolle Vorstellung – dass er mein Seelenverwandter war und dass wir zusammen sein sollten – hatte ich mir nur erlaubt, weil ich davon ausgegangen war, dass daraus unmöglich etwas entstehen könnte. Jetzt, wo er wirklich da war, konnte ich mir nicht mehr erlauben, mir solchen Unsinn vorzustellen.

Der Kuss war impulsiv gewesen und genau so etwas musste ich in den Griff bekommen.

Ich konnte mir vorstellen, dass Orick, Jane und Cooper und die anderen den Tag brauchen würden, um alles zu besprechen und sich über die Geschehnisse auszutauschen. Sie konnten so viel Zeit haben, wie sie brauchten. Die Burg gehörte ihnen noch für einen weiteren Tag. Das bedeutete, dass ich meiner normalen Routine nachgehen konnte. Nachdem ich mit Toby gespielt hatte, zog ich mich in den Turm zurück, um zu malen.

»Ich glaube, Anne hat mehr getrunken, als sie sich bewusst war. Sie fühlt sich heute Morgen nicht so gut.«

Ich malte weiter und wartete, bis Aiden hereinkam und sich in mein Blickfeld stellte, bevor ich etwas sagte.

»Ja, sie hat das Zeug ziemlich schnell runtergekippt. Warst du unten? Hast du gesehen, dass er sich erinnert hat?«

Aiden lachte und lehnte sich an eines der hohen Turmfenster.

»Ich wusste nicht, dass er irgendetwas vergessen hatte, aber Anne hatte keine Zeit mehr, mir etwas zu erklären, nachdem ich sie in unser Zimmer gebracht hatte.«

Ich rümpfte die Nase und gab ein angewidertes Geräusch von mir.

»Behalte das für dich, ja? Willst du heute wieder mit der Arbeit anfangen? Ich bin sicher, du könntest an unserer Hälfte weiterarbeiten, wenn du willst.«

»Ja, das habe ich schon getan und ich habe ein paar Männer zur Hilfe gerufen. Ich vermute, dass wir nur noch etwa sechs Wochen brauchen werden, bis wir fertig sind.«

»Das ist großartig.« Ich lächelte, konzentrierte mich aber weiter auf meine Arbeit.

»Also …?«

Aiden ließ sich nicht abwimmeln. Er war offensichtlich sehr neugierig.

»Also … was?« Ich umklammerte den Pinsel mit den Zähnen und tupfte einen Farbklecks mit der Rückseite meines Fingers ab, um die restliche Farbe nicht zu verschmieren.

»Ich bin gekommen, um nach dir zu sehen. Es tut mir leid, dass wir dich gestern Abend mit ihm allein gelassen haben, aber ich konnte das Chaos nicht länger ertragen. Geht es dir gut? Bist du erschrocken, dass du ihn nach den Träumen und dem Gemälde getroffen hast, obwohl du ihn für tot gehalten hast?«

Seine Sorge um mich verblüffte mich. Ich war es nicht gewohnt, dass sich jemand um mich sorgte, aber ich wusste, dass Aiden mit jedem so umging.

»Mir geht es gut. Ich hatte viel mehr Angst, als ich dachte, er sei tot. Jetzt, wo ich weiß, dass er es nicht ist, mache ich mir keine Sorgen mehr, dass ich aufwache und ein Gespenst vor meinem Bett stehen sehe.«

»Ja, das war auch für mich eine Erleichterung. Was glaubst du, worum es in deinen Träumen ging?«

Ich nahm den Pinsel aus dem Mund und legte ihn ab. Es war offensichtlich, dass das Gespräch nicht so schnell zu Ende sein würde.

»Wahrscheinlich waren sie nur eine Warnung, dass ich ihm helfen muss, nehme ich an.«

»Das ist nicht das, was du mir gesagt hast, als wir das letzte Mal darüber gesprochen haben.«

Mir wurde ganz warm vor Verlegenheit.

»Oh, das. Das war dumm. Bitte sag ihm nichts davon. Das war alles sehr dumm, wirklich.«

Er nickte zustimmend.

»Ja, das war es, aber das heißt nicht, dass du nicht auf den Kerl stehen kannst. Meiner Meinung nach solltest du etwas unternehmen. Du verbringst zu viel Zeit in diesem Gemäuer und jetzt, wo dir alles gehört, wirst du noch viel mehr hier sein.«

»Ich kenne den Mann nicht. Er könnte ein totaler Spinner sein. Er könnte verheiratet sein oder Kinder haben.«

»Er ist kein Spinner. Das merke ich. Er hat keine Kinder und er ist auch nicht verheiratet.«

Ich hatte keine Lust, mit ihm zu diskutieren, also nahm ich meinen Pinsel wieder in die Hand und versuchte, sehr beschäftigt auszusehen, während ich sprach, damit er den Wink verstehen und gehen würde. Das tat er nicht, und schließlich fiel ich auf seinen Köder herein.

»Woher willst du das wissen?«

»Ich habe ihn gefragt. Er hat keine Frau. Ich kann sehen, dass er auf dich steht. Die ganze Zeit, in der ich mit ihm gesprochen habe, hat er sich im Zimmer umgesehen und nach dir Ausschau gehalten.«

Ich stand auf und ging zur Tür, um ihm begreiflich zu machen, dass ich ihn loswerden wollte. Seine Anmerkungen waren sinnlos. Orick würde gehen und ich würde keinen von ihnen jemals wiedersehen.

»Aiden, wenn er sich im Raum umgesehen hat, bezweifle ich, dass er nach mir gesucht hat. Wahrscheinlich hat er nach einem Weg gesucht, um dir und deinen neugierigen Fragen zu entkommen.«

»Wie du meinst, Gillian, aber wenn du denkst, dass ich nicht erkennen kann, was für eine Art Mensch du bist, dann irrst du dich. Ich war auch einmal so wie du. Anne hat mich wachgerüttelt und mir gezeigt, dass es wichtig ist, die Liebe zuzulassen, oder zumindest ab und zu ein bisschen Liebe zu machen. Das ist gut für dich. Wenn du so viel Zeit damit verbringst, Menschen und Erfahrungen von dir wegzustoßen, hast du am Ende nur noch dich selbst. Mit einem Verstand wie dem, den wir beide haben, ist das kein sehr angenehmer Zustand.«

KAPITEL 16

»Es war ein Tag wie heute, als wir das letzte Mal über das Gelände der Burg spaziert sind. Jetzt, da ich dich so lange in Ruhe gelassen habe, möchte ich dir eine Frage stellen, Jane. Ist es aus zwischen dir und Adwen? Warum ist er nicht hier bei dir?«

Er hoffte, dass Adwen nicht so dumm gewesen war, Jane gehen zu lassen. Das Mädchen war Adwen in jeder Hinsicht ebenbürtig. Wenn sie mit »Ja« antwortete, würde Orick sofort losziehen, um ihn aufzuspüren und den Narren zur Vernunft zu bringen.

»O Gott, nein.« Jane verschränkte den Arm mit seinem, als sie weitergingen. »Wir sind jetzt verheiratet.«

»Das freut mich sehr, Mädchen, auch wenn er dich nicht verdient hat. Es tut mir leid, dass ich nicht dabei sein konnte.«

Mit seiner freien Hand drückte er die von Jane sanft, als sie schniefte. Seit sie ihn wiedergesehen hatte, weinte sie immer wieder.

»Es muss dir nicht leidtun. Es gibt nichts, was dir leidtun müsste. Ich bin diejenige, der es leid tut. Ich bin an allem schuld, was passiert ist. Jeden einzelnen Tag, seit du von den Felsen gefallen bist, musste ich daran arbeiten, mir das zu verzeihen.«

Sie brach wieder in Tränen aus, als Orick sie zu den Stufen vor der Burg führte. Er zog sie zu sich und schlang seine Arme um sie, während sie weinte.

»Ich bin nicht tot, Jane.«

»Aber wir dachten, du wärst es, und wir alle haben bis heute Morgen um dich getrauert. Adwen trauert immer noch jeden einzelnen Tag um dich. Dich zu verlieren war, als würde er ein Stück seiner Seele verlieren. Das alles wäre nicht passiert, wenn ich nicht so dumm gewesen wäre, diese Felsen hinunterzuklettern.«

»Jane, sag kein Wort mehr darüber. Ich musste nicht hinter dir her klettern. Ich wollte es aber. Keiner hat Schuld an dieser Sache. Ich will nie wieder hören, dass du dich dafür verantwortlich machst. Ich gebe dir nicht die Schuld und Adwen auch nicht, das weiß ich. Also lass diese Last los, um deiner selbst willen. Also, wo ist Adwen? Ich kenne ihn besser als er sich selbst, und ich weiß, wie viel wir uns gegenseitig bedeuten. Ich kann mir vorstellen, dass er es nicht gut aufgenommen hat. Er hat es dir hinterher nicht leicht gemacht, oder?«

»Nein.« Jane zog sich zurück, hielt aber seine Hände fest, während sie sprach. »Das hat er nicht, aber ich habe es auch nicht erwartet. Er war hier. Er ist gestern gegangen, nicht lange bevor du angekommen bist, schätze ich. Ihr beide seid euch wahrscheinlich fast über den Weg gelaufen. Er ist auf der Suche nach Lennox und Griffith. Sie scheinen auf einer ihrer Reisen verschwunden zu sein.«

Diese Neuigkeit bereitete ihm Sorgen. Die MacChristys waren schon lange auf Reisen. Wenn sie nicht dort auftauchten, wo man sie erwartete, mussten sie durch etwas Unerwartetes aufgehalten worden sein.

»Ich sollte ihnen nachreiten. Ich werde sofort losziehen.«

Er wollte aufstehen, aber Jane hielt ihn auf, indem sie an seinem Arm zerrte.

»Nein, Orick. Das ist keine gute Idee. Sie denken, du wärst tot. Du kannst nicht einfach hinter ihnen her reiten und sie zu Tode erschrecken. Außerdem haben wir Anweisungen, Adwen zu Hause im McMillan-Territorium zu treffen. Dort haben wir uns niedergelassen, damit ich in Coopers Nähe sein kann. Wir sind immer noch viel unterwegs, aber wenn wir nicht gerade auf Reisen sind, wohnen wir dort. Callum hat die Festung Cagair kurz nach deinem vermeintlichen Tod als Gutsherr übernommen.«

»Du klingst nicht, als würdest du dir Sorgen um sie machen, Jane. Das beunruhigt mich sehr.«

»Nein, das ist es nicht. Natürlich mache ich mir Sorgen, aber Adwen schien wirklich nicht besorgt zu sein. Ich glaube, er hatte eine Ahnung, wo er sie finden würde. Selbst wenn du jetzt aufbrechen würdest, wären sie wahrscheinlich schon auf dem Rückweg, wenn du es zu ihnen schaffst.«

Er wusste, dass sie recht hatte, aber ihm gefiel der Gedanke nicht, hierzubleiben und nichts zu tun, während Adwen und Callum sich Sorgen um ihren Vater und ihren Bruder machten.

Jane stand auf und bedeutete ihm, ihr zu folgen.

»Wir gehen morgen durch das Portal. Wenn du dann immer noch nach ihnen suchen willst, werde ich dich begleiten. Es sei denn, du willst sehen, ob Gillian auch mitkommen will.«

Gillian – jetzt wusste er, warum sie ihm so bekannt vorkam. Sie hatte ihn schon lange vorher verzaubert, als er sie oben in ihrem Fenster gesehen hatte, genau wie in seinem Traum in der Nacht zuvor.

»Natürlich kann ich sie nicht bitten, mitzukommen. Ich kenne das Mädchen nicht. Ich müsste ihr von dem Portal erzählen und woher ich wirklich komme.«

»Und?« Jane zuckte mit den Schultern. Er wünschte, er könnte immer so sorglos sein wie sie. »Die Burg gehört ihr. Es ist wahrscheinlich besser, wenn sie davon weiß, damit niemand, der bei ihr wohnt, dort hinunterwandert und für immer verschwindet. Orick, weißt du nicht mehr, wer sie ist? Sie ist die Frau, die du mir in dieser einen Nacht im Fenster gezeigt hast. Ich glaube, du hast dich damals sofort in sie verliebt. Ich habe noch nie erlebt, dass du so auf jemanden reagiert hast.«

Er erinnerte sich an alles, als wäre es gestern gewesen.

»Wie kann ich jemanden lieben, den ich nicht kenne?«

»Ich wusste sehr wenig über Adwen, als ich mich in ihn verliebt habe. Ich weiß immer noch nicht alles über ihn. Ich bin mir nicht sicher, ob ich das jemals tun werde. Aber du wirst sicher auch nichts über sie erfahren, wenn du keine Zeit mit ihr verbringst. Wenn du sie mit uns zurücknimmst, wirst du das sicher tun.«

Er lachte und hoffte, dass er nie wieder einen Tag verbringen musste, an dem er Jane nicht sehen konnte. Sie sorgte immer für gute Laune.

»Ja, aber dazu müsste ich das Mädchen vielleicht entführen. Du willst doch sicher nicht, dass ich das tue.«

»Sie entführen? Warum solltest du das tun? Rede einfach mit ihr. Sag es ihr. Ich schätze, sie wird neugierig genug sein, um mitzukommen, auch wenn sie dich für verrückt hält, bis sie selbst in der Vergangenheit angekommen ist. Außerdem bin ich mir sicher, dass sie dich mag. Jede Frau mit zwei Augen und einem normalen Sexualtrieb würde dich mögen. Hast du irgendeinen Grund zu glauben, dass sie dich nicht mag?«

Orick schüttelte den Kopf. Die Dinge, die aus Janes Mund kamen, waren immer ziemlich unangebracht, und dafür liebte er sie.

»Nein, ich weiß, dass sie mich gut leiden kann. Sie hat mich geküsst.«

»Dich geküsst? Jetzt schon? Meine Güte, die Frau ist ja fast genauso schnell wie ich. Ich habe dich auch am ersten Abend geküsst, als ich dich kennengelernt habe.«

»Ich erinnere mich. Das hat mich fast in die Knie gezwungen und Adwen auch. Ich glaube aber nicht, dass sie sich etwas dabei gedacht hat.«

Jane beschleunigte ihr Tempo und führte ihn zurück zur Hintertür der Burg.

»Es muss nicht immer etwas zu bedeuten haben. Das ist trotzdem ein guter Anfang. Jetzt geh und rede mit ihr. Wenn sie dich morgen früh für verrückt hält, weil du glaubst, dass du aus der Vergangenheit kommst, werden wir sie mitnehmen und ihr einen gehörigen Schrecken einjagen, damit sie sieht, dass du die Wahrheit sagst.«

KAPITEL 17

»Dafür hast du eine Gabe, wie es scheint. Ich habe Aiden gesagt, dass ich dich abholen würde. Er hat das Abendessen für alle gekocht, obwohl wir ihn gebeten hatten, das nicht zu tun.«

Ich hätte mich im Malen verlieren können. Ich hatte gedacht, dass nur eine halbe Stunde vergangen war, aber als ich auf meine Uhr schaute, sah ich, dass es drei gewesen waren. Als ich Oricks Stimme hörte, die mich zum Essen rief, konnte ich es kaum glauben – ich hatte Aiden doch gerade erst aus dem Turm geführt.

»Es kann nicht schon Zeit für das Abendessen sein.«

Als ich mich zu ihm umdrehte, zog er verwirrt die Augenbrauen zusammen und deutete aus dem Fenster auf den dunklen Himmel. Er sah besser aus, als er es in meinem Bademantel und den Lumpen getan hatte, in denen er angekommen war. Die Kleidung, die er nun trug, füllte er ziemlich gut aus. Ich konnte nur davon ausgehen, dass es sich um Eoghanans Klamotten handelte.

»Doch, das kann es. Hast du nicht bemerkt, dass die Sonne untergegangen ist?«

»Nein, habe ich nicht. Die Zeit rennt mir oft davon, wenn ich hier oben bin. Ich werde in das hineingezogen, was ich gerade male.«

»Darf ich deine anderen Bilder sehen? Der kleine Cooper hat mir von einem erzählt, das mich sehr neugierig gemacht hat.«

Ich sah keinen Grund, es zu leugnen oder ihm zu verheimlichen.

»Das Bild von dir, meinst du? Klar. Hier ist es.«

Ich ging zur Wand hinüber und deckte es auf, damit er es sehen konnte. Er betrachtete es mit großem Interesse und sagte nichts, während er es anstarrte. Irgendwann hielt ich die Spannung nicht mehr aus.

»Was denkst du?«

Er wandte seinen Blick zu mir und ich wurde sofort rot – das war es, was ich an meiner hellen Haut am meisten hasste. Jeder konnte immer erkennen, wenn ich verlegen oder nervös war.

»Das ist ein beeindruckendes Porträt. Wie konntest du mich malen, wo wir uns doch gerade erst kennengelernt haben?«

Ich zuckte mit den Schultern, weil ich wusste, dass keine Erklärung vernünftig klingen würde.

»Ich glaube, etwas hat mich gewarnt, dass du auf hier auftauchen würdest. Ich habe von dir geträumt.«

»Nein, schöne Maid. Das ist nicht der Grund, warum du von mir geträumt hast.«

Er trat näher an mich heran, und ich stieß gegen die Fensterbank, als ich instinktiv zurückwich.

»Ach nein? Was war es dann? Wie du schon sagtest, ich kannte dich bis gestern nicht.«

Er spiegelte meine Position und lehnte sich mit seiner

Schulter an die Steinmauer neben mir, sodass wir uns gegenüberstanden. Während er sprach, blieb er ein gutes Stück von mir entfernt, was meine Nerven ein wenig beruhigte.

Ich wusste, dass es keinen wirklichen Grund gab, in seiner Nähe nervös zu sein. Jeder konnte sehen, was für ein Mann er war, wenn er ihm in die Augen sah. In ihnen lag eine Güte, die mit jedem Ausdruck aufleuchtete, und eine sanfte Autorität begleitete jeden seiner Schritte und machte ihn vertrauenswürdig.

Trotzdem war mir mein Verhalten in der vergangenen Nacht peinlich. Ich küsste sonst keine Männer, die ich nicht kannte. Ich handelte nicht so impulsiv, ohne über die Konsequenzen meines Handelns nachzudenken. Ich neigte nicht dazu, Dinge ohne Grund zu tun, und Orick zu küssen war sinnlos gewesen, zumal er fortgehen würde und ich nicht einmal emotional erreichbar war.

»Du konntest spüren, dass ich dich begehre. Deshalb hast du von mir geträumt.«

Ich schluckte schwer, als ich mir das, was er gerade gesagt hatte, noch einmal vor Augen führte. Er schien nicht der Typ Mann zu sein, der so direkt war, und ich konnte nicht einmal erahnen, was er meinte.

»Was?«

»Glaubst du an Magie?«

Meine Antwort kam heraus, bevor ich sie abmildern konnte.

»Nein. Definitiv nicht.«

Er überraschte mich mit einem Lachen, während er auf das Bild zeigte, als wolle er seine Behauptung untermauern.

»Wie kannst du nicht an Magie glauben, wenn du den Beweis dafür hier hast?«

Ich trat von der Wand weg und ging zu dem Gemälde.

»Das ist kein Beweis für irgendetwas. Vielleicht ein Beweis dafür, dass ich ein bisschen übersinnlich bin oder so, aber ich hatte schon immer das Gefühl, dass ich einen siebten Sinn oder so habe. Ich kann Dinge manchmal spüren, bevor sie passieren, aber ich habe nie genug Gespür für sie, um wirklich zu verstehen, was sie bedeuten.«

Oricks Gesicht nahm einen glasigen Ausdruck an.

»Ich weiß nicht, was du damit meinst. In Wahrheit spielt es keine Rolle, ob du daran glaubst oder nicht, denn ich weiß genau, dass es sie gibt.«

»Okay, das ist schon in Ordnung. Du hast ein Recht auf deine eigene Meinung.« Ich lächelte und blickte auf meine Füße hinab, während ich nach einer Möglichkeit suchte, das Thema zu wechseln. »Jetzt, wo du dich erinnert hast – herzlichen Glückwunsch dazu übrigens –, darf ich fragen, aus welchem Teil Schottlands du kommst? Du sprichst ganz anders als Aiden. Du sprichst wie Eoghanan und Adwen. Wo kommt ihr alle her?«

Er lächelte, und ich konnte nicht umhin, es ihm gleichzutun, als sich seine Mundwinkel nach oben zogen. Es war liebenswert und ansteckend.

»Die Frage ist nicht, woher, sondern wann.«

»Okay … du zwingst mich dazu, nachzufragen. Was genau soll das heißen?«

Er überraschte mich, indem er nach meiner Hand griff. Ich erlaubte ihm, sie zu nehmen und folgte ihm die Treppe hinunter. Er antwortete mir erst, als wir ganz unten waren.

»Du sagst, dass du nicht an Magie glaubst. Wenn ich dich bitten würde, mir zu erlauben, es dir zu beweisen, würdest du es zulassen? Dazu müsstest du mich auf eine Reise begleiten.«

Ich vertraute ihm, aber mir wurde auch bewusst, dass ein

solches Vertrauen ziemlich unvernünftig war. Ich kannte ihn nicht – er hatte nichts getan, um mein Vertrauen zu verdienen. Und trotz meines Bauchgefühls, was ihn betraf, kamen mir bei seiner Frage Szenen aus Fernsehkrimis in den Sinn.

»Eine Reise? Würde diese Reise damit enden, dass ich in den Kofferraum eines Autos gesteckt und mit Klebeband zum Schweigen gebracht werde?«

Orick sah entsetzt und völlig verwirrt aus.

»Ich weiß es nicht, aber ich glaube, das kann ich verneinen. Jane, Grace, Eoghanan und alle ihre Kinder werden uns begleiten. Erlaube mir, es dir zu zeigen.«

Die Neugierde übermannte mich und ich wusste, dass ich nicht nein sagen konnte. Und nicht nur das: In seiner Nähe zu sein, schien mich impulsiv zu machen. Ob es nun unsinnig war oder nicht, ich wollte mehr Zeit mit ihm verbringen.

»Gut. Zeig es mir.«

»Morgen früh werden wir aufbrechen. Heute Abend beim Essen werden wir dir alles erzählen.«

KAPITEL 18

Aiden und Anne sahen viel zu ruhig aus. Wie konnte es sein, dass sie nicht genauso erschüttert waren, wie ich es war? Das ergab für mich überhaupt keinen Sinn.

»Ich werde mich noch einmal wiederholen, denn offensichtlich habt ihr beim Abendessen nicht aufgepasst. Sie sind davon überzeugt, dass sie im siebzehnten Jahrhundert leben – jeder Einzelne von ihnen. Wie kann man das nicht als verrückt bezeichnen? Ich bin schon fast versucht, jemanden anzurufen, um dem armen Cooper Hilfe zu besorgen.«

Anne lachte und wies meine Bedenken mit absoluter Sicherheit zurück.

»Mach dich nicht lächerlich, Gillian. Cooper ist das besonnenste und am besten behütete Kind, das ich je gesehen habe. Wenn jemand eingewiesen werden muss, dann bist du es. Atme einfach mal durch und denke über alles nach, was sie gesagt haben.«

Was gab es da zu bedenken? Der Gedanke, dass ich diejenige war, die aus der Reihe tanzte oder sich verrückt verhielt, verwirrte mich völlig.

»Aiden, sag du doch mal was dazu. Das ist doch verrückt, oder?«

»Nein, das glaube ich nicht. Warum gehst du nicht mit ihnen und siehst es dir selbst an?«

Frustriert ließ ich mich auf eines der Sofas im Wohnzimmer fallen.

»Willst du mir etwa sagen, dass du ihnen glaubst?«

Anne kam herüber und gab mir einen Schubs, damit ich rüberrutschte. Sie setzte sich neben mich und blickte zu Aiden auf.

»Soll ich es ihr sagen oder wirst du es machen? Wer von uns beiden wird es wohl besser überstehen?«

Aiden grinste und zeigte auf Anne.

»Ich stimme für dich. Du bist Amerikanerin. Du weißt, wie ungläubig sie ist und dass sie an nichts Außergewöhnliches glaubt.«

Anne starrte ihn an und drehte sich dann zu mir um.

»Okay, Gillian, ich werde dir jetzt eine Geschichte erzählen. Ich weiß, dass du das meiste davon nicht glauben wirst, aber hör wenigstens zu. Wenn ich fertig bin, kannst du mit Orick und den anderen gehen und dich selbst davon überzeugen, dass ich die Wahrheit sage. Ich hoffe, dass du anhand von dieser Geschichte verstehen wirst, warum wir ihnen so einfach geglaubt haben.«

Ich knirschte mit den Zähnen, verschränkte die Arme und ließ mich darauf ein.

»Gut.«

»Ich bin mir nicht sicher, wie du glaubst, dass Aiden diesen Job bekommen hat. Ich weiß, dass Tracy es so dargestellt hat, als hätte sie ihn aus reiner Herzensgüte angeheuert. Ich kann dir versichern, dass das nicht der Fall war.«

Ich hätte niemals geglaubt, dass Tracy irgendetwas aus reiner Herzensgüte getan hatte. Alles, was Tracy tat – ob gut, schlecht oder gleichgültig –, lag in ihrem Interesse.

»Nein, ich bin nur davon ausgegangen, dass sie ihn eingestellt hat, weil sie ihn von der Uni kennt und er gute Arbeit leistet.«

Anne zwinkerte Aiden zu und lächelte stolz.

»Beides ist wahr, aber nein, deshalb hat sie ihn nicht eingestellt. Vielleicht war das einer der Gründe, aber es ist nicht so, als hätte sie ihn angerufen, um ihm den Job anzubieten. Wir haben uns bei ihr gemeldet und hätten ohne die Hilfe von ein wenig Magie nicht einmal von dieser Möglichkeit erfahren.«

Wie versprochen hielt ich meinen Mund, während ich darauf wartete, dass sie fortfuhr.

»Zwei Wochen bevor Tracy Aiden einstellte, war er gerade dabei, alle seine Teammitglieder loszuschicken, um sich woanders Arbeit zu suchen. Wir hatten vor, unser Haus zu verkaufen und überlegten sogar, in die USA zu ziehen und eine Zeit lang bei meiner Familie zu leben, um wieder auf die Beine zu kommen.«

Ich hatte keine Ahnung gehabt, dass es ihnen so schlecht ergangen war. Ich streckte die Hand aus und drückte die von Anne.

»Was ist passiert?«

»Du weißt doch, wie abgelegen die Gegend hier ist. Es war schwer, Arbeit zu finden, und langsam gingen unsere Ersparnisse zur Neige. Als wir gerade anrufen wollten, klingelte das Handy und eine alte Frau, die mitten im Nirgendwo lebt – ein paar Stunden außerhalb von Edinburgh – wollte etwas in ihrer Küche repariert haben. Aiden fuhr hin, um sie zu treffen, eine Dame namens Morna. Doch dann hat sie kurzfristig beschlossen, dass sie doch keine Reparaturen braucht.«

Anne hielt inne und sah Aiden wissend an.

»Ich bin mir sicher, dass er die Dame am liebsten erdrosselt hätte, weil sie uns so viel Hoffnung gemacht hatte und er so viele Stunden fahren musste, obwohl wir kaum Benzingeld hatten. Als er gerade gehen wollte, erzählte sie ihm, sie wüsste von einem viel größeren Auftrag für ihn. Sie berichtete uns von jemandem, der die Festung Cagair gekauft und das Geld für die Restaurierung zur Verfügung hätte. Er konnte es kaum glauben, als sie Tracys Namen nannte. Er rief sie sofort an und noch am selben Abend hatte er den Job, einen Job, der für mindestens acht Monate garantiert war und bei dem er genug Geld verdienen würde, um sich und seine Arbeiter weit über ein Jahr lang zu versorgen.«

Abgesehen von dem Jobangebot hätte mich die Situation an seiner Stelle auch frustriert. Warum sollte die alte Dame ihn den ganzen Weg dorthin fahren lassen, nur um ihre Meinung zu ändern?

»Warum hat sie nicht angerufen und Aiden gesagt, dass sie keine Arbeit will und ihm den Tipp mit der Festung trotzdem gegeben?«

Anne nickte und lächelte, als würde ich es endlich begreifen.

»Genau das habe ich auch gesagt. Es ergab keinen Sinn. Trotzdem war ich der Meinung, dass wir ihr ein Dankeschön für den Tipp schuldig waren. Es war einer dieser Tage, an denen ich mich sowieso ziemlich eingepfercht gefühlt habe, und Aiden schon fleißig dabei war, Pläne für die Restaurierung zu schmieden, also beschloss ich, selbst zu Mornas Haus zu fahren und ihr persönlich zu danken. Aiden gab mir eine sehr genaue Wegbeschreibung. Als ich dort ankam, war das Haus verschwunden, als hätte es nie existiert.«

Da konnte ich nicht mehr schweigen.

»Ach, komm schon. Du hast dich bestimmt nur verfahren.«

»Nein. Ich habe mich nicht verfahren. Dafür habe ich gesorgt. Dann habe ich mich auf den Rückweg nach Edinburgh gemacht und habe angefangen, mich nach ihr zu erkundigen. Mein eintägiger Ausflug dauerte letztendlich drei Tage. Ich wurde geradezu besessen davon, sie zu finden. Die meisten Leute, die ich gefragt habe, hatten keine Ahnung, von welchem Haus ich sprach und hatten noch nie von einer Frau namens Morna gehört, die in der Nähe der Conall Burg lebte. Dann fand ich endlich einen alten Mann, der fast so alt aussah wie diese Burg. Er sagte, er habe Geschichten über das verschwindende Haus auf dem Weg zur Conall Burg gehört. Die meisten Leute, die diese Geschichte gehört haben, glauben, dass es Unglück bringt, das Haus zu sehen, denn die, die es gesehen haben, verschwinden normalerweise kurz darauf. Für uns war es aber ganz und gar kein Unglück.«

Das war eine ziemlich bemerkenswerte Geschichte, aber ich verstand nicht, wie sie mich davon überzeugen sollte, dass Orick und die anderen nicht völlig verrückt waren.

»Ist das alles? Es ist eine verrückte Geschichte, Anne, das muss ich dir lassen. Sie ist mehr als nur ein bisschen gruselig, aber ich weiß nicht …« Sie unterbrach mich mitten im Satz.

»Erinnerst du dich nicht an den Namen der Frau, von der Jane sagte, dass sie sie und ihre Schwester in der Zeit zurückgeschickt hat? Die Frau, die ihr Gepäck vorbeigebracht hat und eine große Rolle bei ihren Reisen zu spielen scheint? Ihr Name war Morna.«

Jetzt, wo Anne es sagte, erinnerte ich mich an Janes

Ausführungen über die angebliche Hexe Morna, aber zu diesem Zeitpunkt war mein Gehirn bereits überlastet gewesen und ich hatte nicht viel von dem verstanden, was sie mir erzählt hatte.

»Du glaubst also, dass die Hexe, die Aiden den Job besorgt hat, auch irgendwie mit unseren Gästen zu tun hat?«

Anne warf die Hände in die Höhe, als wäre es eine Selbstverständlichkeit.

»Genau das denke ich. Auf der Conall Burg, auf der Burg McMillan und auch hier gab es Gerüchte über verschwundene Personen. Weißt du noch, wie überzeugt Aiden war, dass er sie aus dem Keller hat kommen sehen? Vielleicht waren es nicht die Drogen. Vielleicht hat er das wirklich gesehen und sie reisen so hin und her. Vielleicht ist das so eine Sache mit den schottischen Burgen und unsere Gäste gehören zu den Leuten, die verschwunden sind. Vielleicht hat es ihnen dort gefallen, wo sie hingereist sind. Seien wir ehrlich, wir haben ihre Ehemänner gesehen, also wissen wir, dass das durchaus möglich ist. Sie sind irgendwie durch die Zeit gereist, haben sich verliebt und beschlossen, dort zu bleiben und sich ein eigenes Leben aufzubauen. Vielleicht sollst du die nächste vermisste Person sein.«

»Die nächste vermisste Person? Das klingt furchtbar.«

Anne stand auf und reichte mir die Hand, damit sie mich mit sich hochziehen konnte.

»Ich finde, es klingt romantisch. Und du musst mit ihnen gehen. Es kann nicht schaden, es dir selbst anzusehen. Ich glaube ihnen. Sie sagen dir die Wahrheit, Gillian, und ich denke, du wirst ein tolles Abenteuer erleben.«

Natürlich würde ich mit ihnen gehen. Selbst wenn sie verrückt wären, hätte nicht einmal ihr Gerede beim Abendessen mich davon abhalten können, mitzugehen. Das brachte mich nur auf den Gedanken, dass ich mir einen Fluchtplan zurechtlegen musste, bevor ich mit ihnen loszog, für den Fall, dass sie nur halb so verrückt waren, wie sie sich anhörten.

»Wir werden sehen, denke ich. Werdet ihr mitkommen?«

Jetzt, wo wir beide aufgestanden waren, ging Anne zu Aiden hinüber und lächelte, als er seinen Arm um sie legte, um sein Einverständnis zu bekunden.

»Ach du meine Güte, nein. Natürlich kommen wir nicht mit. Bist du verrückt? Ich hänge viel zu sehr an Jogginghosen, Filmabenden und Wein, aber geh du nur und amüsier dich gut. Wir werden aber auf jeden Fall da sein, um uns von euch zu verabschieden.«

Es schien, als wäre die Entscheidung gefallen, und ich musste mitmachen, obwohl ich jetzt große Zweifel an der Vernunft aller Bewohner dieser Burg hatte. Wir würden nicht vor morgen früh abreisen. Bis dahin konnte ich nicht viel tun, außer Toby und mich auf eine der kürzesten und lächerlichsten Fantasiereisen aller Zeiten vorzubereiten.

Während ich Toby in mein Zimmer trug, ging mir eine Frage nicht aus dem Kopf: Was packt man für eine Reise ins siebzehnte Jahrhundert ein?

KAPITEL 19

»Klopf. Klopf. Entschuldige, dass ich dich störe. Dich hat schon eine Weile niemand mehr gesehen, also dachte ich, ich schaue mal vorbei und bringe dir etwas, das du morgen früh anziehen kannst.«

Jane stand mit Cooper in der Tür und betrachtete meine Koffer und die verschiedenen Gegenstände, die auf meinem Bett verteilt waren. Ein einfaches graues Kleid lag über ihrem Arm. Zugegeben, es passte überhaupt nicht in diese Zeit, aber für mich bedeutete das nicht, dass es aus einer anderen Zeit stammte.

»Wie ich sehe, packst du ein paar Sachen. Was dagegen, wenn ich dir dabei zur Hand gehe?«

Ich konnte sehen, dass sie mir helfen wollte, also lächelte ich und nickte, als die beiden hereinkamen. Cooper zögerte keinen Moment lang, als er auf das Bett kroch und den quirligen Toby in seine Arme nahm. Der kleine Welpe wedelte sofort mit dem Schwanz und leckte Coopers Gesicht ab.

»Er mag dich.«

Cooper lächelte und stupste seine eigene Nase gegen die von Toby.

»Gut, denn ich mag ihn wirklich.«

Jane griff nach einem meiner leeren Koffer und wollte ihn schließen. Zögernd zog sie ihn vom Bett, während ich sie misstrauisch beobachtete.

»Ich will dich nicht enttäuschen, aber du kannst diese Koffer nicht mitnehmen. Es wäre nicht gut, wenn jemand sieht, dass du so etwas mit dir herumschleppst. Ich habe eine andere Tasche, in die du ein paar Sachen packen kannst, eine Art Sack.«

Ich versuchte, nicht die Stirn zu runzeln, als ich sah, wie sie meinen Koffer auf die andere Seite des Raumes rollte.

»Ein Sack?«

»Ja, ein Stoffbeutel. Du wirst schon sehen. Und gut, dass du daran denkst, alles einzupacken, was du vermissen wirst, aber die meisten Sachen kannst du nicht mitnehmen.«

»Was kann ich denn nicht mitnehmen?« Ich setzte mich neben Cooper auf das Bett und wartete darauf, dass Jane die Kontrolle übernahm.

»Na ja, Klopapier zum Beispiel. Ich weiß, dass es toll wäre, aber man kann das Zeug nirgendwo entsorgen, wenn man es verbraucht hat. Das würde nur sehr eklig werden. Shampoo wirst du auch nicht brauchen, aber das wirst du auch nicht vermissen. Ich gebe zu, dass ich mich jedes Mal, wenn ich hierher zurückkomme, gerne mit dem Zeug abschrubbe, aber warte nur, bis du die Ölmischungen verwendest, die einige der Frauen bei uns im Dorf herstellen. Es ist herrlich, und dein Haar wird glänzen und so weich werden, dass du die Waschlotionen gar nicht so sehr vermissen wirst, wie du denkst. Ist es in Ordnung, wenn ich die Sachen zusammensuche, die du auf jeden Fall brauchen wirst?«

Ich zuckte mit den Schultern und wusste genau, dass sie ohnehin tun würde, was sie wollte. Cooper sah das offensichtlich genauso, denn er wälzte sich vom Bett und drehte sich um, um Toby zu streicheln, während er sprach.

»Das könnte eine Weile dauern. Ich glaube, ich werde unten spielen gehen. Wäre es in Ordnung, wenn ich Toby mitnehme? Ich verspreche, dass ich mich gut um ihn kümmern werde. Wir werden drinnen bleiben.«

Toby sprang vom Bett, als hätte er jedes Wort verstanden, und verschwand vor ihm durch die Schlafzimmertür.

»Ich weiß, dass du das tun wirst. Auf jeden Fall. Das wird ihm gefallen.«

Als Cooper weg war, bedeutete Jane mir, ihr über die Schulter zu schauen.

»Nimm alle Zahnbürsten und Zahnpastatuben, die du hast. Alle modernen Mädchen, die ich kenne, mich eingeschlossen, waren nicht bereit, das aufzugeben. Wir haben sogar unsere Ehemänner dazu gebracht, sie zu benutzen, obwohl wir das unter vier Augen tun müssen. Außerdem solltest du dir eines deiner bequemsten Freizeitoutfits aussuchen. Ich bewahre ein Paar moderne Klamotten an einem geheimen Ort auf und wenn ich mal alleine bin, schlüpfe ich in Rekordzeit aus meinem Kleid und in meine Jogginghose. Das solltest du auch tun. Zu guter Letzt solltest du einen Haufen deiner modernen Unterwäsche zusammensuchen. Die Jungs lieben sie und da niemand sie wirklich sieht, kann es nicht schaden, dich mehr wie du selbst zu fühlen. Und glaub mir, wenn du sie unter der Kleidung trägst, die wir normalerweise tragen müssen, hilft das ungemein.«

Es freute mich, als sie sagte, dass ich einige der Sachen, die ich bereits zusammengesammelt hatte, mitnehmen konnte. Als sie angefangen hatte, war ich davon ausgegangen, dass sie alles ablehnen würde. Aber es hörte sich so an, als würde ich eine lange Zeit weg sein.

»Was denkst du, wie lange ich unterwegs sein werde? Du lässt es so klingen, als wäre es für immer.«

Jane lächelte, beugte sich vor, schob alle meine Sachen auf die eine Hälfte des Bettes und setzte sich, bevor sie auf das Bett klopfte, damit ich mich zu ihr setzte.

»Gillian, ich bin mir sicher, dass du gelegentlich zurückkommen wirst, genau wie wir, aber ich erwarte ehrlich gesagt, dass du nie wieder auf dieser Seite der Zeit leben wirst, wenn du erst einmal auf der anderen bist.«

Ich schluckte den ängstlichen Knoten hinunter, der angesichts ihrer Worte in meiner Kehle aufstieg.

»Wie kommst du denn darauf?«

»Du wirst dagegen ankämpfen, das weiß ich. Als ehemaliger Champion im Kampf gegen diese Sache kann ich dir sagen, dass es keinen Sinn hat.«

Wenn ich Zeit mit diesen Leuten verbrachte, fühlte ich mich, als käme ich von einem anderen Planeten. Sie sprachen immer so, als müsste ich sie verstehen, als müsste ich begreifen, was sie meinten. Das tat ich aber nie.

»Welche Sache?«

»Die Sache mit der Liebe. Darum geht es bei dem ganzen Zeitreisekram. Das ist der Sinn des Ganzen. Das ist der Grund, warum Morna immer noch lebt, weit über ihr Haltbarkeitsdatum hinaus. Das ist der Grund, warum jede einzelne Frau, die durch die Zeit gereist ist, das getan hat, und es ist der Grund, warum du von Orick geträumt hast, lange bevor er hier aufgetaucht ist.«

»Moment mal.« Ich sprang vom Bett auf, als hätte sie mich

mit einem glühenden Eisen gestochen. »Ich mache diese Reise nur aus reiner Neugierde. Mehr nicht. Ich habe das Gefühl, dass du vielleicht ein falsches Bild von Orick und mir bekommen hast. Ich kenne ihn nicht. Ich habe ihm nur in der Nacht geholfen, in der er angekommen ist, weil er Hilfe gebraucht hat.«

In Janes Augen blitzte etwas auf, und ich wusste schon, bevor sie sprach, dass ich sie verärgert hatte.

»Nein, das brauchst du gar nicht erst zu versuchen. Ich habe kein falsches Bild. Du hast ihn geküsst, nicht wahr? Und du magst ihn doch, oder?«

»Ich …« So verlegen und aufgeregt war ich seit der Grundschule nicht mehr gewesen. Normalerweise war ich nicht der Typ, der sich so leicht einschüchtern ließ. Ich konnte mich in einer hitzigen Debatte behaupten, aber Emotionen waren mein Kryptonit. Wenn ich hörte, wie jemand darüber sprach, was ich für jemand anderen empfand, fühlte ich mich sehr unwohl. Aber sie hatte mich durchschaut und würde sofort wissen, wenn ich log. »Ja, ich habe ihn geküsst und ich mag, was ich über ihn weiß, aber ich bereue den Kuss. Ich hätte das nicht tun sollen. Ich fühle mich ziemlich schuldig deswegen.«

»Schuldgefühle sind nutzlos. Glaub mir, das musste ich selbst lernen, und das war nicht leicht. Verschwende deine Zeit nicht damit. Wenn du ihn küssen wolltest, dann war es richtig, das zu tun. Aber spiele keine Spielchen mit ihm. Nicht mit Orick. Das hat er weniger verdient als jeder andere Mann, den ich kenne.«

»Ich spiele keine Spielchen mit ihm. Ich bin nur nicht sehr gut in Sachen Gefühle. Irgendetwas in mir ist kaputt, wenn es darum geht, Beziehungen mit anderen einzugehen.«

Jane überraschte mich mit einem Schnauben, als sie den

kleinen Stapel mit den Sachen für mich zusammensammelte und mit ihm zur Tür ging.

»Ich verstehe. Du bist also eine von der Sorte, hm? Das ist gut. Orick mag emotional beeinträchtigte Menschen. Sonst hätte er nicht so lange mit meinem Mann befreundet bleiben können, bevor er mich gefunden hat.«

Sie lachte über sich selbst, und ich wusste, dass sie scherzte.

»Ich packe die Sachen für dich in eine Tasche und bringe sie dir hoch. Am besten du schläfst dich aus. Cooper hat Orick schon angefleht, heute Nacht bei ihm zu schlafen, wir sehen uns also morgen früh. Ich bringe Toby zu dir zurück, wenn ich dir in ein paar Minuten deine Tasche bringe.«

Am nächsten Morgen stand ich geschockt am oberen Ende der versteckten Treppe, was, wie ich vermutete, nur das erste von vielen Malen an diesem Tag sein würde. Der Keller existierte wirklich und ich war trotz meiner Suche einfach nicht in der Lage gewesen, ihn zu finden. Zu meiner Verteidigung musste ich sagen, dass er unglaublich gut versteckt war und ich bezweifelte, dass ich ihn ohne jemanden, der so stark wie Orick oder Eoghanan war, hätte öffnen können, selbst wenn ich in der Lage gewesen wäre, ihn zu finden. Sie konnten die Steintür wesentlich leichter öffnen.

»Bist du sicher, dass du den kleinen Hund mitnehmen willst, holde Maid?«

Toby zappelte in meinen Armen und wollte sich unbedingt befreien, damit er vor allen anderen die Treppe hinunterlaufen konnte. Auf Oricks Frage hin verstärkte ich meinen Griff.

»Auf jeden Fall. Das steht überhaupt nicht zur Diskussion.«

»Jaaaa.«

Cooper zog das Wort in die Länge, während er seine Faust in den Himmel reckte und sie dann triumphierend vor sich herunterzog.

»Ich bin so froh, dass er mitkommt. Ich wäre so traurig gewesen, mich von dem kleinen Kerl zu verabschieden.«

Orick grinste und streckte eine schockierend große Hand aus, um Tobys Kopf zu kraulen. Wie hatte ich nur nicht bemerken können, wie gigantisch seine Hände waren?

»Aye, gut. Ich habe nicht erwartet, dass du etwas anderes sagen würdest. Ich genieße die Gesellschaft der kleinen Bestie auch. Allerdings wird es schwierig, wenn wir zur Burg McMillan aufbrechen, aber ich denke, der Kleine wird es schon schaffen. Ich hoffe nur, die Pferde mögen ihn.«

Wenn die Pferde ihn nicht mochten, würde ich zu Fuß gehen.

Nachdem das geklärt war, wandte Jane, die am weitesten unten im Treppenhaus stand, sich an alle.

»Okay, ich denke, es wird Zeit zu gehen. Grace und Eoghanan gehen mit allen Kindern voran. Dann werden wir drei nachkommen.«

Ich presste mich an die Wand des Treppenaufgangs und beobachtete jeden Schritt, den Grace und ihre Familie nach unten gingen. Wenn sie vorhatten, mir einen Streich zu spielen, wollte ich es sehen.

Als sie unten ankamen, wurden sie nicht langsamer, sondern liefen direkt durch die Steinmauer am Fuße der Treppe. In der einen Sekunde waren sie da, in der nächsten nicht mehr. Meine Füße machten instinktiv einen Schritt zurück, da alles in mir weglaufen wollte. Oricks Hand berührte meinen unteren Rücken und hielt mich an Ort und Stelle.

»Hab keine Angst, schöne Maid. Es ist nicht schmerzhaft.«

»Verdammte Scheiße, Gillian.« Anne meldete sich vom oberen Ende der Treppe zu Wort. »Sie haben die Wahrheit gesagt. Ich meine, ich weiß, dass ich dir das gesagt habe, aber ich hatte natürlich meine Zweifel.«

Wenn ich das durchziehen wollte, konnte ich mir nicht erlauben, noch länger darüber nachzudenken. Ich drehte mich zu Anne und Aiden um, während ich die Treppe hinunterlief, meine kleine Tasche an einem Arm und Toby sicher im anderen.

»Okay, wir sehen uns in spätestens zwei Wochen. Wünscht mir Glück.«

Ich wartete nicht auf ihre Verabschiedung, sondern schloss die Augen und drückte mich durch die bemerkenswert durchlässige Wand.

KAPITEL 20

Orick hatte nicht gelogen, was den Schmerzfaktor der Reise anging. Es schockierte mich, wie wenig ich spürte. So sehr, dass ich zuerst nicht glaubte, dass wir überhaupt irgendwo angekommen waren. Als wir aus dem Treppenhaus kamen, waren Aiden und Anne verschwunden. Ob sie absichtlich gegangen waren, um mir einen Moment Zeit zu geben, mich zu akklimatisieren, oder ob sie einfach nur bereit waren, sich ihren gewohnten Aufgaben zu widmen, wusste ich nicht, aber alle außer Orick zerstreuten sich bemerkenswert schnell und ließen uns beide allein auf der Wiese vor Ringmauer zurück. Sogar Toby sprang aus meinen Armen und rannte Cooper hinterher.

»Ich will ja keine Pessimistin sein, aber es sieht alles ganz genauso aus wie vorher.«

»Nein, schöne Maid.« Er näherte sich mir, legte mir die Hand auf die Schulter und wies mich mit der anderen Hand an, zur Straße zu schauen. »Siehst du, dass die Straße nicht mehr da ist? Sie ist nur noch ein ausgetretener Pfad im Gras, ohne die Steine, die vorher da waren.«

Erstaunlicherweise stimmte das. Als ich genauer hinsah, bemerkte ich, dass es tatsächlich sehr viele Unterschiede gab. Die Steine der Ringmauer sahen weniger abgenutzt aus, die Ställe an der Seite waren noch intakt. Zu meiner Zeit hatte Aiden noch nicht begonnen, an ihnen zu arbeiten.

»Darf ich reingehen?«

»Ja, natürlich. Schau dich um, wo immer du willst. Ich werde dir folgen.«

Als wären die Ställe und die fehlende Einfahrt nicht schon genug, beseitigte ich mit dem Betreten der Burg auch noch die letzten Zweifel. So unwahrscheinlich und unmöglich es auch schien, ich befand mich ganz sicher nicht im einundzwanzigsten Jahrhundert.

Der erste Hinweis im Inneren war die Beleuchtung. Es gab keine modernen Lampen und keine Steckdosen, die diskret in die Wände eingebaut waren. Stattdessen waren Kerzen und Fenster die einzigen Lichtquellen. Selbst mitten am Tag brauchte ich eine ganze Weile, bis sich meine Augen an die drastische Veränderung der Beleuchtung gewöhnt hatten.

Ich ging langsam von Raum zu Raum und war erstaunt, wie ähnlich und doch anders die Dinge aussahen. Das sprach für Aidens Arbeit, denn die Restaurierungen waren beeindruckend genau, nur mit den modernen Annehmlichkeiten ausgestattet, die hier so offensichtlich fehlten.

Mein eigenes Zimmer, oder zumindest das Zimmer, das mir einige hundert Jahre in der Zukunft gehörte, hob ich mir für den Schluss auf. Als ich es betrat, fühlte es sich ungeachtet der Zeitspanne immer noch wie meines an.

»Wenn du möchtest, kann ich dich ins Dorf bringen. Dort würdest du einiges sehen, was dich von der Wahrheit überzeugen könnte.«

Mein Verstand widersprach, noch bevor er zu Ende gesprochen hatte. Noch mehr schockierende oder seltsame Dinge konnte ich an einem Tag nicht ertragen. Ich brauchte sowieso nicht mehr zu sehen, um es zu glauben. Nicht jetzt, wo ich die Burg von innen gesehen hatte.

»Nein, danke. Das reicht. Ich glaube euch. Ich verstehe zwar nichts davon, aber ich glaube euch absolut. Orick«, ich wartete darauf, dass er näher kam, »sag mir, warum du wolltest, dass ich mitkomme. Sicherlich nicht nur, damit ich an Magie glaube.«

Er lächelte und schüttelte den Kopf.

»Nein, Gillian. In Wahrheit interessiert es mich nicht, was du glaubst. Ich würde gerne mehr Zeit mit dir verbringen. Das ist der wahre Grund, warum ich dich gebeten habe, mitzukommen. Du bedeutest mir schon mehr, als du solltest.«

Er zögerte, und bevor ich mich bewegen konnte, erreichte er mich mit zwei langen Schritten und nahm meine Hände in seine. Ich wollte mich in seine Arme lehnen, als ich den sanften Griff seiner Hände spürte. Sie waren rau und schwielig, aber beschützend und freundlich. Es waren die Hände eines Mannes, eines echten, aufrichtigen Mannes, den ich auf keinen Fall in meine verrückte Welt hineinziehen sollte.

»Ich bin kein schüchterner Mann, aber ich gehöre auch nicht zu den Menschen, die es gewohnt sind, sich ihre Wünsche einzugestehen, also verzeih mir, wenn ich zu dreist bin. Ich möchte alles über dich erfahren, Gillian, um zu verstehen, wie du denkst und was dich im Leben leitet. Ich hoffe, du wirst mir die Chance geben, dieselben Aspekte meines Lebens mit dir zu teilen. Ich bitte dich nur darum, mir Zeit zu geben. Wenn du das tust, weiß ich, dass du mich irgendwann lieben wirst.«

»An Selbstvertrauen mangelt es dir offensichtlich auch nicht.« Ich lächelte und stieß ein Kichern aus, damit er wusste, dass ich ihn nur necken wollte. Ich zog eine Hand aus seinem Griff und legte sie sanft auf seine Brust. »Orick, ich wünschte, ich wäre die Art von Frau, die gut genug für dich wäre, aber ich kenne mich und das bin ich nicht. Ich könnte dir erlauben, mich kennenzulernen, und du würdest all meine seltsamen Angewohnheiten und Macken vielleicht lieben, aber wenn es darauf ankäme, wäre ich nicht in der Lage, deine Liebe zu erwidern, nicht so, wie du sie brauchst. Ich empfinde die Dinge nicht so wie andere Menschen.«

Orick bewegte sich und drückte meine Hand mit seiner an seine Brust, während er mein Gesicht mit der anderen berührte und mit seinem Daumen leicht über meine Wange strich.

»Du magst das von dir selbst glauben, aber ich nicht. Eine Frau, die sich so um ein Geschöpf kümmert, wie du dich um den kleinen Toby kümmerst, ist mehr als fähig, auf eine Weise zu lieben, die jeden Mann in die Knie zwingen würde. Ich kenne Menschen, die Angst vor der Liebe haben, und ich bezweifle nicht, dass ich selbst mehr Grund habe, sie zu fürchten als die meisten anderen. Ich will keine Angst vor dem Schmerz haben, der daraus entstehen könnte.«

Er beugte sich vor und drückte seine Lippen sanft auf meine Stirn, bevor er sich tiefer beugte und mir ins Ohr flüsterte. Meine Lippen begannen zu zittern, als sein Atem meinen Hals hinunterstreifte.

»Ich möchte dich küssen. Es ist an der Zeit, dass du deine eigene Entscheidung triffst, Gillian. Wenn du mich wegstößt, werde ich es nicht noch einmal versuchen, und du kannst nach Hause zurückkehren. Wenn du es zulässt, werde ich deine Angst zerstören, sie in Brand setzen, damit sie nur noch eine ferne Erinnerung ist und nichts als das Verlangen nach Liebe in dir zurückbleibt.«

Ich konnte kaum atmen, geschweige denn etwas tun, um ihn aufzuhalten, als er mich küsste.

Ich wusste, dass er es als eine Art Metapher gemeint hatte, aber die Hitze seines Kusses schien meinen ganzen Körper zu entzünden. Ich konnte nicht umhin, mich zu fragen, ob seine Berührungen wirklich fähig waren, die Festung der Angst, die mein Herz umgab, niederzubrennen.

Ich hörte auf mich zu sträuben, als er seine Lippen auf meine presste, und lehnte mich in seine Arme, als er mich umschlang.

Orick konnte die Ställe nicht schnell genug erreichen, nachdem er sich von seinem Kuss mit Gillian gelöst hatte. Es war schwer gewesen, aber sein Verlangen nach ihr war zu groß, als dass er ihr widerstehen hätte können, wenn er noch einen Moment mit ihr im Raum geblieben wäre. Sein Atem ging schnell und er konnte an nichts anderes denken als daran, wie sie sich angefühlt hatte, als sie sich an ihn gepresst hatte. In Wahrheit war es nicht mehr als ein Kuss gewesen, aber sein Körper hatte auf eine Weise reagiert, die er nicht für möglich gehalten hatte.

Die Jahre, die er an der Seite der MacChristys verbracht hatte, immer auf dem schmalen Grat zwischen Freund und Arbeiter, hatten ihm wenig Zeit gelassen, die Freuden zu erforschen, die die anderen ungeniert auslebten. Zu spüren, wie sein Herz so heftig pochte, dass er es in seinen Ohren schlagen hören konnte, war neu für ihn. In diesem Moment trieb ihn sein Verlangen an und nicht sein Herz oder sein Verstand. Er wollte Gillian nicht auf diese Weise haben, nicht bevor er ihr ganzes Herz besaß.

»Bist du gerade joggen gegangen oder hast du einen Herzinfarkt? Du atmest nämlich ganz schön schwer.«

Orick holte ein letztes Mal tief Luft, als er wieder zu sich kam, und drehte sich kurz vor den Ställen zu Cooper um, der ihn neugierig beobachtete.

»Aye.«

Cooper hob besorgt die Augenbrauen.

»Was aye? Hast du nun einen Herzinfarkt oder nicht?«

»Nein, Cooper. Ich habe keinen Herzinfarkt. Ja, ich atme schwer.«

Der Junge zuckte entschuldigend mit den Schultern. »Solange du keinen Herzinfarkt hast, mache ich mir keine Sorgen. Ich bin gekommen, um dir zu sagen, dass meine Mom und E-o mit den Babys losgezogen sind, weil sie mehr Pausen machen müssen als wir anderen.«

»Ja, das habe ich mir schon gedacht. Und du hast Grace überzeugt, dass du bleiben darfst?«

Er lächelte triumphierend. »Ja, ich habe ihr gesagt, dass Gillian wahrscheinlich Hilfe mit Toby brauchen wird.«

»Ich bin sicher, sie wird sich freuen, dass du ihr hilfst.«

Cooper nickte, und Orick erkannte an seinem Blick, dass er etwas im Schilde führte.

»Ja, vor allem, weil Tante Jane mit ihnen gegangen ist.«

»Nein, ist sie nicht.« Orick wusste, was Cooper sagen würde, bevor er es sagte. Er wusste genau, warum Jane beschlossen hatte, zu gehen.

»Doch, sie ist gegangen. Aber nach Mom und E-o, damit sie sie einholen kann, wenn sie schon zu weit weg von hier sind, um sie dazu zu zwingen, wieder hierher zurückzureiten. Das heißt, es gibt nur mich, dich, Gillian und Toby. Das wird so viel Spaß machen. Warum sagst du es ihr nicht jetzt gleich?«

Orick sah zu, wie Cooper davonhüpfte. Es würde zwar Spaß machen, aber die Reise würde auch lang werden. Mit dem Kind, Gillian und dem Hund rechnete er damit, dass sie für die dreitägige Reise vierzehn Tage brauchen würden.

KAPITEL 21

»Lass uns ein Spiel spielen, okay?«

Auch an unserem zweiten Reisetag schien Coopers Enthusiasmus nicht nachzulassen. Er plapperte, plauderte und ritt fröhlich, egal ob es regnete, die Sonne schien oder das Brot abgestanden schmeckte. Der kleine Kerl war ein wahres Energiebündel. Er saß auf seinem kleinen Pferd und lenkte das Tier mit großem Geschick. Er wollte, dass Toby mit ihm ritt, und da ich nur wenig Erfahrung mit dem Reiten hatte, war ich sofort einverstanden. Wir bastelten ihm schnell eine Art Tragetuch, mit dem er Toby dicht an seiner Brust transportieren konnte. Die drei gaben einen bemerkenswert niedlichen Anblick ab. Ich hasste es so sehr, dass ich meine Kamera nicht dabei hatte, um ein Foto von ihnen zu machen.

Coopers Abenteuerlust war inspirierend und ich wünschte, ich könnte seine Einstellung teilen, aber der Schmerz in meinem Hintern, das Knurren in meinem Magen und die Käfer in meinen Haaren ließen das einfach nicht zu.

»Cooper, wie kannst du so fröhlich sein, wenn du deine

Beine so weit über das Pferd spreizen musst? Mein Hintern tut so weh. Ich glaube, dass mir das Reiten schadet.«

Der Junge streckte seine Beine zur Seite aus und wackelte mit seinen kleinen Füßen.

»Ich bin daran gewöhnt. Ich reite jeden Tag auf Rex. Du wirst dich auch daran gewöhnen. Aber im Moment könnte dich ein Spiel ablenken.«

Orick ritt neben mir her und nickte Cooper zu, der ein paar Schritte vor uns war.

»Der Junge liebt Spiele. Wenn du zustimmst, wird er nie aufhören. Nicht, solange er dich kennt.«

Das glaubte ich, aber wir hatten kaum etwas anderes, womit wir uns auf der Reise beschäftigen konnten. Ich war bereit, alles auszuprobieren, was mich davon ablenken konnte, wie unwohl ich mich fühlte. Ich hatte zwar Sonnencreme, Tampons und eine Zahnbürste einpacken dürfen, aber es schien, als hätten Jane und ich die Notwendigkeit eines Haargummis nicht bedacht, und zu diesem Zeitpunkt unserer Reise war ich fast bereit, meine Haare abzuschneiden.

Wütend ließ ich die Zügel meines Pferdes los und griff hinter mich, um meine Haare zu einem Knoten zusammenzudrehen, der heute Abend ein ziemliches Durcheinander sein würde. Das war mir egal. Ich brauchte nur eine Möglichkeit, sie von meinem Hals fernzuhalten.

»Was für ein Spiel, Cooper? Ich brauche dringend eine Ablenkung.«

»Lass uns ein Lernspiel daraus machen. Ich zeige dir einen Vogel oder ein anderes Lebewesen und du sagst mir, was es ist. Nur wenn du es weißt, natürlich. Wenn du es nicht weißt, sage ich es dir.«

Ich lachte, aber ich konnte nicht nein sagen, nachdem ich seine Begeisterung für dieses Spiel bemerkt hatte.

»Gut. Wer hat dir beigebracht, diese Art von Spielen zu spielen? Das hört sich kaum nach etwas an, was ich als Kind gemacht habe. Es klingt wie eine Schulübung.«

Er zuckte mit den Schultern, und ich hoffte, dass ich ihn nicht beleidigt hatte.

»Ich habe nichts gegen Schulübungen, weil ich ja nicht zur Schule gehen muss. Und Mom und Dad lassen mich viele solcher Spiele spielen, damit ich weiter lerne. Bist du bereit zu spielen?«

»Auf jeden Fall.«

Im Laufe des Nachmittags lernte ich mehr über die schottische Tierwelt und das Wachstum von Pflanzen, als ich wissen musste oder wollte. Aber es lenkte mich von Dingen wie meinem flauen Magen und meinem schmerzenden Hintern ab, und das war mir recht.

Ich vermutete, dass Orick mein Grunzen, Stöhnen und Ausatmen am Nachmittag endlich mitbekam, denn er hielt sein Pferd am Rande einer schönen Wiese an und sagte, dass wir uns hier ausruhen würden.

Das nutzte ich voll aus. Eine Viertelstunde nach dem Absteigen sank ich auf einer Decke zusammen, während Toby sich an meine Seite schmiegte.

Es war eine kurze Pause. Als ich aufwachte, schlief Cooper neben mir und Orick stand bei den Pferden und fütterte sie mit ein paar Karotten, während er ihnen beim Trinken aus dem Bach zusah, wo wir sie an einen Baum angebunden hatten.

»Wie alt bist du?«

Ich wusste, dass die Frage nicht gerade höflich war, aber ich war seit dem Tag, an dem ich ihn kennengelernt hatte, neugierig. Wenn ich ihm in die Augen sah, vermutete ich, dass er nicht älter als dreißig sein konnte, aber seine Hände sahen ein gutes Jahrzehnt älter aus als er. Sie waren rau und dunkel von der Sonne und sein Gang entsprach dem eines Mannes, der an harte Arbeit gewöhnt war. Als hätte er mehr Kilometer auf dem Buckel als die meisten anderen.

Das hieß nicht, dass er alt aussah – er trug jedes Jahr seines Alters auffallend gut – so gut, dass es mir schwerfiel, mir vorzustellen, dass er so lange durchgehalten hatte, ohne in einer Ehe gewesen zu leben. Sein umwerfendes Aussehen in Kombination mit seiner Liebenswürdigkeit und seinem Einfühlungsvermögen in die Menschen um ihn herum machten seinen Single-Status zu einer Kuriosität, mit der ich mich nicht anfreunden konnte.

»Ich bin fünfunddreißig Jahre alt. Du musst mich für sehr alt halten.«

Ich wollte lachen, aber das Geräusch kam als Schnauben heraus und ich fiel fast in Ohnmacht, als mir vor Scham das Blut in den Kopf schoss. Nur mit Mühe konnte ich mich wieder aufrappeln, als ich eine Antwort herauswürgte und mich an dem Baum festhielt, der mir am nächsten stand.

»Wohl kaum. Warum bist du nicht verheiratet?«

Er lächelte und streichelte die Seite seines Pferdes.

»Es scheint, als hätte ich schon viele Leben gelebt, aber keines davon war mein eigenes. Ich wollte erst heiraten und eine Familie gründen, wenn ich mich denen, die mich gerettet haben, nicht mehr verpflichtet fühlte.«

Seine Antwort machte mich neugierig und traurig zugleich.

»Meinst du Adwen? Was könntest du ihm schulden? Ihr seid doch Freunde.«

Eine Erinnerung musste ihm durch den Kopf geschossen

sein, denn eine kurze Wehmut schien das strahlend blaue Funkeln in seinen Augen zu überschatten, aber er erholte sich schnell wieder.

»Das ist eine Geschichte für einen anderen Tag. Der Gedächtnisverlust war zwar schmerzhaft für die Menschen, denen ich wichtig bin, aber für mich selbst war er ein Segen. Ich weiß jetzt, dass ich nicht darauf warten kann, mein eigenes Leben zu beginnen. Es hilft niemandem, wenn ich mir das verweigere, was andere von ihrem Leben erwarten.«

Da wurde mir klar, dass dies für ihn nicht weniger schwierig war als für mich. Während ich mir die Leute vom Leib hielt, um nicht verletzt zu werden, ließ er so viele Menschen an sich heran, dass er befürchtete, sein Glück nur auf Kosten anderer finden zu können. Jeder von uns hatte seine eigenen Schlachten zu schlagen. Wenn er es versuchte, würde ich es auch tun.

»Es ist nicht so einfach für dich, wie du es aussehen lässt, oder? Mich zu wollen – fühlst du dich deswegen schuldig?«

Er ließ seine Hand auf dem Pferd ruhen und blickte auf, als hätte ich etwas gesagt, woran er vorher nicht gedacht hatte.

»Ja, aber ich weiß jetzt, dass ich nicht zulassen kann, dass Schuldgefühle mich daran hindern, ein eigenes Leben zu führen.«

»Ich weiß.« Ich näherte mich ihm, hob meine Hände, umschloss sein Gesicht mit meinen beiden Händen, und küsste ihn, bevor ich mich zurückzog, um ihm in die Augen zu sehen. »Wenn ich weiß, dass du es versuchst, möchte ich es auch versuchen. Aber du sollst wissen, dass ich nicht gut in solchen Dingen bin. Frag einfach alle Ex-Freunde, die ich je hatte – das Ende war jedes Mal meine Schuld. Wenn das hier nicht funktioniert, dann ist das nicht deine Schuld. Es ist meine.«

Er zog mich in eine Umarmung und rieb mir den Rücken, während er sprach.

»Warum sollte ich denken, dass es meine Schuld ist? Du kannst dich glücklich schätzen, dass du mich hast.«

Er gab mir einen Klaps auf den Hintern, sodass ich zusammenzuckte, als er losging und die Pferde losband, damit wir weiterreiten konnten. Ich lachte, als ich ihm zusah.

Ich wusste, dass er nur gescherzt hatte, aber jedes Wort entsprach der Wahrheit.

KAPITEL 22

In dem Moment, als wir das Dorf in der Nähe der Burg McMillan erreichten, wusste ich, dass die Babys Graces Geschwindigkeit kaum gebremst hatten. Sie waren uns um mindestens einen Tag voraus – die heulende Frau vor dem Gasthaus war der Beweis dafür.

Ich fragte mich, wie lange sie schon auf Oricks Ankunft gewartet hatte, denn ich konnte sehen, wie verzweifelt sie ihn erwartete. Orick stieg von seinem Pferd und rannte auf sie zu, sobald er das Gasthaus erreicht hatte.

Ich stieg langsamer ab, denn mein Hintern war nicht besser daran gewöhnt, auf einem Pferd zu sitzen, als er es vor drei Tagen gewesen war. Ich blieb zurück und sah zu, wie Orick die Frau hochhob, bis ihre Füße vom Boden abhoben, während sie sich schluchzend an ihn schmiegte.

»Orick, ich konnte es nicht glauben, als Jane es mir erzählt hat. Zu sehen, dass du lebendig bist, und dich in den Armen zu halten, ach, du kannst dir nicht vorstellen, was für eine Freude das für mich ist.«

»Es macht mich auch froh, dich zu sehen. Du siehst aus, als

ginge es dir viel besser. Deine Augen strotzen vor Gesundheit, wie ich sie noch nie gesehen habe. Das freut mich sehr. Wo ist Gregor?«

Wie gerufen kam ein weiterer Mann aus der Eingangstür des Gasthauses, und Orick ließ Isobel auf den Boden sinken, während er zu dem Mann hinüberging, um ihn zu begrüßen.

Während Orick mit ihm sprach, machte Isobel sich auf den Weg zu mir, um sich vorzustellen und zog mich sofort in ihre Arme.

»Jane hat von dir gesprochen, aber ich weiß nicht mehr, wie du heißt. Aber ich bin zu glücklich, um mich deswegen schlecht zu fühlen. Kannst du ihn mir noch einmal sagen, während ich dir drinnen einen kleinen Happen zu essen gebe und dir eine Waschschüssel vorbereite, in der du dich nach der langen Reise etwas frischmachen kannst?«

Ich grinste, als sie mich losließ und ins Haus ging.

»Sehr gerne. Mein Name ist Gillian.«

»Das passt zu dir. Ich habe ein paar Sachen für dich vorbereitet, die viel besser schmecken als das, was du auf der Reise gegessen hast. Bediene dich, während ich die Männer hereinhole.«

Sie ließ Cooper, Toby und mich im Esszimmer zurück. Cooper zögerte nicht und machte sich auf den Weg zum Essen. Ich brauchte keine zwei Sekunden, um mich ihm anzuschließen.

Isobel konnte gar nicht verstehen, wie viel besser ihre Küche im Vergleich zu dem war, was wir in den letzten drei Tagen gegessen hatten, und Cooper und ich stürzten uns auf das Essen, während die anderen sich auf den Weg nach drinnen machten.

»Ich will es nicht verpassen, wenn Adwen dich endlich sieht. Ich hoffe, er kommt bald nach Hause. Wir müssen dafür sorgen, dass wir viele Stühle in seiner Nähe haben, denn ich fürchte, er wird sich nicht auf den Beinen halten können.«

Isobel hielt lange genug inne, um Orick auf das Essen hinzuweisen, fuhr aber fort, sobald er in die Nähe der Speisen getreten war.

»Ich kann dir nicht sagen, wie sehr der Mann um dich getrauert hat. Es ist kein Tag vergangen, an dem er nicht von dir gesprochen hat.«

Was für ein Glück die beiden hatten, solche Freunde zu haben. Adwen würde sich wahnsinnig freuen, Orick zu sehen, und es würde ihn wesentlich weniger begeistern, mich anzutreffen. Nicht, nachdem ich ihn den ganzen Weg ins Dorf gefahren hatte, obwohl er unbedingt durch den Keller hatte gehen wollen. Ich fragte mich, wie er es zurückgeschafft hatte. Hatte er einen anderen Weg gefunden oder hatte ich ihn gezwungen, im Dunkeln den ganzen Weg zurück zum Keller zu laufen, was seine Reise erheblich verzögert hatte?

Ich saß da, genoss jeden Bissen des Essens und gab Toby alle paar Minuten ein paar Krümel. Der Welpe lag zu meinen Füßen, mit offenem Maul und herausgestreckter Zunge, während er freudig alles aufnahm, was ich ihm hinwarf.

Ich hörte Orick gerne zu, wie er mit Gregor und Isobel sprach. Je mehr Zeit ich mit ihm verbrachte, desto mehr konnte ich verstehen, warum sein Tod alle, die ihn kannten, so sehr erschüttert hatte. Er war ein hervorragender Gesprächspartner. Er hörte zu und sprach nur dann, wenn sein Beitrag wertvoll war. Und nichts, was er sagte oder tat, war nur zur Show.

So verging der ganze Nachmittag. Lachend und essend saßen wir zusammen, ohne uns auf dem Rücken eines Pferdes quälen zu müssen. Gerade als der Abend anbrach und wir uns zum Abräumen bereit machten, betrat Jane das Gasthaus und fuchtelte aufgeregt mit den Armen herum.

»Er kommt gleich, er kommt gleich. Gerade ist ein Reiter aufgetaucht. Er sollte mir sagen, dass Adwen auf dem Rückweg ist, aber der Reiter hat sich verspätet, also ist er ihm nur ein paar Augenblicke voraus. Er sollte bei Sonnenuntergang hier sein. Kommt schnell zu uns nach Hause.«

KAPITEL 23

Innerhalb von zehn Minuten standen wir alle zusammengepfercht an der Tür zu Adwens und Janes Schlafzimmer in ihrem Haus. Ich wusste, dass Jane nur persönlich mit Adwen sprechen wollte, bevor Orick herauskam, aber es fühlte sich an, als würden wir uns alle für eine Überraschungsparty verstecken, weil wir uns alle an die geschlossene Tür drückten und auf das erste Zeichen von Adwens Ankunft lauschten.

Es dauerte nicht lange, bis wir die Stimme der Person hörten, auf die wir warteten.

»Jane, ich habe dich vermisst.«

Sobald Adwen sprach, traten wir alle einen Schritt zurück, denn es gab keinen Grund, sich gegen die Tür zu drängen. Wir konnten jedes Wort ihres Gesprächs hören – Janes Schritte, als sie sich ihm näherte, ihre Umarmung, gefolgt von einem Kuss. Und dann, zu unser aller Entsetzen, hörten wir, wie sie sich zusammen bewegten. Dann ertönte ein Schlag gegen eine der Wände, als wäre jemand mit dem Rücken dagegen gestoßen.

Sie küssten sich weiter. Ich blickte unbehaglich auf meine

Füße hinunter und sah Cooper vor mir stehen, der mit einem Finger in die Innenseite seines Mundes zeigte und leise Würgegeräusche von sich gab.

Schließlich löste sich eine atemlose Jane von ihrem Mann, und wir atmeten alle erleichtert auf, als sie das Wort ergriff.

»Ich bin so froh, dich zu sehen, Liebling, aber das hier muss warten. Ich muss ...« Sie zögerte. Ich konnte mir nicht vorstellen, wie nervös sie sein musste. »Es ist etwas Wunderbares passiert, das ich dir erzählen muss.«

»Sag mir nicht, dass Grace wieder schwanger ist.«

Cooper wirbelte mitten unter uns herum und starrte Isobel fragend an.

Sie flüsterte ihm so leise zu, wie sie konnte.

»Mach dir keine Sorgen, ich glaube nicht, dass sie schwanger ist.«

Coopers Gesicht entspannte sich sichtlich und er drehte sich um, um den Rest des Gesprächs zu hören.

Jane lachte als Antwort darauf.

»Nein. Zumindest ... hoffe ich, dass sie es nicht ist. Es geht um Orick. Ich weiß nicht, wie ich dir das sagen soll. Setz dich doch, Adwen.«

Adwens Stimme war tief und streng, als er sprach.

»Nein, Jane. Ich werde mich nicht setzen.«

»Er ist nicht tot.«

Ein Geräusch, das wie ein tiefes Einatmen klang und irgendwo zwischen einem Knurren und einem Schluchzen lag, drang durch die Türöffnung. Mein Herz verkrampfte sich bei diesem Geräusch. Selbst mein kaltes, emotionsloses Herz fühlte etwas, als ich Adwens Reaktion auf die bloße Erwähnung des Freundes hörte, um den er so sehr getrauert hatte.

»Es ist weder nett noch gerecht, so etwas zu sagen. Weißt du denn nicht, wie sehr ich mir das wünsche? Es ist kein Tag vergangen, an dem es mich nicht meine letzte Kraft gekostet hat, nicht um ihn zu weinen, weil ich ihn so sehr vermisse.« Adwens Stimme brach und seine Schritte bewegten sich auf die Tür zu.

Ich schaute zu Orick hinüber und sah, wie er schluckte. Die Emotionen standen ihm ins Gesicht geschrieben, als er die Worte seines Freundes verarbeitete.

»Ich weiß nicht, warum du das gesagt hast. Ich glaube, ich bringe mein Pferd jetzt zu den Ställen. Ich muss einen Moment allein sein.«

»Adwen«, rief Jane ihm nach, und Orick griff nach der Schlafzimmertür, um sie zu öffnen.

»Ich würde dich in dieser Sache nicht anlügen. Er ist hier.«

Im selben Moment stieß Orick die Tür auf und gesellte sich zu Adwen und Jane. Der Rest von uns drängte sich in den Türrahmen, um keinen Moment ihres Wiedersehens zu verpassen.

Als ich sah, wie sich Adwens Gesicht von Wut und Schmerz in reinen Schock verwandelte, wurde mir klar, dass dies ein privater Moment zwischen ihnen hätte sein sollen. Es wäre richtig, wenn wir uns alle zurückziehen würden, aber ich konnte an den gespannten Gesichtern der Menschen um mich herum erkennen, dass das nicht passieren würde.

In Wahrheit spielte es keine Rolle, ob wir dabei waren oder nicht. Adwen sah uns nicht einmal. Die einzige Person, die er wahrnahm, war Orick. Ich erwartete, dass sie aufeinander zu rennen und sich umarmen würden, wie es Cooper, Jane und Isobel getan hatten, als sie ihn zum ersten Mal gesehen hatten.

Meine Erwartung hätte nicht weiter von dem abweichen können, was in Wirklichkeit geschah.

Stattdessen rannte Adwen auf ihn zu, aber nicht mit offenen Armen. Er rannte mit gesenktem Kopf und stürmte auf Oricks Bauch zu, wie ein wütender Stier. Orick fiel durch den Aufprall nach hinten und die beiden Männer fielen in einem Wirbel aus fliegenden Fäusten, Füßen und Schmerzensschreien zu Boden.

Beide Männer schrien sich lauthals an, während sie sich wie Tiere auf dem Boden wälzten. Das meiste von dem, was sie sagten, war völlig unverständlich, aber hin und wieder brüllte einer von ihnen etwas, das uns anderen einen Hinweis darauf gab, worüber sie sprachen.

Es war absolut absurd.

»Was im Namen von Brighid machst du in meiner Kammer, Orick?«

Orick schlug Adwen eine Faust in die Seite, sodass er auf den Boden spuckte und stöhnte.

»Du bist ein verdammter Narr. Bist du nicht neugierig, wie es kommt, dass ich noch lebe, bevor ich dir sage, warum ich hier bin?«

»Nein. Ich weiß genau, warum du nicht tot bist. Du hast meine Frau gevögelt, und ihr beide habt das geplant, damit ihr zusammen bleiben könnt, während ich fort bin. Wie konntest du mir das antun?«

»Wovon zum Teufel redest du, Adwen?«

Orick holte aus, um einen von Adwens Schlägen abzuwehren, aber Adwen war so schnell, dass er Oricks Kopf zwischen seinen beiden Armen einklemmte. Innerhalb weniger Augenblicke wurde Orick erstaunlich rot.

Gerade als ich mir Sorgen machte, dass Orick ohnmächtig werden könnte, beschloss Jane, dass sie genug hatte. Sie ging hinter Adwen und blieb etwa zwei Sekunden stehen, bevor sie ihm einen so kräftigen Hieb verpasste, dass er Orick losließ und zu seiner Frau herumwirbelte und sie mit verblüfftem Blick ansah.

»Du hältst es für richtig, mich zu schlagen, nach dem was du getan hast?«

Jane verschränkte die Arme und starrte ihn an, bevor sie ihren Kopf langsam zu uns herüberschwenkte und unsere Anwesenheit für sich sprechen ließ.

Langsam richteten sich die beiden Männer auf, nachdem sie sich voneinander gelöst hatten. Als sie standen, klopfte Orick Adwen auf die Schulter. Die beiden starrten sich einen langen Moment lang an und fingen dann gemeinsam an zu lachen. Der Rest von uns starrte ungläubig vor sich hin.

»Was ist in dich gefahren? Warum hast du so etwas gesagt oder gedacht?«

Adwen lachte immer noch über sich selbst und grinste nun von einem Ohr zum anderen, trat zurück und zeigte auf Jane.

»Du bist aus meiner Kammer gekommen. Falls du dich nicht erinnerst: Jane hat dich schon einmal geküsst. Ich weiß genau, welche Wirkung ihre Lippen auf einen Mann haben können.«

Ich blickte zu Jane hinüber und sah, wie sie rot wurde. Die Eifersucht, die in mir aufstieg, als ich an einen möglichen Kuss der beiden dachte, überraschte mich.

»Du weißt, dass sie mich nur geküsst hat, um an dich heranzukommen, du verdammter Narr.«

Adwen nickte und unterdrückte sein Lachen, als er Orick ernst ansah.

»Ja, aber das war der einzige Grund für deine Abwesenheit, der mir im ersten Moment eingefallen ist und den ich mir erklären konnte. Wenn du die ganze Zeit am Leben warst, warum bist du dann nicht zurückgekommen? Es tut mir weh, mir einen Grund auszudenken, denn keiner von ihnen ist gut genug.«

Cooper, der anscheinend genug von diesem Durcheinander hatte, trat aus der Mitte heraus und stellte sich direkt zwischen Adwen und Orick.

»Nicht so schnell, Onkel Adwen. Es gibt definitiv einen guten Grund. Er hat sich an nichts mehr erinnern können, nicht bevor er in die Zukunft gereist ist und mich gesehen hat. Warum hörst du also nicht einfach auf, verrückte Sachen zu sagen und umarmst ihn?«

Adwen sah Orick fragend an und der Schmerz in seinem Gesicht ließ deutlich nach.

Orick nickte und strich Cooper über die Haare.

»Ja, der Junge sagt die Wahrheit. Viele Monde lang wusste ich meinen eigenen Namen nicht mehr.«

Schließlich brach Adwens Stimme, als ihn die Emotionen überkamen und er auf Orick zuging und seine Arme um ihn schlang.

»Warum hast du das nicht gleich gesagt?«

Orick lachte, als sie sich gegenseitig festhielten.

»Du hast mir keine Chance gegeben, bevor du mich zu Boden gerissen hast.«

»Das tut mir leid. Mein Gott, bin ich froh, dich zu sehen.«

Zwischen den beiden herrschte mehr Liebe, als ich je in meinem Leben gespürt hatte. Ich musste den Kloß, der in mir aufstieg, hinunterschlucken, um bei ihrem Anblick nicht in Tränen auszubrechen. In dieser Zeit schienen meine Gefühle mich andauernd zu überfallen.

Offenbar zufrieden damit, dass sie sich nicht gegenseitig umbringen würden, beschloss Jane schließlich, dass sie etwas

Zeit für sich brauchten, und winkte uns alle eilig aus dem Raum und hinaus in die Kälte.

Cooper lachte, als wir nach draußen traten und beugte sich vor, um Jane zu umarmen.

»Dir auch eine gute Nacht, Tante Jane. Ich bin froh, dass ohnehin keiner von uns zum Abendessen bleiben wollte.«

Jane lächelte und machte sich mit uns auf den Weg zu Isobels und Gregors Gasthaus.

»Ich glaube, ich schließe mich dem Rest von euch ein wenig an. Das gibt ihnen die Möglichkeit, sich auszutauschen, ohne dass sie sich in der Anwesenheit einer Lady zurückhalten müssen.«

»Tante Jane, du kannst niemandem etwas vormachen. Du bist schlimmer als die beiden zusammen. Du wurdest ohne einen Filter geboren.«

Es schien, als wäre der Mangel an Filtern auch an den kleinen Kerl weitergegeben worden. Wir lachten alle zusammen, während Cooper und Jane sich weiter gegenseitig neckten und wir gemeinsam zu Isobels und Gregors Gasthaus zurückkehrten.

KAPITEL 24

Sehr spät in der Nacht stolperte Orick so leise, wie es seine schweren Füße zuließen, in das Gasthaus. Sowohl er als auch Adwen würden sich am Morgen elend fühlen. Keiner von ihnen war es gewohnt, so viel Bier zu trinken oder so wenig zu schlafen, und es war Jahre her, dass sie sich so etwas gegönnt hatten.

Doch, obwohl seine Gedanken durcheinander zu sein schienen und seine Schritte nicht mehr so sicher waren, glaubte er, dass er es bis zu seiner Kammer schaffen würde, ohne jemanden zu wecken. Bis er an der Treppe ankam und nach oben blickte, um Isobel zu sehen, die ihn eilig in die Stube zurückwinkte.

»Du wirst Gregor aufwecken, wenn du so weitermachst. Geh und setz dich hin. Ich werde uns eine Kerze anzünden.«

Gregor hatte den Ruf, auch in seiner besten Laune unangenehm zu sein. Orick wollte den Mann auf keinen Fall wecken.

Es dauerte nicht lange, bis Isobel sich zu ihm gesellte. Als der

Raum von der Flamme einer kleinen Kerze erhellt wurde, zog sie ihn zur Seite.

»Ich wusste nicht, ob du heute Abend überhaupt zurückkommen würdest. Als Jane nach Hause gegangen ist und du nicht zurückgekommen bist, dachte ich, dass du vielleicht dort bleibst.«

»Ach«, Orick warf seine Arme hoch und wunderte sich, wie locker sie sich in seiner Gegenwart zu bewegen schienen. »Der Gedanke ist mir auch schon gekommen, aber Adwen hat es nicht erlaubt. Er sagte, so sehr er sich auch freue, mich zu sehen, wolle er doch lieber seine Frau mit ins Bett nehmen, vor allem, nachdem sie ein paar Krüge Bier mit uns getrunken hat und selbst überaus fröhlich geworden ist.«

Isobel schüttelte den Kopf, aber Orick konnte erkennen, dass es weniger aus Missbilligung als aus Belustigung war.

»Ich bin sicher, dass sie das hat. Ich wette, die Maid könnte euch beide übertrumpfen.«

»Ja, das ist wahr. Ich wollte dich nicht wecken, Isobel. Du solltest schon schlafen.«

Isobel führte ihn zu einem Stuhl und setzte sich neben ihn.

»Du hast mich nicht geweckt. Ich habe eine Weile geschlafen und bin dann aufgewacht, um mich zu erleichtern, als ich bemerkt habe, dass die Kerzen in Gillians Zimmer noch brennen. Ich wollte auf deine Rückkehr warten, damit ich dir raten kann, keinen Unsinn zu machen.«

Orick wartete auf Isobels Erklärung.

»Sie ist eine hübsche Maid.«

Die schönste, die er je gesehen hatte.

»Ja, das ist sie.«

»Und du möchtest, dass sie dein ist, ja?«

»Ja.«

»Dann musst du dich auch so benehmen. Du lässt dir nicht anmerken, dass du sie gern hast. Du rührst sie nicht an und hast kaum ein Wort mit ihr gesprochen, seit du hier bist. Sie mag dich, aber eine Maid muss wissen, dass sie begehrt wird, sonst kann sie ihr Herz nicht öffnen. Sie muss wissen, dass du sie magst.«

Orick hoffte, dass Gillian nicht an seinem Interesse zweifelte. Er dachte jeden Moment an sie.

»Ich habe ihr gesagt, dass ich sie gern habe. Deshalb ist sie doch hier.«

»Sagen und Zeigen sind zwei vollkommen verschiedene Dinge, und ihr Männer seid nicht so begabt darin, das zu begreifen. Sie bleibt wach und hofft, dass du zu ihr kommst. Enttäusche sie nicht. Deshalb bin ich wach geblieben – um dich vor dem Fehler zu bewahren, den die meisten Männer machen würden.«

Orick stand auf und musste nach der Wand greifen, um sich zu stützen. Seine Sicht wurde schnell scharf, aber die plötzliche Bewegung verwirrte ihn.

»Ich glaube nicht, dass das heute Nacht eine gute Idee ist. In meinem Zustand? Ich habe mehr getrunken, als ich sollte, und ich bin so müde, dass ich nicht mehr richtig denken kann. Ich wüsste nicht, was ich zu ihr sagen sollte. Ganz zu schweigen von der Tatsache, dass ich den Dreck von meinem Ritt hierher noch mit mir herumtrage. Ich befürchte, dass ich mich nicht anständig benehmen werde, wenn ich heute Abend zu ihr gehe.«

Isobel lächelte und ergriff seinen Arm, als sie gemeinsam die Treppe hinaufgingen.

»Es wird ihr egal sein, ob du schmutzig bist. Sie hatte selbst noch keine Gelegenheit, sich zu waschen. Weißt du, ich war selbst mal eine junge Maid und ich weiß aus eigener Erfahrung, dass Mädchen nichts lieber mögen als einen anständigen Mann, der zu sehr besonderen Anlässen vergisst, dass er anständig ist. Keine Frau will einen perfekten Mann, und du kommst dem so nahe wie kein anderer, Orick. Zeig ihr, dass du manchmal genauso schwach sein kannst wie jeder andere, und sie wird dich dafür umso mehr lieben.«

»Hältst du es nicht für unangemessen, dass ich mitten in der Nacht in ihre Kammer gehe?«

Isobel lächelte und hielt ihn an, als sie sich Gillians Tür näherten.

»Doch, es ist sehr unangemessen. Und jetzt geh rein.«

Isobel ließ ihm keine andere Wahl und klopfte an die Tür, bevor sie in ihre eigene Kammer huschte.

KAPITEL 25

Meine Augen schmerzten, weil ich mich im Kerzenlicht anstrengen musste, etwas zu sehen, aber die Arbeit machte mir so viel Spaß, dass es mir egal war. Es fiel mir immer schwer, auch nur einen Tag ohne meine Malerei auszukommen. Nach drei Tagen war ich meist kurz davor, mir die Haare auszureißen. Zum Glück fand ich Erleichterung in einem kleinen Zeichenblock und ein paar Stücken Kohle, die Jane mich hatte einpacken lassen, und ich hatte sie mitgenommen, um zu skizzieren, nachdem wir von Jane und Adwens Haus zurückgekehrt waren. Ehe ich mich versehen hatte, waren Stunden vergangen.

Aber ich hätte auch nicht schlafen können, wenn ich nicht gezeichnet hätte. Ich war so müde und kaputt vom Reiten, dass ich mich in einem Zustand befand, in dem man sogar zum Schlafen zu erschöpft war. Ich hatte beschlossen, etwas mit meiner Zeit anzufangen, anstatt nur dazuliegen und an die Decke zu starren.

Als ich das Klopfen an der Tür hörte, dachte ich einen Moment lang, dass es bereits wieder hell war. Dann schaute ich zum Fenster und sah, dass der Mond noch hoch am Himmel stand, und dachte sofort, dass es Cooper sein musste. Der Junge war ohne Zweifel rastlos und schien nie zu zögern, in jemandes Schlafzimmer hereinzuplatzen. Ich war ehrlich gesagt überrascht, dass er überhaupt geklopft hatte.

Toby war augenblicklich wach, sprang vom Bett und rannte mit wedelndem Schweif zur Tür, um seinen kleinen Kumpel zu begrüßen. Ich stand langsamer auf, griff nach einem Lappen, um mir die verkohlten Hände zu säubern, und streckte mich, bevor ich die Tür aufriss.

Als ich nicht Cooper, sondern Orick davor stehen sah, hätte ich ihm fast die Tür vor der Nase zugeschlagen, so nervös war ich. Toby hielt mich davon ab und krallte sich an Oricks Beinen fest, bis er sich bückte, um ihn hochzuheben.

Ich starrte ihn an und winkte ihn herein. Sobald er drinnen war, schloss ich die Tür, damit unser Gespräch niemanden aufweckte.

»Orick, was machst du hier? Ich dachte, du würdest heute bei Adwen übernachten.«

Er nahm Toby in den Arm und ließ zu, dass der Welpe sein ganzes Gesicht ableckte, bevor er durch den Raum ging und den Hund auf dem Bett absetzte.

»Ich habe das Kerzenlicht unter deinem Türspalt gesehen und dachte, dass du vielleicht wach bist.«

Ich bemerkte, dass er etwas unbeholfen in der Mitte des Zimmers stand, seltsam steif in seiner Haltung. Er sprach sehr bedächtig, sehr langsam. Ich vermutete, dass er nervös war, was meine eigene Nervosität deutlich verringerte. Ich beschloss, auf ihn zuzugehen und eine Hand auf seinen Arm zu legen, um ihn zu beruhigen. Als ich näher kam, konnte ich den Alkohol so deutlich riechen, dass ich keinen Zweifel daran hatte, dass dies der Grund für sein seltsames Verhalten war.

»Ja, das bin ich. Ich habe gezeichnet.« Ich deutete auf den Skizzenblock und sein Blick folgte meiner Bewegung, bevor er nickte und unbehaglich lächelte.

»Ach, du hast gezeichnet. Dann lass dich von mir nicht aufhalten. Es tut mir leid, dass ich dich gestört habe.«

Er wollte auf die Tür zugehen, aber ich versperrte ihm den Weg.

»Aufhalten? Wovon redest du denn?«

»Es ist nichts. Isobel hat gesagt«, er zögerte und fuhr sich mit der Hand durch die Haare. »Es spielt keine Rolle, was sie gesagt hat. Ich werde morgen früh mit ihr darüber sprechen. Ich lasse dich am besten allein.«

Es machte mir Spaß, ihn so zu sehen, unsicher und unbehaglich, weil er versuchte, vor mir zu verbergen, wie betrunken er war. Es gelang ihm mehr schlecht als recht.

»Nein. Warte mal. Isobel hat dich um zwei Uhr nachts in mein Zimmer geschickt? Warum sollte sie das tun?«

Er versuchte, mir auszuweichen, und ich griff nach seinem Arm. Damit erreichte ich nur, dass er noch näher an mich herangezogen wurde.

»Willst du mich in Verlegenheit bringen? Das bin ich doch schon. Sie dachte, du wärst wach geblieben, um auf mich zu warten. Jetzt sehe ich, dass sie sich geirrt hat.«

»Oh. Es tut mir leid. Deswegen bin ich nicht wach. Ich habe beim Zeichnen die Zeit vergessen, aber warum sollte dir das peinlich sein?« Ich bewegte mich nicht von der Stelle. Ich wusste nicht, ob es Absicht war oder ob es nur an seinen wackeligen Beinen lag, aber er machte einen weiteren Schritt auf mich zu.

»Ich weiß, dass du es selbst erkennen kannst, Gillian. Ich bin es nicht gewohnt, so viel zu trinken. Das ist Adwens Werk. Ich sollte dir in die Augen sehen. Stattdessen kann ich meinen Blick nicht von deinen perfekten Brustwarzen abwenden, die sich durch dein Nachtgewand abzeichnen. Es ist beschämend, dass ich meine Gedanken nicht mehr so gut unter Kontrolle habe. Du solltest mir erlauben, dir eine gute Nacht zu wünschen und zu gehen.«

Ich errötete und warf einen kurzen Blick auf das dünne Nachthemd, das Isobel mir gegeben hatte. Ich hatte nicht daran gedacht, als ich die Tür geöffnet hatte, aber Orick hatte recht, meine Brüste waren erstaunlich gut zu sehen. Ich verschränkte verlegen die Arme, aber mein Herz schlug schneller und meine Brust hob und senkte sich angesichts seiner Worte in einem rasanten Tempo. Ich hatte nicht bemerkt, dass er mir auf die Brüste gestarrt hatte. So groß wie er war, hatte ich sowieso immer das Gefühl, dass ich sein Kinn anglotzte.

Um die Stimmung aufzulockern, stieß ich ein leises Lachen aus, das allerdings atemlos und ziemlich bedürftig klang. Mir entging auch nicht, wie ihm der Atem im Hals steckenblieb.

»Selbst wenn Isobel gedacht hat, dass ich auf dich warte, warum hat sie dich dann hierher geschickt?«

Jetzt, wo er es mir gestanden hatte, sanken seine Augen immer wieder nach unten, auch wenn er versuchte, den Blickkontakt zu halten. Ich trat einen Schritt näher an ihn heran, nur um ihn davon abzuhalten. Als ich das tat, wurde sein Atem zittrig und er legte eine zögerliche Hand auf meine Hüfte.

»Sie hat gesagt, dass ich dich heute nicht gut behandelt habe. Wenn ich dein Herz erobern wolle, müsse ich mehr tun, als dir zu sagen, dass ich dich mag. Ich müsse es dir auch zeigen, und das habe ich heute nicht getan. Ich möchte nicht, dass du dich vernachlässigt fühlst.«

Der heutige Tag war für alle anstrengend gewesen. Ich hatte nicht einmal darüber nachgedacht, wie er sich mir gegenüber verhalten hatte. Das Gefühl seines leichten Griffs um meine Taille ließ mich erzittern. Ich stand jetzt so nah bei ihm, dass meine Brustwarzen mit jedem Atemzug an seiner Brust auf und ab wanderten. Ich konnte seinen unruhigen Atem hören und wusste, dass es ihn all seine Kraft kostete, seine Hand nicht woandershin wandern zu lassen.

Ich blickte zu ihm auf und sagte seinen Namen, damit er mir in die Augen sah. Als er das tat, schossen Schockwellen durch meinen ganzen Körper.

»Ich habe mich nicht vernachlässigt gefühlt, ganz und gar nicht. Der heutige Tag galt dir und Adwen, so wie es sein sollte, aber in einer Sache hatte Isobel recht.« Ich streckte eine Hand aus und strich mit dem Daumen über seine Wange. »Manchmal ist es schön, wenn man genau weiß, was ein Mann fühlt.«

Das war alles, was er brauchte, um seinen Mund auf meinen Hals und meine Lippen sinken zu lassen, während er meine Brust umfasste und seine andere Hand zu meinem Hintern bewegte. Ich lehnte mich an ihn und erlaubte ihm, mich über den Stoff meines Nachthemdes zu berühren, und ich stöhnte auf, als seine Zähne mein Ohrläppchen streiften.

Er zitterte vor Verlangen, und ich schlang meine Beine um ihn, als er mich hochhob und zum Bett trug. Er legte mich hin und folgte mir nach unten. Er rollte sich neben mir auf die Seite, küsste mich noch einmal und ließ seine Hand unter das Kleid gleiten, um meine nackte Haut zu streicheln. Er schob seine Hand zwischen meine Beine und wir stöhnten beide auf. Ich streifte den lockeren Ausschnitt des Kleides nach unten, bis meine Brüste aus dem Oberteil ragten und einen kurzen Moment lang von der kalten Luft berührt wurden, bevor er eine meiner Brustwarzen tief in seinen Mund nahm.

Ich keuchte auf und wühlte mit meinen Händen in seinen Haaren. Er stöhnte ebenfalls, als ich seinen Nacken sanft mit meinen Fingernägeln kraulte.

Toby sprang vom Bett und begriff, dass er sich in etwas zu Persönliches einmischte, bei dem er nicht dabei sein wollte.

Alles fühlte sich unglaublich an. Wir berührten, streichelten und umschlangen uns mit einem so unbändigen Verlangen, dass keiner von uns atmen konnte. Schließlich rollte er sich auf mich und spreizte meine Beine mit seinem Knie, während er den unteren Teil meines Kleides mit seinen Händen zusammenraffte und es nach oben schob, damit er mich berühren konnte.

Auch ich griff nach seinem besten Stück. Sobald ich begann, ihn zu streicheln, erstarrte er, als hätte meine Hand ihn aus seiner blinden Lust geweckt. Er hielt inne, lehnte seine Stirn an meine und küsste mich sanft, während er nach Luft rang. Langsam rollte er sich auf die Seite und zog mich an seine Brust.

»Es tut mir leid, Mädchen, aber ich kann dich nicht nehmen, nicht so. Nicht, wenn ich nicht mehr ich selbst bin.«

Ich verstand und respektierte ihn dafür, egal wie sehr ich mich danach sehnte, mit ihm zusammen zu sein.

»Okay.« Ich nickte und wir legten uns zusammen hin, um nach Luft zu schnappen, während wir versuchten, unser Verlangen nacheinander zu unterdrücken.

Nach einiger Zeit zitterten wir beide nicht mehr so stark. Ich drehte mich um und lächelte ihn an.

»Willst du lieber reden?«

Er grinste und beugte sich vor, um mich zu küssen. Innerhalb kürzester Zeit brannte mein Körper wieder für ihn.

»Es hat nichts mit dir zu tun, Gillian, aber ich glaube nicht, dass ich heute Nacht noch reden kann.«

Er strich mir die Haare aus dem Gesicht.

»Darf ich dich stattdessen einfach im Arm halten, Gillian? Hier liegen und zusehen, wie du einschläfst?«

Nichts klang besser, aber ich blickte zu Toby hinunter, der neben dem Bett auf dem Boden lag und nur auf meine Erlaubnis wartete.

»Ja, ich will nicht aus deinen Armen weichen. Solange es dir nichts ausmacht, das Bett mit einem Hund zu teilen, denn du liegst sozusagen auf Tobys Platz.«

Er lachte und tätschelte den kleinen leeren Platz neben uns, woraufhin Toby sofort hinaufsprang.

»Nein, natürlich macht es mir nichts aus. Ich würde es nicht wagen, den Platz des kleinen Welpen einzunehmen. Er hat ein weiches Bett mehr verdient als die meisten Menschen.«

Ich könnte ihm nicht mehr zustimmen. Während ich mich an seine Brust kuschelte, versuchte ich, die kleine Stimme in meinem Hinterkopf zu ignorieren, die mir sagte, dass ich mich in diesem Moment in Orick verliebt hatte. Die eisige Festung um mein Herz schmolz immer weiter dahin.

KAPITEL 26

Der Morgen kam viel zu schnell. Als ich in Oricks Armen erwachte, war er hellwach und blickte mit einem glücklichen Lächeln auf mich herab, das mich ganz und gar erwärmte.

»Sag mir, dass du etwas geschlafen hast.«

Er nickte und drückte mich mit dem Arm, den er um mich geschlungen hatte, fest an sich.

»Ja, obwohl du äußerst heftig schnarchst.«

Ich setzte mich abwehrend auf und zog mir das Nachthemd wieder über die Schultern, erschrocken über seine Behauptung.

»Tue ich nicht«, sagte ich, obwohl ich es in Wahrheit gar nicht wissen konnte, da ich es nicht gewohnt war, mein Bett mit jemandem zu teilen.

»Doch, tust du.« Er lachte, und jetzt, da er nicht mehr durch meinen Körper an das Bett gefesselt war, stand er auf und streckte sich.

»Das ist so peinlich.«

»Ach, mach dir keine Gedanken. Ich war jahrelang mit Männern unterwegs, die so laut schnarchen, dass die Pferde nicht schlafen können. Mich stört das nicht.«

Er machte sich auf den Weg zur Tür, und ich stand auf, um ihm zu folgen.

»Also, lass uns das nie wieder erwähnen, okay?«

Er beugte sich vor, um mich zu küssen, während er nach der Türklinke griff.

»Aye, ich werde es nicht wieder zur Sprache bringen. Es wird Zeit, dass ich in meine Kammer gehe, damit niemand weiß, dass ich hier war. Du würdest dich schämen, wenn mich jemand aus deinem Schlafgemach herauskommen sähe.«

Der Gedanke beunruhigte mich nicht im Geringsten.

»Wen kümmert das? Wir haben doch gar nichts gemacht.«

»Mich kümmert es, schöne Maid. Ich will nicht, dass du meinetwegen entehrt wirst. Außerdem bin ich noch immer von der Reise schmutzig, ich werde mich zuerst waschen müssen.«

Er begann, die Tür zu öffnen, und plötzlich fiel mir etwas ein, das ich ihn schon lange hatte fragen wollen.

»Warte mal. Was hat Adwen über seinen Vater und seinen Bruder herausgefunden? Geht es ihnen gut?«

Oricks Gesicht verzog sich zu einem frustrierten Ausdruck der Abscheu. Ich konnte sofort erkennen, dass ihnen zumindest nichts zugestoßen war. Er schloss die Tür, als er sich umdrehte, um mir zu antworten.

»Ja, sie sind wohlauf, obwohl ich nicht glaube, dass Lennox oder Griffith sich darüber freuen, ihre Tage in Gefangenschaft zu verbringen.«

»Gefangenschaft?«

»Ja, und sie haben es verdient. Diese Narren haben sich bei Laird Macaslan hoch verschuldet. Als sie nicht zahlen konnten, hat er sie auf der Stelle verhaften lassen und in seiner Burg in Gewahrsam genommen, bis die Schuld beglichen ist. Adwen ist gerade auf dem Weg zu Baodan, dem Burgherrn der McMillans, um herauszufinden, ob er sich das Geld leihen kann, das für ihre Befreiung nötig ist.«

»Wird er es ihnen geben?«

»Ja, das wird er.« Orick verlagerte sich von einem Bein auf das andere. Er stand unbehaglich in der Tür, und ich merkte, dass er noch etwas sagen wollte.

»Was ist los?«

»Ich habe Adwen gesagt, ich würde ihn zurück zu Macaslan begleiten. Callum ist dort als Gast des Lairds geblieben. Jane wird mitkommen, also bist du auch eingeladen. Da du jedoch mit keinem von uns verheiratet bist, musst du so tun, als wärst du Janes Zofe. Laird Macaslan ist kein sehr fortschrittlicher Mann. Nur so wird er es gutheißen, dass du mit uns reist. Du solltest auch wissen, dass die Reise wahrscheinlich einen ganzen Monat dauern wird. Ich weiß, dass du Aiden und Anne gesagt hast, dass du nicht länger als vierzehn Tage fort sein wirst.«

Ich kannte Aiden und Anne gut genug, um zu wissen, dass sie sich keine Sorgen machen würden, wenn ich nicht zum erwarteten Zeitpunkt zurückkommen würde. Sie würden einfach annehmen, dass ich mich in der ganzen Sache verloren hatte. Ich wollte nicht zurückreisen. Nicht jetzt, wo ich das Gefühl hatte, dass wir gerade erst anfingen, uns richtig kennenzulernen. Zum ersten Mal hatte ich das Gefühl, dass es mir möglich sein könnte, normale menschliche Gefühle mit einem anderen Menschen zu teilen.

»Gibt es eine Möglichkeit, Aiden und Anne eine Nachricht zukommen zu lassen?«

»Ja, Jane schickt oft Botschaften zurück. In dieser Angelegenheit kannst du sie um Hilfe bitten.«

»Gut.« Ich griff um ihn herum und öffnete die Tür zu meinem Zimmer, da ich mich auch gleich waschen wollte. »Und jetzt geh in die Wanne, von der du gesprochen hast. Du stinkst ganz schön.«

KAPITEL 27

An jenem Nachmittag stand ich meinem einzigen wirklichen Erzfeind hier im siebzehnten Jahrhundert gegenüber – meinem breitschultrigen Pferd namens Grock. Meine Beine, meine Hüften und mein Hintern taten weh, wenn ich ihn nur ansah.

»Bist du sicher, dass wir nicht einfach eine Art Wagen an ihm befestigen können, damit er mich den ganzen Weg dorthin ziehen kann? Er sieht stark genug aus, finde ich.«

Adwen, der am dichtesten bei mir stand und jedem Pferd ein Gepäckstück auf den Rücken band, lachte und schüttelte entschuldigend den Kopf. Orick war im Gasthaus und sammelte Vorräte für ein paar Tage zusammen, die Isobel heute Morgen auf wundersame Weise herbeigezaubert hatte.

»Es tut mir leid, Gillian, aber nein. Wir werden einige steile Straßen und schmale Pfade benutzen. Selbst wenn wir so einen Wagen hätten, wäre es nicht möglich. Du wirst dich mit der Zeit daran gewöhnen.«

»Ja. Das sagen zwar alle, aber ich glaube es nicht.«

Grock blies Luft durch seine Lippen, als würde er mich auslachen.

Als Grock mit den wenigen Habseligkeiten, die ich besaß, bepackt war, griff ich nach Tobys Stofftragetuch und zog es mir über den Kopf. Als der Welpe sah, wie ich es mir überstreifte und die Pferde um mich herum betrachtete, zählte er eins und eins zusammen und begann kläglich zu winseln.

»Ich weiß. Glaub mir, du wirst mehr Spaß haben als ich. Wenigstens darfst du bequem reiten.«

Ich hob Toby hoch, und er wimmerte weiter, während ich ihn herumtrug und versuchte, nicht auf das Pferd zu steigen, bis ich es unbedingt musste. Als sich Hufe näherten, drehte ich mich um und sah, wie Cooper auf seinem Minipferd stolz auf uns zu galoppierte.

Toby begann, sich aus meinen Armen zu winden und wild mit dem Schweif zu wedeln, sobald er Cooper sah. Als Cooper an den Zügeln zog und abstieg, sprang Toby aus meinen Armen und stürzte sich auf ihn. Er sprang in die offenen Arme des Jungen und leckte ihm das Gesicht.

Cooper setzte sich mit dem Welpen auf den Boden, kicherte und streichelte Toby, wobei er seinen Kopf hin und her schwenkte, um den Küssen des Hundes zu entgehen, aber es gab kein Entrinnen.

Ich beobachtete die beiden zusammen und traf eine ziemlich naheliegende Entscheidung, wenn auch widerwillig. Ich nahm das Tragetuch ab, rollte es zusammen und brachte es zu Cooper hinüber.

»Ich muss dich um einen großen Gefallen bitten, Kleiner.«

Cooper erspähte das Tragetuch sofort.

»Du willst Toby doch nicht etwa hier lassen? O Gillian, das wäre so fantastisch. Ich würde mich so gut um ihn kümmern, das verspreche ich. Ich würde mit ihm spielen und aufpassen, dass Isobel ihm nicht zu viel Brot gibt, und ich würde ihn sauber machen, wenn er schmutzig wird.«

Ich befürchtete, dass der Junge ewig weiterreden würde, wenn ich ihn nicht unterbrechen würde. Ich streckte eine Hand aus und berührte sanft sein Knie.

»Ja, ich habe beschlossen, Toby in deiner Obhut zu lassen, wenn du damit einverstanden bist. Aber du musst ihn die ganze Zeit bei dir behalten, okay? Und dich um ihn kümmern, als wäre er dein eigenes Kind.«

Er beugte sich hinunter und küsste Toby direkt auf die Schnauze.

»Das werde ich. Ich lasse ihn sogar bei mir im Bett schlafen.«

Ich lachte und griff nach Toby, um ihn zum Abschied zu knuddeln.

»Du hast gerade meine Gedanken gelesen. Genau das wollte ich dich als Nächstes fragen.«

»Vertrau mir, Gillian. Du könntest ihn nicht in besseren Händen lassen. Du wirst dir keine Sorgen um ihn machen müssen, während du weg bist.«

Toby ließ zu, dass ich ihm kurz den Kopf kraulte, aber dann wand er sich aus meinen Armen und zurück in die von Cooper.

»Ich weiß, dass ich mir keine Sorgen machen muss. Ich weiß zu schätzen, dass du das tust.«

Cooper lächelte, und wir drehten beide den Kopf, als Adwen von der Vorderseite des Gasthauses zu uns sprach.

»Zeit aufzubrechen. Cooper, komm und sag mir und deiner Tante Jane auf Wiedersehen.«

Schon wenige Stunden nach unserer Abreise fühlte ich mich, als wäre Jane eine alte Freundin. Dass sie mit uns unterwegs war, tat Wunder, um mich davon abzuhalten, allzu sehr über den Zustand meines Hinterns nachzudenken. Ich fand sie unheimlich witzig und unverblümt bei allem, was sie sagte. Ihre unverblümte Art schien sowohl Adwen als auch Orick zu entspannen, und ich fand, dass wir alle ziemlich frei miteinander reden, lachen und über eine Million beliebiger Dinge plaudern konnten.

Bei einer unserer notwendigen Toilettenpausen nutzte ich die Gelegenheit, um mit Adwen über etwas zu sprechen, das mir seit Tagen auf der Seele lag.

»Es tut mir leid, dass ich während deines letzten Tages auf der Festung Cagair so schwierig war.«

Er drehte sich nicht ganz um, um mich anzusehen, aber ich sah, wie sich seine Mundwinkel zu einem Lächeln verzogen.

»Es muss dir nicht leidtun, Mädchen. Du kanntest die Wahrheit damals nicht, und ich weiß, dass wir vieles getan haben, was dir seltsam vorkam.«

»Ja, aber ich hasse es trotzdem, dass ich dich den ganzen Weg ins Dorf gefahren habe, obwohl du nicht dorthin hättest gehen müssen. Wie bist du zurück zur Burg gekommen?«

Da drehte er sich zu mir um und starrte mich eindringlich an.

»Ich habe gewartet, bis du mich nicht mehr sehen konntest, und bin im Regen zurückgelaufen.«

Amüsiert und gleichzeitig verlegen blickte ich zu Boden.

»Ja … das habe ich mir gedacht. Es tut mir wirklich leid.«

In diesem Moment tauchten Orick und Jane wieder aus den Bäumen auf, wo sie sich jeweils ein privates Plätzchen gesucht hatten, um sich zu erleichtern.

»Was tut dir leid?« Jane bestieg ihr Pferd mit Leichtigkeit, und ich fragte mich, wie lange ich brauchen würde, um genauso reiten zu können.

»Dass ich darauf bestanden habe, ihn ins Dorf zu fahren.«

Sie lachte und spähte über ihre Schulter zu mir zurück.

»Das hat ihm nicht geschadet. Der Weg ist ja nicht so weit. Wir fanden es alle recht amüsant.«

Adwen warf seiner Frau einen neckischen Blick zu und stieg auf sein Pferd.

»Na ja, es überrascht mich nicht, dass du das amüsant findest. Du hast einen seltsamen Sinn für Humor.«

Jane lachte, und widerwillig erlaubte ich Orick, mir wieder auf Grock zu helfen. Er überraschte mich, indem er mir einen kurzen, sanften Kuss auf die Wange gab, bevor er mich nach oben schob.

»Danke.«

»Gern geschehen. Nur noch ein kleines Stückchen weiter, und wir erreichen unseren Rastplatz für die Nacht. Wären es nur Adwen und ich, würden wir unter den Sternen schlafen, aber wir wissen, dass das nichts für dich und Jane wäre. Es ist ein kleines Gasthaus mit nur zwei Kammern. Willst du so tun, als wärst du meine Frau, nur für eine Nacht? Wenn du das nicht willst, schlage ich hier draußen bei den Pferden mein Lager auf. Es macht mir nichts aus. Ich würde es verstehen.«

Ich lächelte und nickte, bevor er zu Ende gesprochen hatte.

»Das heißt, wir können uns ein Zimmer teilen, ja?«

Orick stand neben Grock und legte eine Hand auf den Hals des Pferdes und die andere auf meinen Oberschenkel. Er drückte leicht zu, als er antwortete.

»Aye.«

Ich lächelte und beugte mich hinunter, um ihn zu küssen, in

dem Wissen, dass Adwen und Jane jede unserer Bewegungen beobachteten. Als ich mich von ihm löste, zwinkerte ich ihm zu.

»Dann, aye, Ehemann. Führe uns zum Gasthaus.«

KAPITEL 28

Von außen sah das Gasthaus so aus, als wäre es kaum groß genug, um ein Zimmer für den Besitzer zu haben, geschweige denn zwei weitere für Gäste. Die Zimmer hatten die Größe von Schränken und die Betten waren nicht viel größer als Kinderbetten. Doch egal, wie klein die Zimmer oder die Betten waren, ich zog sie einer Übernachtung unter freiem Himmel vor, also sagte ich nichts, als wir vor dem Haus anhielten.

»Fionn ist noch nicht von der Jagd zurück. Ihr müsst draußen bleiben, bis er da ist.«

Adwen stieg mit einem verärgerten Stöhnen ab und ging zu der alten Frau hinüber, die in der Tür stand, um mit ihr zu sprechen. Sie begrüßte uns mit fest vor der Brust verschränkten Armen, und ihr finsteres Stirnrunzeln unterschied sich deutlich von Isobels ekstatischer Begrüßung.

»Shona, du weißt genau, wer ich bin. Du kennst auch Orick. Glaubst du wirklich, dass wir dich nicht bestehlen oder dir etwas antun werden?«

Shona machte einen Schritt auf Adwen zu, als dieser sich näherte, und scheuchte den Rest von uns weg.

»Ja, ich kenne dich, Adwen MacChristy. Als du das letzte Mal hier warst, hattest du den da«, sie deutete auf Orick, »beauftragt, dir Willys Tochter für eine Liebschaft in deine Kammer zu schleusen. Der Mann spricht immer noch nicht mit mir, weil ich so etwas in meinem Haus zugelassen habe. Wenn ihr hier bleiben wollt, werdet ihr in den Ställen auf Fionn warten. Die Entscheidung liegt bei ihm.«

Adwen lachte und griff nach den Zügeln seines Pferdes, als er uns zu den Ställen führte.

»Aye, gut, wir werden warten, aber du weißt, dass Fionn uns Einlass gewähren wird.«

Die Frau schnaubte und drehte sich um, um wieder hineinzugehen.

Jane starrte Adwen den ganzen Weg zurück zu den Ställen an und wartete, bis wir drinnen waren, um etwas zu sagen.

»Du warst wirklich mal ein Schwerenöter, nicht wahr?«

Adwen lachte, während er sein Pferd liebevoll tätschelte. Orick meldete sich zu Wort und bejahte.

»Ich weiß nicht, was du damit meinst, aber ja, er war ein Halunke.«

Jane wirbelte auf ihn zu und wies auch Orick schnell in die Schranken.

»Als wärst du so viel besser gewesen, wo du sie doch hier rein- und rausgeschmuggelt hast.«

Orick blickte auf seine Füße hinunter, als er abstieg, und ich fuhr ihm spielerisch mit der Hand durchs Haar, als er mir vom Pferd helfen wollte. Ich konnte sehen, dass es ihr gelungen war, ihn in Verlegenheit zu bringen.

Als ich vom Pferd gestiegen war, griff ich nach dem kleinen Beutel, in den Isobel unser Essen gepackt hatte, und versuchte, das Thema zu wechseln.

»Hat irgendjemand Hunger? Warum essen wir nicht etwas, während wir auf die Erlaubnis warten, ins Haus zu gehen?«

Ich wartete nicht auf eine Antwort, sondern ließ mich auf den Boden plumpsen, holte ein Stück Trockenfleisch heraus und schlang es hinunter. Langsam gesellten sich die anderen dazu.

Orick beugte sich zu mir, während wir aßen.

»Danke dafür. Ich hatte schon Angst, Adwen würde anfangen, Geschichten über mich zu erzählen, die ich dir lieber noch nicht erzählen möchte.«

Ich lächelte und griff nach dem Brot, während ich mit vollem Mund zu ihm sprach.

»Wir haben alle ein Recht auf unsere Geheimnisse, nehme ich an. Wir können sie zu gegebener Zeit miteinander teilen.«

»Aye, das können wir.« Orick stand auf und reichte mir eine Hand, um mir ebenfalls aufzuhelfen. »Fionn naht.«

Ich konnte nichts hören, was ihn auf diese Idee hätte bringen können.

»Woher weißt du das?«

»Ich kann ihn noch nicht hören, falls du dich das gefragt hast. Ich habe ihn gerade durch die Bäume hinter dir reiten sehen.«

»Oh.« Ich griff nach seiner Hand und stand auf.

Adwen tat schnell dasselbe. Während Jane und ich das Essen zusammenpackten, gingen die Männer zu ihm, um ihn zu begrüßen. Fionn schien sie sofort zu erkennen und rief ihnen zu, sobald er nahe genug war, um zu bestimmen, wer sie waren.

»Adwen, Orick, hat Shona euch nicht hereingelassen? Ich kann nicht sagen, dass mich das überrascht. Sie mag euch beide überhaupt nicht. Sie ist nicht gerade angenehm, und wenn man einen von euch erwähnt, kommt das Schlimmste in ihr zum

Vorschein. Trotzdem bin ich froh, euch beide zu sehen. Bindet eure Pferde an und folgt mir hinein.«

Fionn schwang sich mit der Energie eines Mannes, der halb so alt war wie er, vom Rücken seines Pferdes und klopfte Adwen und Orick fröhlich auf die Schulter. Zum Spaß machte Jane das Gleiche mit mir, während wir alle gemeinsam zu Fionns Haus gingen.

»Geht es dir gut, Fionn?«, fragte Orick, als die drei zusammen im Gleichschritt gingen.

»Ja, gut genug, obwohl ich gestern Morgen einen unangenehmen Anblick weit draußen im Wald vorgefunden habe. Seitdem bekomme ich es nicht mehr aus dem Kopf.«

»Was hast du gesehen?« Orick entfernte sich von dem seltsamen kleinen Trupp, als sie sich der Vorderseite des Hauses näherten. Sie konnten nicht alle gleichzeitig durch die Tür gehen.

»Ich habe einer Maid Hilfe angeboten, die sie dringend gebraucht hat. Sie wollte sie nicht annehmen, und ich weiß, dass sie ohne diese Hilfe sterben wird. Darüber hinaus wollte sie mich nicht in ihre Nähe lassen. Sie hatte einen Speer in der Hand. Ich bezweifle nicht, dass sie ihn geworfen hätte, wenn ich versucht hätte, näher an sie heranzukommen.«

Oricks Schritte erstarrten bei Fionns Worten sofort, aber er sagte kein Wort, als Adwen sprach.

»War die Maid allein? Was ist mit ihr geschehen?«

»Ich weiß nicht, was passiert ist. Sie hat mir nur gesagt, dass ich gehen soll, wenn ich nicht mit ihr sterben will. Sie war ganz allein und daran gewöhnt, so zu leben. Ihre Seite war aufgerissen, ob ihr die Wunde von einem Mensch oder Tier zugefügt wurde, kann ich nicht mit Sicherheit sagen.«

Jane und ich traten zurück, und wir beide bemerkten die

Anspannung in Oricks Haltung. Er streckte die Hand aus und fasste Fionn an der Schulter.

»Wie hat die Maid ausgesehen? Beschreibe sie mir.«

Fionn drehte sich um und die Sorge über Oricks panisches Interesse stand ihm ins Gesicht geschrieben.

»Ihre Haut war dunkel von der Sonne und ihr Haar noch dunkler. Ich glaube nicht, dass sie ein einfaches Leben führt. Sie hat mir nicht vertraut, egal wie sehr ich versucht habe, ihr zu helfen.«

Ich wusste, wer es war. Orick hatte ihren Namen in der kurzen Zeit, in der ich ihn kannte, oft erwähnt.

»Es ist Marion. Ich muss zu ihr gehen.«

KAPITEL 29

Orick zögerte seinen Abschied nicht hinaus. Er machte es kurz und schmerzlos, bevor er sich mitten in der Dunkelheit auf die Suche nach Marion machte. Adwen versuchte, mit ihm zu gehen, aber Orick ließ es nicht zu, denn er erklärte mit einer Entschlossenheit, wie ich sie noch nie erlebt hatte, dass Marion niemanden außer ihn in ihrer Nähe haben wollte.

Er wollte, dass wir anderen unsere Reise zur Burg Macaslan fortsetzten. Er würde uns dort treffen, sobald er könnte. Ohne ihn fühlte sich meine Anwesenheit irgendwie unpassend an, als wäre ich das fünfte Rad um Wagen. Dennoch waren Jane und Adwen sehr freundlich und entgegenkommend, als wir am nächsten Tag weiterreisten. Sie achteten darauf, die Hände voneinander zu lassen und führten nur Gespräche, die mich nicht außen vor ließen.

Ich schätzte ihr Bemühen, mich miteinzubeziehen, aber ich konnte nicht aufhören, an Orick zu denken. In diesem kurzen Moment, bevor er sich auf den Weg zu Marion gemacht hatte, hatte ich mehr Besorgnis, Nachdenklichkeit und Anteilnahme in ihm gesehen, als ich in den letzten zehn Jahren in mir selbst gespürt hatte. Was sagte das über mich aus? Eine ganze Menge, dachte ich, und es war offensichtlich, dass ich nicht zu einem so selbstlosen Mann wie Orick passte.

Ich wusste, dass die Frau, von der Fionn gesprochen hatte, höchstwahrscheinlich Marion war, als ich bemerkt hatte, wie Orick innegehalten hatte und nicht weiter auf das Haus zugegangen war. Natürlich würde er sie suchen. Ich hätte nichts anderes erwartet. Es schien mir ziemlich selbstverständlich und störte mich nicht im Geringsten.

Sie war verletzt und lag möglicherweise im Sterben – selbst ein Mann ohne den ausgeprägten moralischen Kompass, nach dem Orick lebte, hätte versucht, ihr zu helfen. Mich erstaunte jedoch, dass er selbst in diesem Moment, in dem die Sorge um eine gute Freundin vermutlich das Einzige gewesen wäre, woran ich hätte denken können, immer an alle anderen dachte.

Er machte sich Sorgen, weil er Adwen allein mit Laird Macaslan lassen würde, und er fühlte sich schuldig, weil er mich eingeladen hatte, mitzukommen. Ich hatte ihm geradezu ins Gewissen reden müssen, dass ich ihn verstand.

»Ich werde es wiedergutmachen, Gillian. Du kannst dir nicht vorstellen, wie sehr ich es hasse, dich jetzt zu verlassen. Ich stehe tief in Marions Schuld, und ich kann sie nicht da draußen lassen, wenn sie verletzt ist.«

Es gab nichts, was er mir gegenüber wiedergutmachen musste, also hatte sie eindeutig Priorität. Wäre es meine Freundin gewesen, hätte ich weder gezögert noch darüber nachgedacht, ob die anderen es ohne mich schaffen würden. Ich hätte sie sofort zurückgelassen, um der Freundin zu helfen. Orick sorgte sich fast ein bisschen zu sehr um andere.

Er war überzeugt, dass er alles für jeden sein musste. Das Problem war, dass er genug Liebe und Kraft in sich hatte, um genau das zu sein. Meistens hatte ich das Gefühl, dass ich nicht einmal genug Gutes in mir hatte, um es mir selbst zu schenken, geschweige denn jemand anderem. Er verdiente jemanden mit einem Herzen wie dem seinen.

»Er wird es schaffen, weißt du? Ich bin jetzt mehr denn je davon überzeugt, dass Orick zum Teil eine Katze ist. Er hat neun Leben oder so.«

Ich blickte zu Jane hinüber, die mich aufmerksam beobachtete.

»Ich weiß. Ich mache mir keine Sorgen um ihn. Ich habe eigentlich an mich gedacht. Ist das nicht schrecklich? Ich sollte mir Sorgen um ihn machen, aber stattdessen denke ich darüber nach, wie viel besser er ohne mich dran wäre. Ich denke nicht so über andere, wie er es tut. Ich sorge mich um nichts so, wie er sich um Fremde sorgt, denen er gerade erst begegnet ist. Er muss mit jemandem zusammen sein, der so ist wie er.«

Jane verzog missbilligend das Gesicht.

»Wie kommst du auf so etwas? Kannst du dir vorstellen, wie es wäre, wenn er mit jemandem zusammen wäre, der so ist wie er? Jemand, der sich die ganze Zeit Sorgen macht und an alle anderen denkt? Sie würden sich gegenseitig wahnsinnig machen. Das wäre einfach zu viel des Guten. Gegensätze ziehen sich nicht ohne Grund an. Ihr sollt nicht gleich sein. Vielleicht gibt es Bereiche, in denen er schwach ist und du stark bist und umgekehrt. Solange ihr euch liebt, ist das alles, was zählt. Hör auf, so viel darüber nachzudenken. Du versuchst, es dir selbst schwer zu machen, suchst nach Gründen, um es zu beenden und weiterzuziehen, damit du nicht verletzt wirst.«

Ich wusste, dass das ein Teil des Problems war. Ich hatte das bei jeder Beziehung getan, in der ich jemals gewesen war.

Sie streckte ihre Hand nach mir aus und drückte mein Knie, als wüsste sie, dass sie recht hatte.

»Das wird bei Orick nicht funktionieren. Er lässt niemanden aufgeben, also hör auf, dir den Kopf zu zerbrechen, und genieße einfach die Reise. Außerdem«, sie hielt inne und deutete auf die große Steinfläche in der Ferne, auf die wir zu ritten, »solltest du dich lieber auf das unangenehme Ereignis vorbereiten, das vor dir liegt. Laird Macaslan ist ein totaler Arsch, und Adwen hat seine Meinung über die Geschichte geändert. Du bist nicht mehr mein Dienstmädchen, sondern meine Cousine – so bekommst du ein anständiges Zimmer und darfst mit uns zu Abend essen. Denk nur daran, dass wir nicht mehr im einundzwanzigsten Jahrhundert leben. Er muss denken, dass du meine Cousine bist, also sag nichts, egal wie lächerlich der Mann ist. Wenn wir Adwen helfen wollen, Lennox und Griffith zu befreien, müssen wir sein Spiel mitspielen.«

KAPITEL 30

Marion hatte eine weitaus größere Strecke zurückgelegt, als Orick ihr zugetraut hätte. Während er durch die Nacht reiste, fragte er sich mehr als einmal, ob die Frau, nach der er suchte, wirklich Marion war. Aber dann dachte er an Fionns Beschreibung und an den Speer, mit dem sie ihn bedroht hatte, und er wusste, dass es niemand anderes als sie sein konnte. Er hoffte nur, dass er nicht zu spät kommen würde und dass sie ihm erlauben würde, ihr zu helfen, wenn er sie fand.

Sie war die eigensinnigste Frau, die er je kennengelernt hatte, aber er war es gewohnt, mit starken Frauen umzugehen. Doch wenn sie seine Hilfe genauso ablehnen würde, wie sie es bei Fionn getan hatte, konnte er wenig dagegen tun.

Trotz seiner Sorge bewegte er sich langsam durch den Wald. Er konnte sein Pferd nicht überanstrengen, denn es hatte schon einen ganzen Tag Arbeit hinter sich. Außerdem war es so schwer, in der Dunkelheit etwas zu sehen, dass er sichergehen wollte, nicht zufällig an ihr vorbeizureiten.

Es half, dass er ihre Gewohnheiten kannte, weil er so lange bei ihr gewesen war und wusste, an welchen Orten sie sich aufhalten würde. Sie würde in der Nähe eines Gewässers sein, egal, ob es ein Fluss oder das Meer war. Marion genoss das Rauschen des Wassers, wenn es über Gestein strömte oder gegen Felsen prallte. So konnte er seine Suche zumindest deutlich eingrenzen. Er fand einen Strom, der durch den Wald floss, und folgte seinem Verlauf, wobei er nach ungewöhnlichen Verstecken oder Höhlen Ausschau hielt, in denen Marion sich versteckt haben könnte.

Er suchte die ganze Nacht. Als die Sonne langsam am Horizont auftauchte, fühlte sich sein Herz wie Blei an. Wenn Fionn sie schon am Vortag für fast tot gehalten hatte, wie konnte er dann erwarten, jetzt noch mehr als ihren leblosen Körper zu finden? Er schüttelte den Kopf, brachte sein Pferd zum Stehen und stieg ab, um zum Flussufer zu gehen, wo er sein Gesicht in das kühle Wasser tauchte.

So durfte er nicht denken, bevor er nicht mit Sicherheit wusste, was mit ihr passiert war und wo sie sein könnte. Müdigkeit konnte selbst den besonnensten Mann in den Wahnsinn treiben. Er konnte nicht zulassen, dass seine eigene Schläfrigkeit seine Hoffnung auf ihre Unversehrtheit zunichtemachte.

Er lehnte sich auf seine Fersen zurück und ließ die Wassertropfen von seinem Gesicht über seinen Hals und in sein Hemd rinnen, während er die Augen schloss und tief einatmete, um im Stillen für die Sicherheit seiner Freundin zu beten, sowie für die Kraft, die er zum Durchhalten brauchte.

Ein lautes Klatschen ließ ihn zusammenzucken und von der Stelle aufblicken, an der er auf seinen Knien über dem Wasser kauerte. Er drehte sich in die Richtung, aus der das Geräusch kam, und sah ein Rehkitz, das aus einer Vertiefung im Gras flüchtete. Unter einem kleinen Hügel gab es eine Vertiefung, die von Laub bedeckt war.

Es war genau die Art von Höhle, in der Marion Zuflucht suchen würde. Wenn sie schwer verletzt wäre, wäre es ein Leichtes, sich dort hineinzuschleppen. Orick stand auf, band sein Pferd an einen Baum in der Nähe und löste seinen Beutel mit dem Proviant, bevor er sich langsam näherte. Unabhängig von ihrem Zustand konnte Marion auch den widerspenstigsten Eindringling abwehren. Er wollte nicht am Ende ihres Angelspeers landen.

»Marion«, rief er, als er sich näherte, in der Hoffnung, dass sie ihm antworten würde, wenn sie hörte, dass er es war.

Als keine Antwort aus dem Unterholz kam, griff er nach unten und entfernte das Laub. Er sah sie sofort. Sie lag auf der Seite, mit dem Rücken an die Innenseite des kleinen Hohlraums geschmiegt, die Augen geschlossen.

Die Wehmut nagte an ihm, aber als er sie berühren wollte, zog er sich zurück, weil ihre Haut immer noch warm war. Sie war nicht tot, jedenfalls noch nicht, und er legte sich kurzerhand auf die Seite, damit er neben sie rutschen konnte.

Sie atmete, aber ihre Atemzüge erfolgten nur noch sehr unregelmäßig, jeder ein bisschen schwächer als der letzte. Er konnte keine Anzeichen für eine Verletzung erkennen, zumindest nicht auf Anhieb. Aber als die Sonne höher stieg und Licht auf sie warf, sah er die feuchte Lache unter ihrem Körper und die weit aufgerissene Wunde in ihrer Seite. Sie hatte die Wunde fest auf den Boden gedrückt. Er begriff jetzt, dass sie zu diesem Zweck auf der Seite lag, damit sie die Blutung so gut es ging in Schach halten konnte.

Er schüttelte sie sanft, flüsterte ihren Namen und hoffte mit jedem Wort, dass sie aufwachen und ihn sehen würde, damit sie nicht in dem Glauben sterben musste, in ihren letzten Momenten allein gewesen zu sein. Und sie würde sterben. Es gab weder einen Trank noch einen Verband, der Marions Verletzungen heilen konnte. Sie waren zu schwer und waren zu lange unbehandelt geblieben. Ein Fieber wütete in ihr. Er konnte ihre Hitze spüren, ohne sie zu berühren. Er hatte es gerade noch rechtzeitig geschafft.

»Marion, Marion, wach auf. Ich bin's, Craig.« Der Name schien ihm viel weniger unangenehm zu sein, jetzt, da er seinen richtigen Namen kannte. Jetzt erinnerte er ihn an die Zuneigung, die er und Marion füreinander hegten.

Langsam, mit einem kräftigen Atemzug, der eine neue Blutlache über den schmutzigen Boden laufen ließ, öffnete sie die Augen und brauchte einen Moment, um ihn zu erkennen, bevor sie lächelte.

»Bin ich gestorben, oder bist du es wirklich, Craig? Ich hätte nicht gedacht, dass ich dich in diesem Leben noch einmal sehen würde.«

Orick nahm Marions schlaffe Hände in die seinen und führte sie zu seinem Mund, um sie zu küssen.

»Du bist noch nicht tot. Ich bin hier. Ich werde bis zum Ende bei dir bleiben.«

Marion gluckste nur einmal, bevor sie vor Anstrengung die Augen schloss. Orick zog sie näher an sich heran und ließ ihren Kopf an seiner Schulter ruhen, während er sie an sich drückte.

»Danke, dass du mich nicht belogen hast, dass du nicht gesagt hast, ich würde nicht sterben.«

Für andere wären solch unverblümte Worte unangemessen gewesen, aber Orick wusste, dass Marion die Wahrheit zu schätzen wusste.

»Du bist dir über das Ausmaß deiner Verletzungen im Klaren, Marion. Was ist mit dir passiert?«

»Es war töricht und mein eigenes Verschulden. Ich habe meinen Speer in den Boden gestoßen und bin auf einen Baum geklettert, um zu sehen, wo ich bin. Ich bin auf einen morschen Ast getreten und von oben auf meinen Speer gefallen.«

»Marion.« Orick blickte noch einmal auf die Wunde hinunter. Er konnte kaum glauben, dass sie nicht sofort getötet worden war. »Und du hast ihn dir selbst herausgezogen?«

»Ja. Ich konnte ihn nicht stecken lassen, und ich hatte keine andere Wahl. Es war gestern früh am Morgen.«

»Es tut mir leid, dass ich nicht früher–«

Sie brachte ihn zum Schweigen. »Nein. Du brauchst nichts zu bereuen. Sag es mir. Ich sehe, dass du dich erinnerst, denn du hast dich verändert.«

Orick lächelte und strich Marion die Haare aus den Augen.

»Ja, ich erinnere mich. Ich habe dir gesagt, dass mein Name nicht Craig ist. Ich heiße Orick.«

Marions Augen veränderten sich angesichts der Worte und sie hob den Kopf, so weit sie konnte.

»Was hast du gesagt?«

»Mein richtiger Name ist Orick, aber du kannst mich Craig nennen, Marion. Es macht mir nichts aus.«

Marion schloss die Augen, löste ihre Hände von ihm und legte eine von ihnen sanft auf seine Brust, während sie einen tiefen Atemzug tat, um ihre Kräfte zu sammeln.

»Kein Wunder, dass ich dir vertraut und dir geholfen habe, als du von der Klippe gefallen bist und zu meinen Füßen angeschwemmt wurdest. Meinst du, du kannst mich tragen, Orick?«

Orick richtete sich auf und stützte sich auf einen Ellbogen.

Er war überrascht von ihrer Bitte und davon, dass sie ihn bei seinem richtigen Namen genannt hatte. Wenn er sie vom Boden aufhob, würde sie innerhalb weniger Minuten sterben.

»Ja, ich kann dich hochheben, aber willst du das wirklich? Du weißt, dass du schnell sterben wirst, wenn ich es tue.«

Marion nickte.

»Weißt du denn nicht, wo wir sind, Orick? Ich bin hierher gereist, um den Ort zu sehen, an dem ich aufgewachsen bin. Erlaube mir, ihn zu sehen, bevor ich sterbe. Und wenn ich sterbe, möchte ich, dass du mich in der Nähe begräbst.«

Er wusste nicht, wo sie waren, nicht genau, aber der Wald kam ihm bekannt vor.

»Lege deine Arme um mich, so gut du kannst. Ich muss dich erst herausziehen, bevor ich dich hochheben kann. Das wird dir Schmerzen bereiten.«

»Der Schmerz wird nicht lange anhalten. Du wirst das auch sehen wollen. Beeil dich.«

Er tat, worum sie ihn bat, rutschte unter dem kleinen Vorsprung hervor und zog sie zu sich heran, bevor er sie mit Leichtigkeit in seine Arme hob. Sie wies ihm die Richtung, in die er gehen sollte, und er stieg den kleinen Hügel hinauf, bis er oben angekommen war.

Als er von der Spitze des Hügels nach unten blickte, sah er nur eine offene Grasfläche, die sich für immer in sein Gedächtnis eingebrannt hatte. Er wusste sofort, warum Marion ein so zurückgezogenes Leben geführt hatte. Er war selbst einmal gefährlich nahe daran gewesen, ein solches Leben zu führen. Denn das Land, auf das sie beide herabblickten, führte direkt zu seinem Elternhaus. Das Haus selbst war schon lange zerstört, von ihm selbst in Brand gesetzt, nachdem er seine Eltern ermordet aufgefunden hatte.

Er blickte mit großen, mit Tränen gefüllten Augen auf Marion herab, während er beobachtete, wie ihr Atem langsamer wurde.

»Heißt du wirklich *Marion?*«

Marion drehte ihren Kopf zu der Wiese, und Orick beugte sich vor, um ihre Stirn zu küssen, als sie ihm mit ihrem letzten Atemzug antwortete.

»Nein, kleiner Bruder, ich heiße Maidie.«

Als sie starb, sackte er zu Boden. Orick hielt seine Schwester in den Armen, während er um sie weinte.

KAPITEL 31

Die Begrüßung durch den Laird war zwar freundlich, aber seine falsche Fassade löste sich bei Einbruch der Dunkelheit auf, als wir uns alle zum Abendessen versammelten.

Laird Macaslan setzte sich an das Kopfende des Tisches und wies seinen ältesten Sohn und dessen Frau an, zu seiner Linken Platz zu nehmen. In der Annahme, dass die linke Seite des Tisches für die Ehepaare bestimmt war, setzten Adwen und Jane sich neben sie, sodass ich, Callum und der jüngste Sohn des Lairds, Drostan, unsere eigenen Plätze auf der gegenüberliegenden Seite des Tisches finden mussten.

Zuerst tendierte ich zur Mitte des Tisches, wurde aber schnell von Callums lenkender Hand an das Ende geführt, das am weitesten vom Gutsherrn entfernt war. Es war das erste Mal, dass ich mit Adwens Bruder zu tun hatte, und ich schätzte seinen Beistand.

»Am besten setzt du dich auf diese Seite. Macaslan lässt seinen Blick gern zu unerwünschten Stellen schweifen, und sein Sohn seine Hände an unwillige Stellen wandern. Ich möchte nicht, dass dir gegenüber jemand aufdringlich wird, während du deinen Eintopf genießen willst.« Ich lächelte und nickte anerkennend, als ich meinen Platz einnahm.

»Laird Macaslan, ich danke Euch für das Essen und die Gastfreundschaft, die Ihr mir entgegengebracht habt, während Adwen auf der Suche nach dem war, was Euch zusteht. Ich möchte mich für die Schulden entschuldigen, die mein Vater und Griffith angehäuft haben. Adwen hat zusammengetragen, was Euch gebührt. Ich hoffe, dass dieser unglückliche Vorfall die Beziehungen zwischen unseren Clans nicht beeinträchtigen wird.«

Es überraschte mich einen Moment lang, dass Callum Laird Macaslan ansprach, da Adwen der Älteste war. Aber dann erinnerte ich mich an Adwens und Janes malerisches kleines Haus im McMillan-Territorium und an die flüchtige Erwähnung der Tatsache, dass Adwen seinen Titel an Callum abgegeben hatte.

Die Position schien ihm zu liegen. Er war selbstbewusst, und in seiner Stimme lag eine gewisse Autorität, die Macaslan nicht gefiel.

Der alte Mann starrte Callum an und nahm einen langen Schluck von seinem Bier, bevor er ein falsches Lächeln aufsetzte.

»Ich wüsste nicht, warum das der Fall sein sollte. Ihr habt mir gebracht, was ihr mir schuldet.«

Callum nickte und hob sein Glas in des Lairds Richtung.

»Gut. Dann werden wir dieses Mahl gemeinsam genießen, und Ihr werdet meinen Bruder und meinen Vater freilassen, damit wir in aller Frühe alle zusammen wieder aufbrechen können.«

»Nein.« Laird Macaslan schlug mit der Faust auf den Tisch.

Eine Bewegung auf der anderen Seite des Tisches ließ mich

aufschrecken und ich schaute hinüber, um zu sehen, wie Adwen unter den Tisch griff, um Janes Bein warnend zu drücken. Sie zuckte sichtlich vor Wut über die Reaktion des Mannes und ich fragte mich, warum Jane mir aufgetragen hatte, nicht mit dem Laird zu sprechen. Es war offensichtlich, dass es ihr viel schwerer fallen würde als mir, den Mund zu halten.

Callum sprach mit ruhiger Stimme, aber ich konnte die Anspannung in seinem Kiefer sehen, da ich direkt neben ihm saß. »Es tut mir leid. Ich weiß nicht, was Ihr meint. Die Schuld, die Ihr eingefordert habt, ist beglichen. Ihr werdet sie freilassen.« Der Gesichtsausdruck des alten Mannes veränderte sich wieder in einen Ausdruck angestrengter Freundlichkeit. Er war so flatterhaft wie der Wind, und ich fand es ziemlich anstrengend, in seiner Gesellschaft zu sein.

»Aye, natürlich. Ich werde solche Dinge aber nicht beim Essen besprechen.«

Die Muskeln in Callums Kiefer zuckten, aber er sagte nichts weiter. Stattdessen nickte er nur und beugte sich vor, um sich das Essen in den Mund zu schaufeln.

Der Laird tat es ihm gleich und lenkte das Gespräch auf die Jagd. Während er mit Adwen darüber sprach, wandte Callum sich an mich.

»Es freut mich, dich kennenzulernen, Gillian. Adwen hat bei seiner Ankunft von dir gesprochen, obwohl ich nicht erwartet hatte, dass du die anderen begleiten würdest. Ich bin jedoch froh, dass du es getan hast. Orick hat schon lange eine Partnerin gebraucht. Ach, ich kann nicht glauben, dass er noch am Leben ist. Ich kann es kaum erwarten, ihn zu sehen.«

»Er wird sich sicher freuen, dich wiederzusehen. Er ist ein ziemlicher Großkotz, nicht wahr?«

Ich nickte mit dem Kopf in Macaslans Richtung, und Callum spuckte beinahe seinen Eintopf aus.

»Du sprichst genau wie Jane. Ja, der Mann ist ein Narr und ein Esel, und es schmerzt mich, dass wir hier unter seiner Kontrolle sind. Ich glaube nicht, dass die Dinge so einfach laufen werden, wie sie sollten. Er ist nicht die Art von Mann, der seinen Teil einer Abmachung einhält.«

Als hätten Callums Worte Ärger heraufbeschworen, meldete Gutsherr Macaslan sich lautstark vom Ende des Tisches zu Wort. Ich konnte kaum atmen, als mir bewusst wurde, dass die Frage an mich gerichtet war.

»Dein Mann muss ein Narr sein, wenn er dir erlaubt, deine Cousine ohne ihn zu besuchen. Warum ist er nicht bei dir?«

Ich antwortete instinktiv, bevor ich die Gelegenheit hatte, mich an Janes Ratschlag zu erinnern.

»Ich bin nicht verheiratet.«

Der Gutsherr drehte sich zu Drostan um, und ich schluckte, als ich sah, wie er seinen Sohn angrinste.

»Du bist nicht verheiratet, sagst du? Du musst aus einer guten Familie stammen, wenn deine Cousine einen MacChristy geheiratet hat. Mein Drostan braucht eine Frau.«

Ich schluckte, damit das Bier in meinem Mund nicht in meine Nase stieg. Bevor ich in Panik geraten und noch unangemessener reagieren konnte, griff Callum nach meiner Hand, um die Situation für mich zu klären.

»Nein, sie ist nicht verheiratet, aber sie ist verlobt.«

Macaslans Gesicht veränderte sich erneut, seine strengen Züge wurden deutlicher und sein Lächeln verschwand in Sekundenschnelle. Es erinnerte mich an diese furchterregenden Pantomimen, die ihren Gesichtsausdruck ändern konnten, wenn sie mit der Hand auf und ab fuhren. Das war wirklich beunruhigend.

»Verlobt? Mit wem?«

Callum ließ meine Hand nicht los. Stattdessen hob er sie an seine Lippen, küsste meine Finger sanft und zwinkerte mir zu, um mir zu signalisieren, dass ich meinen Mund halten sollte.

»Mit mir.«

KAPITEL 32

Oricks Rückkehr zu Fionn und Shona war düster, aber dieses Mal begrüßte Shona ihn mit Bier und einer zärtlichen Umarmung, anstatt ihn unfreundlich anzustarren. Er vermutete, dass Fionn sie gewarnt hatte, freundlich zu sein.

»Hast du das Mädchen gefunden? Konntest du ihr helfen?«

Er folgte Shona ins Haus und nahm das Bier und das Essen dankbar an, das sie ihm anbot. Er wusste nicht, ob er jemals in seinem Leben so müde gewesen war.

»Ja, ich habe sie gefunden. Ich konnte sie zwar nicht mehr retten, aber ich habe sie in den letzten Momenten ihres Lebens getröstet.«

Shona setzte sich neben ihn und tätschelte sanft seine Hand.

»Das ist alles, was wir uns in diesem Leben wünschen können – jemanden, der bei uns ist, wenn wir diese Erde verlassen. Wer war sie für dich? Woher kanntest du sie?«

Fionn trat aus der Kammerecke zu den beiden, während er seine Frau tadelte.

»Shona, siehst du nicht, wie müde der Mann ist? Er kannte

das Mädchen. Vielleicht will er so schnell nicht mehr von ihr sprechen.«

»Das ist schon in Ordnung.« Orick hob den Kopf und brachte ein kleines Lächeln zustande. Sein Herz schmerzte zwar für Maidie oder Marion, wie er sie genannt hatte, aber er war dankbar, dass sie sich gefunden hatten, bevor es zu spät gewesen war.

»Sie war meine Schwester, aber als ich sie das letzte Mal sah, war ich zwölf und sie nicht älter als sechzehn.«

Das war wahr genug. Er hatte nicht die Kraft, die wahre Geschichte zu erzählen. Er war es Fionn und Shona ohnehin nicht schuldig.

»Ach. Es tut mir sehr leid um deine Schwester. Woher wusstest du, dass sie es war, als ich von dem Mädchen erzählt habe?« Fionn griff nach seinem Humpen und füllte ihn nach.

Orick zuckte mit den Schultern. Seine Müdigkeit schien ihm die kleine Lüge leichter zu machen.

»Es war so ein Gefühl.«

»Aye, ist das wahr? Nun, sei froh, dass du am Ende für sie da warst.«

Orick lächelte und nickte, als er vom Tisch aufstand.

»Ja, das bin ich.«

Shona stand auf und ging mit ihm zur Tür seiner Kammer.

»Du kannst so lange bleiben, wie du willst. Vielleicht brauchst du etwas Zeit, um dich von deinem Verlust zu erholen, bevor du weiterziehst?«

Er brauchte keine Zeit. Untätigkeit heilte den Verlust nicht, und das war auch nicht das, was Maidie von ihm gewollt hätte.

»Nein, aber ich danke euch. Ich werde morgen früh aufbrechen.

Als er mit dem Essen fertig war, ging Laird Macaslan schnell davon und machte allen deutlich, dass er es nicht eilig hatte, Lennox und Griffith freizulassen. Es dauerte nicht lange, bis Callum und Adwen ihm folgten und ich mit Jane und Drostan allein in dem Raum zurückblieb.

Es folgten ein paar lange, unangenehme Minuten. Dann, gerade als Jane aufstand und ich ihr folgte, sprach Drostan. Er hatte orangefarbenes Haar und eine gelbliche Haut, die ihn krank aussehen ließ. Er war klein, dick und offen gesagt ziemlich abstoßend.

»Es ist eine Schande, dass du schon verlobt bist. Ich glaube, mein Vater wollte dich als meine Braut.«

Ich hustete unangenehm und gesellte mich zu Jane, um mich zu beruhigen. Mein Mundwerk hatte mich schon oft genug in Schwierigkeiten gebracht. Zum Glück schien Janes Zunge nicht länger gebunden zu sein.

»Ja, so eine Schande, aber du hast Callum gehört, sie ist schon vergeben. Gute Nacht, Drostan. Könnte uns bitte jemand auf unsere Zimmer bringen?«

Jane gab ihm keine Gelegenheit zu antworten oder uns jemanden zur Unterstützung zu schicken, bevor sie mich am Arm packte und aus dem Raum zog.

KAPITEL 33

»Das ist genau der Grund, warum ich dir gesagt habe, dass du nichts sagen sollst.«

Janes Stimme stieg mindestens drei Oktaven höher als normal, als sie in das mir zugewiesene Schlafgemach eilte und wie eine Todesfee kreischte.

Ich wirbelte zu ihr herum und gab ihr jede Menge Frustration zurück. Ich war für heute auch schon an meine Grenzen gestoßen.

»Auf keinen Fall. Das wirst du nicht tun Das ist nicht meine Schuld. Was hätte ich ihm denn sagen sollen? Ich war nicht diejenige, die gelogen hat. Das war Callum. Warum sollte er sowas sagen?«

Jane atmete aus, lehnte sich gegen die Tür und presste Daumen und Zeigefinger gegen ihren Nasenrücken. Ich hielt mich zurück und ließ ihr die Zeit, die sie brauchte, um sich zu beruhigen.

Schließlich sprach sie ruhiger und ihr Tonfall war nicht mehr so hoch und piepsig.

»Du hast recht. Es war Callums Schuld. Er hat es getan, damit Macaslan nicht genau das erwähnt, was Drostan gerade im Speisesaal zur Sprache gebracht hat. Aber das spielt keine Rolle. Sobald Lennox und Griffith freigelassen werden, können wir uns wieder auf den Heimweg machen, und die ganze Sache ist vergessen.«

Etwas klirrte laut im Flur vor meiner Kammer, gefolgt von einem lauten Zischen von Adwen, bevor Jane aus dem Weg trat, um ihn und Callum eintreten zu lassen. Ich konnte an Callums angespanntem Kiefer und der Schattierung seines Gesichts erkennen, dass die Sache mit dem Laird nicht gut gelaufen war.

»Was?« Ich stellte die Frage, als Jane sich auf den Boden setzte und für die beiden antwortete.

»Er hat sie immer noch nicht freigelassen.«

Callum sprach durch zusammengebissene Zähne. »Verdammter Mistkerl. Er hat kein Recht, sie festzuhalten, nicht jetzt, wo ihre Schuld bezahlt ist. Aber Tatsache ist, dass er sie in seiner Gewalt hat und wir nur wenig tun können, um ihn dazu zu zwingen, schon gar nicht zu zweit.«

Jane sprang auf und fing an, im Raum auf und ab zu gehen, als würde sie nach einer Waffe suchen. »Wie lange will er sie denn noch behalten? Er kann sie doch nicht ewig hier festhalten, oder doch?«

Adwen sprach aus dem Schatten des Raumes und seine Stimme war ruhiger als die von uns anderen.

»Nein, das kann er nicht, aber er kann sie viel länger behalten, als wir es ihm gestatten können. Er hat Callum einen Vorschlag gemacht. Dieser würde ihre sofortige Freilassung zur Folge haben.«

Jane nickte und hob fragend die Hände. »Okay, toll. Das ist ja wunderbar. Was ist das für ein Vorschlag?«

Adwen trat in das Kerzenlicht. Sein verärgerter Gesichtsausdruck machte mich nervös.

»Sag du es ihr, Callum. Ich traue mich nicht, es auszusprechen.«

Ich lachte unbehaglich und ich hoffte, dass er mich nur ärgern wollte.

»Du traust dich nicht? Kommt schon Jungs, einer von euch muss es ausspucken.«

Callum trat von der Tür weg und näherte sich mir, wobei er eine Hand ausstreckte, um meinen Arm zu berühren.

»Er möchte, dass wir hier heiraten, Gillian. Gleich morgen.«

»Ha.« Ich lachte laut und hysterisch auf, sodass Jane eine Hand auf meinen Mund pressen musste, damit ich nicht die ganze Burg aufweckte.

Als ich mich wieder unter Kontrolle hatte, antwortete ich.

»Auf keinen Fall. Sag ihm einfach, dass das nicht passieren wird. Sag ihm, dass wir auf der Festung Cagair heiraten wollen. Sprich eine verdammte Einladung aus, wenn du musst. Und dann verlange, dass er deinen Vater und deinen Bruder gehen lässt. Wenn wir eine Weile weg sind, schick ihm einen Brief und sag ihm, dass wir uns getrennt haben.«

Callum drückte meinen Arm, als würde er glauben, dass mich das beruhigt. Ich riss mich aus seinem Griff los.

»So einfach ist das nicht, Gillian. Du verstehst Macaslan nicht. Er ist kein Mann, mit dem man leichtfertig umgehen kann. Er spricht keine leeren Drohungen aus. Wenn ich will, dass mein Vater und mein Bruder bis zum Jahresende freigelassen werden, ist das die einzige Möglichkeit, die ich habe.«

»Das ist die einzige Möglichkeit, die du hast?«, wiederholte ich, als meine Panik anstieg. »Ist das nicht auch meine

Entscheidung? Warum hast du ihm das überhaupt gesagt? Ich habe dich vor weniger als zwölf Stunden kennengelernt.«

Ich hörte ein Knurren aus der Ecke des Raumes und sah, dass Adwen genauso unzufrieden mit der Idee war wie ich.

»Du kannst das nicht tun, Bruder. Schon allein um Oricks willen.«

Callum trat von mir weg und drehte sich zu Adwen um, während Jane sich tröstend neben mich stellte. Sie wartete, bis ich sie ansah, rümpfte dann die Nase und schüttelte den Kopf, als wollte sie mir zu verstehen geben, dass ich mir keine Sorgen machen sollte.

»Wollt ihr beide nicht warten und mich ausreden lassen? Ich habe nicht vor, die Maid zu heiraten, wirklich nicht. Teil der Vereinbarung war, dass er Vater und Griffith freilässt, damit sie an der Zeremonie teilnehmen können. Sobald sie frei sind, werden wir alle vor der Zeremonie fliehen. Ich habe keine Lust, Oricks Mädchen zu stehlen. Ich will nur nicht, dass sie in eine Ehe mit Drostan gezwungen wird.«

Ich wollte vor Erleichterung weinen.

»Also keine Hochzeit. Orick wird nicht hier auftauchen und mich mit dir verheiratet vorfinden?«

»Nein. Das schwöre ich dir. Aber du musst bis kurz vorher mitspielen, in Ordnung?«

Ich nickte. Ich hatte als junges Mädchen viel Zeit damit verbracht, so zu tun, als wäre es mein Hochzeitstag. Das könnte ich auch morgen ohne Probleme tun.

»Klar, mache ich. Ich werde mitmachen und morgen die glücklichste Braut der Welt sein. Solange ich nicht mit dir vor dem Traualtar stehe.«

Callum lachte und machte sich auf den Weg zur Tür.

»Ich werde versuchen, dir das nicht übel zu nehmen. Mach dir keine Sorgen, du wirst nicht mit mir verheiratet werden. Es sei denn, er hält uns beiden ein Messer an die Kehle und zwingt uns, die Zeremonie zu vollziehen. Und so grausam ist nicht einmal Laird Macaslan.«

KAPITEL 34

Die Macaslan-Ländereien lagen nicht weit von Shonas und Fionns Gasthaus entfernt. Orick brach noch vor Sonnenaufgang auf und erreichte den Rand von Macaslans Land gegen Mittag. Er konnte es kaum erwarten, alle zu sehen, aber es beunruhigte ihn, Adwen allein auf ihn zu reiten zu sehen, noch bevor er die Burg erreichte.

Orick rief ihm zu, als sie sich trafen. »Was ist los?«

»Ich habe Callum gesagt, dass es ein dummer Plan ist. Macaslan hat schon lange vor diesem Tag versucht, uns Ärger zu machen. Jetzt sind alle in der Kapelle und er hat Vater und Griffith immer noch nicht freigelassen. Er wird es nicht tun, bevor Gillian und Callum ihr Hochzeitsgelübde abgelegt haben.«

»Gillian und Callum? Was zum Teufel hast du im Laufe eines Tages zugelassen?«

Orick galoppierte in Richtung Kapelle, während Adwen sich beeilte, mit ihm gleichzuziehen.

»Orick, du musst dich beruhigen, damit wir uns einen Plan ausdenken können. Das war nicht Gillians Schuld. Ich schwöre, das Mädchen ist nur einen Moment davon entfernt, zum nächsten Schwert zu greifen und Callum direkt zu durchbohren. Er hat ihr gesagt, dass es nicht so weit kommen würde, aber jetzt steht sie mit ihm am Traualter, obwohl er ihr geschworen hat, dass es nicht so weit kommen würde.«

Orick verlangsamte widerwillig sein Pferd und sprach mit einer Stimme zu Adwen, die so verärgert klang, dass er sie kaum als seine eigene erkennen konnte.

»Du musst mir sagen, was hier geschehen ist. Ich weiß immer noch nicht, wie es zu all dem kommen konnte.«

Adwen streckte den Arm aus und schlug ihm so fest auf den Rücken, dass er Mühe hatte, auf seinem Pferd zu bleiben.

»Merkst du nicht, dass ich keine Zeit habe, dir alles zu erzählen, wenn du nicht willst, dass Gillian meinen Bruder heiratet?«

»Nein.« Allein der Gedanke daran ließ Oricks Haut vor Wut heiß werden. »Ich will nicht, dass sie Callum heiratet.«

»Ja, das weiß ich. Deshalb habe ich mich davongeschlichen, um mich mit dir zu treffen. In der Kapelle ist niemand außer Laird Macaslan, Drostan, Callum, Gillian, Jane und ein paar Wachen mit Vater und Griffith. Ich glaube nicht, dass es schwierig sein wird, die Wachen zu überwältigen. Macaslan und Drostan werden kein Schwert erheben, denn sie wissen, dass sie einen Kampf nicht gewinnen werden. Macaslan lässt andere seine Kämpfe austragen, das war schon immer so. Wir können die Hochzeit verhindern und Vater und Griffith zurückholen, ohne Blut zu vergießen und auch nur einer Seele etwas anzutun.«

Orick zog vor der Kapelle an den Zügeln seines Pferdes, stieg ab und schritt mit der Hand an seinem Schwert auf die Kapelle zu.

»Ich werde weder die Wachen noch Laird Macaslan oder seinen Sohn verletzen. Wenn Callum auf meine Faust fällt, kann ich dafür nicht verantwortlich gemacht werden.«

Adwen lachte, als sie sich gemeinsam der Tür näherten.

»Ich bin der Meinung, er hat es verdient. Bist du bereit?«

Gemeinsam stießen sie das Haupttor der Kapelle auf.

Ich verstand, dass Callum keine andere Wahl gehabt hatte, nachdem Laird Macaslan den Verstand verloren und uns diese absurde Ehe aufgezwungen hatte, aber das bedeutete nicht, dass ich weniger wütend auf ihn war. Ich wusste nicht, ob es in der ganzen Weltgeschichte jemals eine Braut mit einem so wütenden Gesichtsausdruck gegeben hatte.

Ich fragte mich, was passieren würde, wenn ich einfach nein sagen würde. Ich dachte darüber nach und sah dann zu Drostan hinüber, der uns mit einem breiten Grinsen anstarrte, das mir eine Gänsehaut bereitete. Ich konnte mir vorstellen, dass er bereit sein würde, Callums Platz einzunehmen. Dann würde es keine Rolle spielen, wie meine Antwort lautete.

Mein einziger Trost war das Portal in der Festung Cagair. Mir war nicht entgangen, dass Adwen seltsamerweise nicht in der Kapelle war, und dass Jane untypisch ruhig auf die Hochzeit zu reagieren schien. Ich hatte bis zur letzten Minute die Hoffnung, dass Adwen den Tag retten würde. Aber wenn er die Sache nicht rechtzeitig beendete, würde ich mich vor Orick auf die Knie werfen und ihn anflehen, mit mir in die Zukunft zu verschwinden.

Wir würden sehen, wohin unsere Beziehung führte, aber ich

würde keine Minute länger als nötig im siebzehnten Jahrhundert bleiben, wenn ich mit Callum verheiratet würde.

Ich konnte hören, wie die Zeremonie begann, aber ich nahm das Geschehen um mich herum so wenig war, als wäre es das beiläufige Summen einer Biene. Meine Aufmerksamkeit war auf die Tür gerichtet und ich hoffte mit jedem Atemzug, dass sie sich öffnen und dieser bizarre Albtraum ein Ende haben würde.

Als sich die Türen endlich öffneten, kreischte ich so laut, dass sich alle in der Kapelle zu mir umdrehten und nicht nach Adwen und Orick.

Das war ihr Vorteil, denn so hatten sie die Zeit, die sie brauchten, um hinter die Männer zu treten, die Lennox und Griffith bewachten, und sie erfolgreich mit den Griffen ihrer Schwerter niederzuschlagen.

Was sie leider nicht sahen, war die Gruppe von Macaslans Männern, die schnell hinter ihnen in die Kapelle eindrang. Innerhalb weniger Augenblicke hatten sie sowohl Adwen als auch Orick im Griff und hielten ihnen ein Messer an die Kehle.

Jane schrie bei diesem Anblick auf. Ihr Schrei reichte aus, um Macaslan zum ersten Mal seit Adwens und Oricks Eintreffen zum Handeln zu bewegen.

»Sei still, Frau. Ich habe nicht vor, hier Blut zu vergießen. Ich schwöre es dir. Ich glaube Callum zwar keinen Augenblick, aber wir haben diesen Ort für eine Hochzeit vorbereitet, und die soll heute hier stattfinden. Wenn Callum nicht zustimmt, wird Drostan sie hier heiraten, und sie wird hier auf Burg Macaslan bleiben.«

Ich hätte eher meine eigenen Gliedmaßen gegessen, als Drostan Macaslan zu heiraten. »Nein. Ich werde Drostan nicht heiraten. Und Callum heirate ich auch nicht. Ist es nicht Sache meines Vaters, mir die Erlaubnis zur Heirat zu geben, oder zumindest des Lairds von dem Gebiet, in dem ich wohne?«

Einen Moment lang sah Macaslan besorgt aus. Dann lachte er nur und verschränkte amüsiert die Arme. Ich hätte ihn am liebsten erwürgt.

»Ich glaube nicht, dass du in der Lage bist, mich zu verleugnen, Mädchen. Ich glaube nicht, dass dein Vater noch lebt. Wenn er leben würde, würdest du nicht ohne ihn reisen, wenn du nicht verheiratet bist. Und du heiratest den Laird deines Territoriums, also bin ich nicht im Unrecht. Trotzdem bin ich kein unfreundlicher Mann. Es steht dir frei, jeden unverheirateten Mann in diesem Raum zu heiraten. Ich sehe nur die beiden.«

»Es sind drei.« Orick meldete sich trotz der Klinge an seiner Kehle zu Wort.

Macaslan lachte wieder und wies dem Mann, der Orick festhielt, mit einer Handbewegung abzulassen. Der Mann ließ Orick augenblicklich los.

»Orick, ich weiß, dass du dich immer für einen MacChristy gehalten hast, aber du bist keiner. Du hast kein eigenes Land und wirst auch nie welches haben. Du bist kaum mehr als ein armer Schlucker. Trotzdem habe ich dem Mädchen gesagt, dass sie es sich aussuchen kann.«

Macaslan drehte sich zu mir um, während mein Herz so schnell schlug, dass ich dachte, ich würde ohnmächtig werden.

»Laird MacChristy, Drostan, oder der Habenichts? Mit zwei von ihnen wirst du ein glückliches Leben führen, mit dem Letzten aber ein Leben im sicheren Ruin. Die Entscheidung liegt bei dir.«

Ich zögerte nicht.

»Den Habenichts, bitte. Jederzeit.«

KAPITEL 35

Vor einer Woche dachte ich noch, der Mann neben mir sei tot. Ich hatte nicht gewusst, dass es so etwas wie ein Zeitreiseportal gab, und mein Leben war eigentlich in eine ganz andere Richtung gegangen. Ich fühlte mich nicht wie eine Braut. Der heutige Tag würde nicht als der glücklichste Tag meines Lebens in die Geschichte eingehen.

Stattdessen schien es, als hätten wir durch die Hochzeit einen großen Schritt zurück gemacht. Die unnatürliche Entwicklung unserer Beziehung und der fehlende Enthusiasmus auf beiden Seiten führten zu einer Anspannung zwischen uns, als könnten wir beide spüren, wie seltsam das war. Aber es war noch mehr als das. Orick war mit seinen Gedanken ganz woanders. Ich vermutete, dass es mit Marion zu tun hatte, aber ich wusste, dass er darüber sprechen würde, wenn er dazu bereit war.

Nach der Zeremonie wollten wir beide so weit wie möglich von Laird Macaslan weg, also trennten wir uns vom Rest der Gruppe und ritten zurück in Richtung des McMillan-Gebiets. Adwen, Jane und Callum hatten vor, Lennox und Griffith sicher aus der Region zu bringen, sodass es Wochen dauern würde, bis sie bei der Festung Cagair ankommen und wir sie wiedersehen würden.

In dieser Zeit wollten wir uns überlegen, wie es weitergehen sollte. Ehrlich gesagt warf der plötzliche Druck, verheiratet zu sein, mich ein wenig aus der Bahn. Ich hatte das Bedürfnis, durch das Portal zurückzugehen und so zu tun, als wären die letzten paar Tage nie passiert. Aber ich wusste, dass das keine Option war. Orick würde mir sofort folgen. Er hatte sowieso etwas Besseres verdient.

Wir schafften die Rückreise ins McMillan-Gebiet in der Hälfte der Zeit, die wir für die Hinreise gebraucht hatten, und hielten nur für eine Nacht an, und auch dann nur für ein paar Stunden. Als wir anhielten, waren wir beide so müde, dass wir kaum zwei Worte miteinander wechselten. Wir schliefen zwar nahe beieinander, aber es kam nicht einmal zu einem Kuss zwischen uns.

Ich fragte mich, wie es wohl sein würde, wenn wir bei Gregor und Isobel ankamen; wie Orick sich mir gegenüber verhalten würde, da niemand von unserer Heirat wusste. Was auch immer er tun würde, es würde viel über ihn aussagen, und ich hoffte, dass er sich nicht in einen völlig anderen Menschen verwandeln würde.

Wir mussten das Gleiche gedacht haben, denn er drehte sich zu mir um, als wir uns dem Dorf näherten.

»Können wir einen Moment anhalten, Gillian? Ich möchte mit dir reden.«

Ich nickte. Als wir unsere Pferde zum Stehen brachten und abstiegen, kam er zu mir und griff sanft nach meiner Hand. Das war das erste wirkliche Zeichen der Zuneigung, das ich von ihm sah, seit wir aufgebrochen waren. Er führte mich zu einem

Baum und beugte sich vor, um sich davor zu setzen. Ich schloss mich ihm an.

»Ein Teil von mir hat das Gefühl, dass ich mich entschuldigen und dich um Verzeihung bitten sollte, weil ich dich nicht von dem ferngehalten habe, was passiert ist. Ich habe dich hierher eingeladen, ich hätte dich beschützen müssen. Das dachte ich anfangs, aber je mehr ich darüber nachdachte, desto mehr wird mir bewusst, dass es nicht meine Schuld war. Ich konnte nicht wissen, was passieren würde. Und ich glaube nicht, dass du die Entschuldigung schätzen würdest.«

»Du hast recht. Ich würde sie nicht zu schätzen wissen. Es ist überhaupt nicht deine Schuld.« Ehrlich gesagt wäre ich wahrscheinlich wütend geworden, wenn er sich bei mir entschuldigt hätte. Die Tatsache, dass er das selbst herausgefunden hatte, bedeutete, dass er mich besser kannte, als ich erwartet hatte.

»Ja, dann bin ich froh, dass ich mich nicht entschuldigt habe, denn ich kann es nicht wirklich bereuen. Es war genauso wenig meine Entscheidung wie deine. Ich konnte mir vorher keinen Reim auf meine Gefühle machen, aber jetzt, da wir uns dem Dorf nähern, weiß ich, dass ich vor allem Dankbarkeit empfinde.«

»Dankbarkeit?«

»Ja, danke, dass du dich für mich entschieden hast. Du hättest Callum heiraten können, und er hätte es zugelassen. Er hätte dich nicht gezwungen, die Ehe zu vollziehen, und er hätte dich in deine Heimat zurückkehren lassen. Aber hättest du dich für Callum entschieden, könnte ich nicht bei dir sein.«

Er holte tief und nervös Luft, und ich drückte tröstend seine Hand.

»Ich biete dir genau das, was Callum auch getan hätte. Du

musst weder bei mir bleiben noch die Ehe vollziehen, bis du bereit bist. Du kannst gehen, wann immer du willst, aber ich hoffe, dass deine Entscheidung zumindest so ausfallen wird, dass wir das, was wir erst vor ein paar Tagen begonnen haben, noch ein wenig weiter voranschreiten lassen können.«

»Nein.« Ich schüttelte den Kopf und beugte mich vor, um ihn zu küssen. »Ich will nicht, dass es endet. Ich bin mir nur nicht sicher, wie es weitergehen soll. Ich kann nicht so tun, als wäre ich bereit, mit dir verheiratet zu sein. So weit sind wir noch nicht.«

»Ja, ich weiß. Wir sollten es Isobel, Gregor und Cooper noch nicht sagen. Ich denke, es ist gut, wenn wir uns etwas Zeit lassen, aye? Wir werden sie begrüßen und uns dann den Tag über ausruhen. Wenn du willst, können wir morgen zur Festung Cagair aufbrechen und dort etwas Zeit allein verbringen.«

Mit einem einzigen Gespräch verschwand die Spannung zwischen uns und wir fühlten uns so behaglich wie in den Tagen zuvor. Er verstand Dinge über mich, die ich ihm gegenüber nie geäußert hatte, und ich schätzte seine Rücksichtnahme mehr, als er wusste.

Alles ging schneller, als mir lieb war, aber ich merkte schon, dass ich mit der Partnerwahl viel mehr Glück gehabt hatte als die meisten anderen.

KAPITEL 36

Orick stand im Wohnzimmer des Gasthauses und hielt sich außer Sichtweite, während Isobel mit Cooper sprach. Er wusste, wenn der Junge ihn sehen würde, würde er ihn als Ausrede benutzen, um zu bleiben.

»Muss ich schon wieder nach Hause gehen? Bitte lass mich noch ein bisschen bleiben. Ich könnte auch hier übernachten, wenn du mich lässt.«

Isobel blieb hart mit dem Kind, und Orick war dankbar dafür. Er war viel zu müde, um die endlose Energie des Jungen in dieser Nacht zu ertragen.

»Nein, du musst zurückgehen. Sie brauchen ihre Ruhe. Geh schon. Wir sehen uns morgen wieder.«

Er lauschte und höre, wie der Junge Isobel widerwillig umarmte. Dann stieg Cooper auf sein kleines Pferd und ritt davon. Als Isobel an ihm vorbeikam, griff er nach ihr.

»Bist du verrückt? Willst du mich zu Tode erschrecken? Ich dachte, du wärst oben in deinem Zimmer und würdest dich ausruhen.«

Orick nickte und schlang eine Hand um Isobels Arm, damit

er sie die Treppe hinaufführen konnte. »Ja, ich habe es versucht.«

»Was hat dich davon abgehalten? Ich habe Cooper weggeschickt, damit du nicht gestört wirst.«

Oben an der Treppe angekommen, hielt Orick sie vor Gillians Tür an. »Hörst du den Lärm nicht, Isobel?«

Gillians Schnarchen drang deutlich durch die Türöffnung.

Isobel zuckte mit den Achseln und trat zur Seite.

»Ich weiß nicht, was du gegen die Atmung des Mädchens unternehmen willst. Aber ich kann verstehen, dass es dich wach hält.«

Orick schüttelte den Kopf und verschränkte die Arme, um Isobel den Weg zu versperren. »Das Schnarchen stört mich nicht. Was mich wach gehalten hat, ist die Tatsache, dass es so deutlich durch die dünnen Wände dringt. Du wusstest das, als du mir gesagt hast, ich solle in Gillians Zimmer gehen. Heißt das, dass du in dieser Nacht alles gehört hast?«

Isobel lächelte ihn unverblümt an.

»Gregor hat tief und fest geschlafen. Er hat gar nichts gehört. Ich habe nur ein paar Bruchstücke gehört, also mach dir keine Sorgen. Es ist ja nicht so, als hättet ihr beide sehr lange miteinander geredet. Aber ich denke, du solltest sie heute Nacht nicht besuchen. Sie klingt, als bräuchte sie ihre Ruhe.«

Isobel drängte sich an ihm vorbei und lachte leise vor sich hin, als sie den Flur entlangging.

Die sanfte Berührung von Lippen an seiner Stirn war die angenehmste Art, geweckt zu werden. Seine Augen flatterten auf und er sah Gillian, die sich über ihn beugte, während ihr

Welpe auf seine Brust kletterte und begann, an seinem Hals abzulecken.

»Guten Morgen.«

Er hob den Kopf und spähte ungläubig zum Fenster. Es schien, als wäre er gerade erst eingeschlafen. »Es kann noch nicht Morgen sein.«

Gillian nickte. Erst jetzt bemerkte er, dass sie bereits angezogen war. Sie hatte ihr Haar hochgesteckt und ihre Reitstiefel angezogen.

»Doch, aber es ist gerade erst hell geworden. Ist es okay, wenn wir bald losreiten? Ich will unbedingt zurück zur Festung Cagair.«

Er hätte bis spät in den Tag hinein schlafen können, wenn er nicht gestört worden wäre, aber es machte ihm nichts aus, von Gillian geweckt zu werden. Er wollte genauso gerne zurück wie sie, um mit ihr allein zu sein und ihr Herz zu erobern.

Denn er war sich sicher, dass sie sein Herz schon nach der kurzen Zeit, die sie sich kannten, ganz und gar besaß.

KAPITEL 37

»Marion, die Frau, die ich gesucht habe, war meine Schwester.«

»Was?« Ich lag mit meinem Kopf auf seiner Brust und kuschelte mich an ihn, als wir die letzte Nacht außerhalb der Festung Cagair verbrachten. Jeden Tag teilte Orick mir etwas von sich mit – Geschichten über seine Kindheit, die Tragödie, die seine Familie ereilt hatte und wie er Adwen kennengelernt hatte. Er erzählte mir lustige Geschichten über die Jahre, in denen er mit den MacChristys unterwegs gewesen war – jede half ihm, sich mir gegenüber zu öffnen, aber keine von ihnen überraschte mich so sehr wie diese. »Ich dachte, Marion war die Frau, die dich nach deinem Sturz gerettet hat?«

Er bewegte sich ein wenig, um mich ansehen zu können. Die Gefühle in seinen Augen waren sichtbar.

»Ja, das war sie. Ihr richtiger Name ist Maidie. Sie hat ihn mir erst gesagt, kurz bevor sie in meinen Armen gestorben ist.«

Ich zog mich zurück und drehte mich so, dass ich mich auf meinen Arm stützen und ihn direkt ansehen konnte. »Wie? Ich dachte, sie wäre mit deinen Eltern gestorben.«

»Das dachte ich auch. Als ich zu unserem Haus zurückkam, lagen meine Eltern tot im Eingangsbereich. Ich wagte mich nicht weiter hinein – ich konnte es nicht ertragen, noch mehr zu sehen, als ich bereits gesehen hatte. Ich nahm an, dass Maidie tot war. Ich zündete das Haus an und rannte davon. Das erklärt, warum Marion so war, obwohl ich es keinen Moment lang für möglich gehalten hätte.«

Ich nickte und verstand, als ich mich an seine Ausführungen über Marions Zurückgezogenheit erinnerte, dass sie jedem misstraut und so viele Jahre allein gelebt hatte.

»Sie hat das Gleiche gesehen wie du und ist weggelaufen, aber sie hatte keinen Adwen, der sie gerettet hat.«

»Nein. Ich hatte viel mehr Glück als sie. Aber es ist ein Segen, dass wir uns am Ende wiedergefunden haben.«

Ich streckte die Hand aus, um eine Träne aus seinem Augenwinkel zu wischen. Dabei griff er nach meinem Handgelenk und führte meine Handfläche langsam zu seinem Mund, um sie zu küssen.

»Wusste sie die ganze Zeit, wer du bist?«

»Als ich sie sterbend im Wald fand, sagte ich ihr, dass ich mich erinnert hätte und dass ich nicht Craig, sondern Orick hieße, und da wusste sie es. Sie wollte zu uns nach Hause reisen, und dort habe ich sie begraben.«

»Es tut mir so leid, Orick.« Ich beugte mich vor und küsste seine Stirn.

»Es muss dir nicht leidtun. Ich bin traurig darüber und werde es noch eine Weile sein, aber ich bin dankbar, dass sie mich gefunden hat und dass ich in ihrem letzten Moment für sie da war und sie nach Hause bringen konnte.«

Die Ereignisse in Oricks Leben ließen meinen eigenen Herzschmerz ganz banal erscheinen. Er hatte so viel durchgemacht, so viele verschiedene Dinge erlebt, und trotzdem hatte er ein offenes Herz. Er schloss niemanden aus, nur weil er Angst hatte, verletzt zu werden. Ich war ein Feigling, und ich hatte es satt.

Nach all den Dingen, die er mit mir geteilt hatte, konnte ich versuchen, den Mut aufzubringen, es ihm gleichzutun.

»Warum hast du mir das alles erzählt? Es fällt dir bestimmt nicht leicht, darüber zu reden.«

Ich konnte an seinem Gesichtsausdruck erkennen, dass er die Frage seltsam fand.

»Nein, aber die meisten Dinge sind nicht einfach. Ich habe festgestellt, dass die Gespräche, die es doch sind, auch oft sehr bedeutungslos sind.«

Mir wurde bewusst, dass ich mein Leben genau so lebte, indem ich nur Dinge, die nichts bedeuteten, in meiner Nähe bewahrte, damit ich nichts zu verlieren hatte.

»Du bist so mutig, Orick. In deiner Gegenwart fühle ich mich wie ein Feigling.«

Er hob mein Kinn an, damit ich ihn ansehen konnte, bevor er sich herunterbeugte und mich küsste.

»Ein Feigling, schöne Maid? So etwas wie Feigheit habe ich bei dir noch nie gesehen.«

»Es sind nicht die Dinge, die ich tue, sondern die Tatsache, dass ich keine Gefühle zulasse. Mein Herz ist feige.«

»Es ist nur so, dass dein Herz sich langsamer öffnet. So wie die Knospen der schönsten Blumen. Du brauchst nur Zeit.«

Ich rückte so nah an ihn heran, dass ich den Schlag seines Herzens in meinem Ohr hören konnte. »Stört es dich nicht, dass ich nichts mit dir geteilt habe – dass du dich mir anvertraust und ich offenbar das Vertrauen nicht erwidere?«

»Das wirst du, wenn du bereit bist.«

Ich küsste ihn, langsam und lang und mit so viel Leidenschaft, dass wir beide atemlos zurückblieben. »Das werde ich. Ich verspreche dir, dass ich eines Tages aufspringen werde wie eine Muschel, und du wirst mehr über mich erfahren, als du jemals wolltest. Aber nicht heute Nacht.«

KAPITEL 38

Als ich die Festung Cagair das letzte Mal in diesem Jahrhundert gesehen hatte, war ich zu schockiert gewesen, um den Mangel an Menschen zu bemerken, aber nachdem ich auf der Burg Macaslan gewesen war und die Anzahl an Männern und Frauen gesehen hatte, die für ihn arbeiteten, erschien mir das merkwürdig. Je näher wir kamen, desto bewusster wurde mir, dass die Festung scheinbar leer stand.

»Ist hier niemand? Wo sind die Arbeiter, Wachen oder Mägde, die Callum helfen, diesen Ort zu führen?«

Orick schüttelte den Kopf, als er abstieg, und drehte sich um, um mir von Grock zu helfen. Ich streichelte den Hals des Pferdes, bevor ich abstieg, und bedankte mich für den Ritt. Das Tier war mir ans Herz gewachsen, und zu meiner großen Überraschung schien sich mein Hinterteil, obwohl es immer noch wehtat, viel besser an das Reiten gewöhnt zu haben.

»Wenn Callum fort ist, schickt er auch den Rest weg. Er ist der Meinung, dass die Dorfbewohner, die so hart für ihn arbeiten, es auch genießen sollten, wenn er auf Reisen geht. Er ist ein anständiger Mann, wenn auch ein verdammter Narr, weil er dachte, er könnte dich heiraten.«

Ich lachte und ging mit ihm, als wir unsere Pferde zu den Ställen führten.

»Lässt er sie einfach unverschlossen?«

»Ja. Sie ist so abgelegen, dass niemand hierherkommen wird. Und der alte Tom kommt jeden Tag aus dem Dorf, um sich zu vergewissern, dass alles in Ordnung ist.«

Ich konnte die Erleichterung in Grocks Augen sehen, als er seine Box in den Ställen entdeckte. Er würde sich nach einer so langen Reise über die Ruhe freuen.

»Wird Tom annehmen, dass nicht alles in Ordnung ist, wenn er uns auf dem Gelände vorfindet?«

»Nein.« Orick nahm meine Hand, als wir aus den Ställen gingen. »Ich werde mit ihm sprechen, bevor er sich Sorgen macht. Du hast eine Entscheidung zu treffen. Ich bin nicht auf einer Burg aufgewachsen, weder bevor ich mit den MacChristys in Kontakt kam noch danach. Wenn ich auf dem Gelände schlafe, juckt meine Haut auf eine Weise, die ich nicht mag. Adwen leidet unter demselben Problem, obwohl Callum seinen Posten übernommen hat. Als Adwen hier der Burgherr war, habe ich im Stallhaus übernachtet. Dort fühle ich mich noch am wohlsten. Wenn du getrennt schlafen willst, verstehe ich das. Ich weiß, dass wir auf dem Weg hierher keine Wahl hatten, aber ich gehe nicht davon aus, dass du ein Bett mit mir teilen willst, nur weil wir verheiratet sind. Ich kann ein Gemach für dich in der Burg vorbereiten. Selbst wenn du zusammen mit mir schlafen möchtest, ist es deine Entscheidung, wo wir schlafen. Wenn du die Burg bevorzugst, werden wir dort übernachten.«

Die Nächte, in denen wir auf der Reise hierher in den Armen des anderen geschlafen hatten, die Nächte, in denen wir uns umarmt und geküsst, aber nicht wirklich berührt hatten, hatten in mir ein ungewohntes Verlangen nach Sex geweckt. Ich wusste, dass es ihm genauso ging – er war nur zu höflich, es offen anzusprechen.

Ich nahm sein Gesicht in meine Hände und küsste ihn. Dann schlang ich meine Arme um ihn und flüsterte ihm ins Ohr.

»Ich möchte mit dir schlafen, Orick. Das will ich schon seit der ersten Nacht, in der du im Regen an der Hintertür aufgetaucht bist.« Ich lachte, als ich an meine Träume von ihm zurückdachte. »Ehrlich gesagt, wollte ich das schon lange vorher. Und das Stallgebäude ist absolut in Ordnung. Ich habe den Habenichts geheiratet, nicht den Laird, schon vergessen?«

Sein Atem stockte, er zog mich näher zu sich heran und schob seine Hände in mein Haar. Er neigte meinen Kopf zurück, damit er mich noch einmal küssen konnte. Seine Lippen wanderten gekonnt über meine, bis meine Beine zitterten und mein Atem sich beschleunigte. Als er sich zurückzog, konnte ich das Verlangen in seinen Augen sehen.

»Nur damit ich dich nicht falsch verstehe: Du meinst nicht schlafen, wie wir es schon einmal getan haben, oder? Du meinst …«

Ich nickte und langte nach unten, um mit meinen Fingern sanft über seinen Oberschenkel zu streichen.

»Ja, Orick. Ich denke, es ist höchste Zeit, dass wir unsere Ehe vollziehen.«

KAPITEL 39

»Wahrhaftig?«

Er stellte die Frage, als könne er es einfach nicht glauben. Seine Aufregung war bewundernswert.

»Ja, wahrhaftig.« Ich lachte und küsste ihn noch einmal. »Es würde mich nicht mehr beschämen, da wir verheiratet sind. Orick, ich will mit dir zusammen sein.«

Er stöhnte auf und hielt mein Gesicht fest in seinen Händen, wobei er mich mit einer Begeisterung ansah, die ich noch nie bei ihm gesehen hatte.

»Und ich mit dir. Willst du nicht noch ein wenig warten? Ich war schon lange nicht mehr im Stallhaus. Ich will dich nicht in den Spinnweben und im Dreck schlafen lassen. Erlaube mir, es sauber zu machen und ein Bad für uns vorzubereiten.«

»Für uns beide?« Orick war erstaunlich groß und sein Haus eher klein. »Es müsste die Hälfte des Raumes einnehmen, damit wir beide hineinpassen.«

Er zwinkerte mir zu und löste sich von mir, weil er unbedingt loslegen wollte. »Ja, das tut es fast. Ich werde mich beeilen, Gillian.«

»Okay, ich warte drüben auf der Treppe.«

Er lächelte und beobachtete mich, als ich zur Treppe hinüberging.

Ich hatte die Eigenschaft, überall schlafen zu können. Innerhalb von fünf Minuten war ich zusammengesackt und eingenickt.

Ich wachte auf, als Oricks Arme unter mich glitten und er mich von meinem Schlafplatz auf der Steintreppe hochhob.

»O wow, ich wette, mein Schnarchen ist genau das, was du gebraucht hast, um dich in Stimmung zu bringen.«

Er schürzte verwirrt die Lippen. »Ich weiß nicht, was du meinst. Dein Schnarchen stört mich nicht. Du wirst noch früh genug wieder hellwach sein. Komm mit mir hinein.«

Er trug mich durch die Tür und stellte mich dann auf die Füße. Drinnen war alles makellos und perfekt. In der Ecke brannte ein Feuer. Daneben stand eine seltsam große Wanne, die zu drei Vierteln mit dampfendem Wasser gefüllt war. Ich konnte mir nicht vorstellen, wie er das alles so schnell erhitzt hatte. Das Bett sah bequem aus, und auf einem kleinen Tisch hatte er Käse und Bier als eine Art Snack bereitgestellt. Mein Puls beschleunigte sich schon bei dem bloßen Anblick seiner Vorbereitungen, und mir wurde warm ums Herz, weil er sich so viele Gedanken gemacht hatte.

»Wie lange habe ich geschlafen?«

Er zuckte mit den Schultern und lächelte über meine Reaktion.

»Ich weiß es nicht. Aber ich war froh, dass du geschlafen

hast, denn ich hatte ein schlechtes Gewissen, weil ich so lange gebraucht habe.«

»Musst du nicht. Es ist wundervoll.« Ich lächelte, als ich spürte, wie er auf mich zukam und seine Vorderseite meinen Rücken berührte, während er seine Arme um meine Taille schlang und sich so herunterbeugte, dass sein Kinn auf meiner Schulter ruhte.

»Das bist du auch.« Er knabberte an meinem Schlüsselbein, bevor er süße Küsse über meinen Hals verteilte. Seine Atmung wurde lauter und seine Hände wanderten über meine Vorderseite.

Ich keuchte auf, als seine Hände meine Brust umfassten, und ich griff hinter mich, um meine Schnürungen zu bearbeiten. Als er sah, was ich tat, schob er meine Hände weg, damit er sie für mich aufmachen konnte. Seine Hände bewegten sich schnell die Bänder hinunter, aber als das Kleid locker war, hielt er inne.

»Dreh dich zu mir um, Gillian. Ich will dich sehen.«

Ich tat, wie mir geheißen, und zog an dem Stoff um meine Taille, damit das Kleid herunterfiel. Meine Haare waren von dem Ritt noch immer hochgesteckt, aber als das Kleid herunterfiel, griff Orick hinter mich und löste den Dutt, indem er mit den Fingern hindurchfuhr, sodass meine Haare mir um die Schultern fielen.

»Dein Haar … Es ist wunderschön, genau wie alles andere an dir.«

Ich stand nackt vor ihm. Schnell wurde mir kalt, und er deutete auf die Wanne, als er begann, sich selbst zu entkleiden.

»Geh rein und ich leiste dir Gesellschaft.«

Diese Seite von ihm gefiel mir. Er war zwar immer selbstbewusst, aber ich mochte es, wenn er so klar und deutlich sagte, was er wollte. In diesem Moment dachte er nicht an irgendjemand anderen. Das fand ich wahnsinnig attraktiv.

Das Wasser fühlte sich toll an, als ich hineinglitt. Es war so tief, dass ich mich auf meine Knie setzen musste, um nicht unterzugehen. Wenn ich mich entspannen und im Wasser zurücklehnen wollte, musste ich das auf Oricks Schoß tun. Obwohl ich vermutete, dass er es deshalb so voll gemacht hatte.

»Ich fürchte, wenn du erst einmal drin bist, wird das Wasser über den Rand schwappen, und du musst mich hochhalten, damit ich nicht ertrinke.«

Ich sah zu, wie er zuerst seine Schuhe, dann sein Hemd und schließlich seine Hose auszog. Ich war immer davon ausgegangen, dass es Schwachsinn war, dass man die Größe seines besten Stückes von der Schuhgröße eines Mannes herleiten könne, aber nicht in Oricks Fall. Ich schluckte und blickte auf meine Oberschenkel im Wasser hinab, um meine Nervosität nicht zu zeigen.

Er schien es nicht zu bemerken und stieg hinter mir in die Wanne, wobei er auf seinen Hintern rutschte und nach mir griff, um mich auf seinen Schoß zu ziehen. Ich lehnte mich an ihn und er küsste meinen Hals.

»Mach dir keine Sorgen, dass du ertrinken könntest. Ich halte dich fest.«

Er griff nach einem Lappen und machte ihn nass, bevor er damit über meine Vorderseite strich, wobei die raue Oberfläche angenehm über meine Haut rieb. Die Berührung reizte mich, bis ich es schließlich nicht mehr aushielt. Ich wollte seine Hände auf mir, in mir – ich wollte, dass er mich um den Verstand brachte.

»Berühre mich, Orick. Lass den Lappen einfach fallen und berühre mich.«

Ich spürte, was meine Worte in ihm auslösten, und seine harte Länge, die gegen meinen Rücken drückte, verstärkte mein Verlangen nach ihm. Er reagierte schnell, indem er mich mit einem Arm an sich drückte, während seine andere Hand unter das Wasser tauchte und zwischen meine Beine glitt, um mich dort zu verwöhnen. Ich keuchte und wölbte mich ihm entgegen, während das Tempo seiner Finger immer schneller wurde.

Als ich meinen Höhepunkt erreichte, stöhnte er in mein Ohr und stand aus der Wanne auf, um sich eine Decke zu holen, in die er uns einwickelte. Er hob mich hoch und schlang meine Beine um seine Mitte, damit er mich zum Bett tragen konnte.

Er sagte nichts. Das brauchte er auch nicht, denn unsere Körper kommunizierten auf eine Weise, wie Worte es nie könnten.

Wir fielen grob auf das Bett. Sein Gewicht raubte mir den Atem, bevor er sich nach oben stemmte, um in mich einzudringen. Meine Beine öffneten sich instinktiv. Unsere Körper waren noch feucht und ich war immer noch erregt, als er mit so viel Wucht in mich eindrang, dass ich aufschrie, weil er so groß war.

»Es tut mir leid«, seine Worte klangen erstickt und etwas gequält, »aber ich kann mich nicht zurückhalten.«

Er hatte meinen Schrei fälschlicherweise für Schmerz gehalten. Ich wollte nicht eine Sekunde lang, dass er aufhörte. Es hatte zwar wehgetan, aber auf eine erregende Art und Weise.

»Das will ich auch gar nicht.«

Das war die einzige Erlaubnis, die er brauchte. Dann nahm er mich wie ein Mann, der schon sehr lange keine Intimität mehr erfahren hatte. Ich genoss sein Verlangen nach mir, die verzweifelte Dringlichkeit seiner Bewegungen. Erneut trieb er mich mit seiner Leidenschaft zum Höhepunkt, und als wir gemeinsam die Kontrolle verloren, bebten und zitterten wir ineinander verschlungen.

KAPITEL 40

Gillian dachte, er würde schlafen. Orick erkannte das daran, dass sie keinen Muskel bewegte, während sie ihm leise etwas zuflüsterte. Ihre Füße blieben um seine Beine geschlungen, ihr Arm lag auf seiner Brust. Das Einzige, was sich außer Gillians Lippen bewegte, war der kleine Welpe, der zwischen seinen Beinen lag, aber er traute sich selbst nicht, sich zu bewegen, weil er Angst hatte, sie würde aufhören zu reden.

Sie erinnerte ihn an einen Oktopus, ein seltsames Meereslebewesen, das er vor langer Zeit auf einer seiner und Adwens Seefahrten gefangen hatte, so fest war sie um ihn gewickelt. Er hoffte, dass sie ihn nie wieder loslassen würde.

Angesichts der geheimen Worte, die sie ihm jetzt zuflüsterte, schien es ihr nicht allzu viel auszumachen, seine Frau zu sein.

»Willst du wissen, was ich für dich empfinde? Es ist so viel einfacher, es dir zu sagen, wenn du mich nicht hören kannst. Aber vielleicht kannst du es. Vielleicht versteht dein Unterbewusstsein auf eine gewisse Weise, was ich sage, und du spürst es, wenn du aufwachst. Das ist viel besser, als es dir ins Gesicht zu sagen. Ich war nicht immer so kalt. Früher war ich eine romantische Künstlerin. Ich konnte mich schnell und heftig verlieben, und das habe ich als Jugendliche mehr als einmal getan. Keiner der Typen war wie du – das waren Jungs, keine Männer. Ich habe das Gefühl, du warst nie wirklich ein Junge.«

Oh, das Mädchen hatte keine Ahnung. Nur weil er schneller gewesen war als Adwen, hieß das nicht, dass er nicht langsam herangereift war. Er war viel länger ein Junge gewesen als ein Mann.

»Ich liebte alles und jeden, und es gab eine Million verschiedene Richtungen, in die ich gehen wollte. Ich wollte malen, ich wollte schauspielern, ich wollte die beste Köchin der Welt werden. Ich hätte mir nie erträumen können, dass die Dinge nicht so laufen würden, wie ich es wollte.

Und dann wurde mein Vater krank und starb. Sechs Monate später meine Mom. Ihn zu verlieren war schon schlimm genug. Dann musste ich mit ansehen, wie meine kerngesunde Mutter mit Mitte fünfzig an einem gebrochenen Herzen gestorben ist. Sie hätte noch dreißig Jahre leben sollen. Das hat mich wütend gemacht, mir Angst eingejagt und vor allem hat es mich dazu gebracht, so etwas nie wieder zuzulassen.

Danach habe ich einfach aufgehört – mit all den Träumen, all den schnellen Schwärmereien – einfach mit allem. Ich habe aufgehört, die oberflächlichsten Beziehungen oder Erfahrungen zu fühlen oder zu erleben. Alles, was ich wirklich fühlen musste, habe ich in Gemälde verpackt. Bis jetzt.«

Er wollte sich zu ihr umdrehen und mit ihr sprechen, aber er wusste, dass sie dann aufhören würde, und er wollte, dass sie alles sagte, was sie sich vom Herzen reden wollte. Er hielt seine Augen geschlossen und hörte zu.

»Bevor sie gestorben sind, habe ich mir dich vorgestellt,

jeden einzelnen Tag. Vielleicht nicht unbedingt dich im Speziellen. Nicht einmal meine Vorstellungskraft konnte sich einen so gut aussehenden Mann ausdenken, aber ich habe mir die Art von Mensch vorgestellt, die du bist – freundlich, durch und durch loyal, auf bescheidene Art und Weise witzig, großartig im Bett und gut bestückt – ich habe von dir geträumt. Ich habe davon geträumt, jemanden wie dich zu heiraten.

Nach ihrem Tod habe ich diesen Traum losgelassen. Ich habe aufgehört, weiter als eine Woche vorauszuplanen. Jetzt male ich mir Dinge in dreißig Jahren aus, die ich gern mit dir verbringen will.

Du willst wissen, was ich für dich empfinde? Ich bin verrückt nach dir. Ich liebe dich. Ich weiß es, aber es fällt mir so schwer, es zuzugeben. Es ist so lange her, dass ich mir erlaubt habe, so etwas zu fühlen, und du bist meine wahr gewordene schlimmste Angst. Du könntest mich zerstören. Ich will nicht wie meine Mutter werden.«

Er wünschte, sie hätte die Kraft, ihm all diese Dinge zu einem Zeitpunkt zu sagen, an dem er darauf reagieren konnte – an dem er sich ihr zuwenden und sie trösten konnte. Aber das würde das Vertrauen, das sie in ihn gesetzt hatte, zerstören, also musste er so tun, als wüsste er nichts und hätte nichts davon gehört.

Er hoffte, dass sie sich damit wenigstens selbst beruhigt hatte. Mit der Zeit würde Gillian mehr mit ihm teilen. Das wusste er jetzt mit Sicherheit. Irgendwann würde sie ihm alles bewusst mitteilen, was sie ihm gerade erzählt hatte. Er würde da sein, um es zu erwidern und zuzuhören, wenn sie bereit war.

Als wüsste der Welpe, dass Gillians Rede zu Ende war, krallte er sich an Oricks großem Zeh fest und ließ ihn vor Schreck zusammenzucken. Er bewunderte, wie gut Gillian im

Schauspielern war, als sie sich auf den Rücken drehte und sich schläfrig streckte. Sie schaffte es sogar, ihn mit verschlafenen Augen anzublinzeln.

»Guten Morgen. Wie hast du geschlafen?«

Er beugte sich hinüber, um sie zu küssen. »Ich habe noch nie so gut geschlafen, aber ich bin noch nicht bereit, dieses Bett zu verlassen.«

KAPITEL 41

Am nächsten Tag liebten wir uns vor dem Mittag noch zwei weitere Male. Als wir endlich aufstanden, gingen wir nicht weit, nur auf den Rasen bei der Ringmauer, wo wir eine ganze Weile mit Toby spielten. Orick liebte den kleinen Rabauken und rang mit dem Welpen, bis Toby vor Erschöpfung aufgab.

Während einer seiner kurzen Ruhepausen, in denen er sich auf das Gras plumpsen ließ und einschlief, kam Orick zu mir und zog mich auf das Gras, sodass jeder von uns auf einer Seite von Toby lag.

»Ich habe nachgedacht, Gillian.«

»Hast du das?« Ich lächelte ihn spielerisch an, als würde mich das überraschen. Ich bezweifelte, dass er jemals aufhörte zu denken.

»Ja, immer. Wenn du bei mir bleibst, müssen wir einige Dinge zwischen uns klären. Wann und wo werden wir leben? Was werden wir tun? Ich kenne euch zeitreisende Frauen gut genug, um zu wissen, dass ihr nicht untätig bleiben wollt. Jede von euch muss ihre eigene Aufgabe haben, und das verstehe ich. Ich frage mich, ob du dir schon etwas für uns vorgestellt hast?«

Ich war nicht sehr nachdenklich. Ich kannte mich gut genug, um zu wissen, dass ich mir sonst zu viele Gedanken über die Zukunft machen würde. Ich musste aber zugeben, dass er recht hatte. Es spielte keine Rolle, ob es mir Angst machen würde, denn es gab viele Dinge, die wir entscheiden mussten, und all das wäre für uns beide viel einfacher, wenn ich aufhören würde, so ein Angsthase zu sein und ihm gegenüber ehrlich wäre. Ich würde mich meinen eigenen Ängsten stellen müssen, um seine zu lindern. Jedes Mal, wenn er unsere Zukunft erwähnte, fragte er sich insgeheim, ob ich wirklich bleiben würde.

»Orick, ich werde bleiben. Ich habe dich geheiratet. Es war zwar nicht die Zeremonie, die ich mir vorgestellt hatte – im Freien, mit Blumen und dem Rauschen des Meeres im Hintergrund -, aber es war die Zeremonie, die ich bekommen habe. Und ob ich dazu gezwungen wurde oder nicht, ich nehme das ernst. Außerdem bin ich irgendwie verrückt nach dir.«

Er lächelte und wollte mich zu sich ziehen, aber ich hielt ihn mit einer Hand auf, damit er Toby nicht zerquetsche.

»Du bist verrückt nach mir? Ist das etwas Gutes?«

»Ja, das ist sogar etwas sehr Gutes. Ich weiß, dass du mehr hören willst, aber ich fürchte, mehr wirst du heute nicht von mir bekommen.«

Er schüttelte den Kopf und sagte Worte, die mir den Atem raubten. Ich wusste bereits, was er fühlte. Er zeigte es mir die ganze Zeit.

»Ich liebe dich, Gillian. Es ist mir egal, ob du zwei Wochen oder ein Jahr brauchst, um mir das zu sagen, es wird meine Gefühle nicht verändern. Du darfst Zeit brauchen. Ich bin froh, dass du nicht gehst, aber du hast meine Frage noch nicht beantwortet.«

»Richtig.« Ich war vom Thema abgekommen. »Würdest du

mir glauben, wenn ich sage, dass ich nicht so weit vorausgedacht habe?«

Seine Augen wurden groß, als er nickte, als wäre das für ihn überhaupt keine Überraschung. »Ja, das würde ich glauben. Das spielt keine Rolle, denn ich habe viel darüber nachgedacht. Darf ich dir einen Vorschlag machen?«

Ich setzte mich im Schneidersitz hin, sodass ich ihn ansehen konnte. Ich wollte ihm genau zuhören.

»Ja.«

»Es gab eine Zeit, in der ich nicht dachte, dass ich jemals von Adwens Seite weichen würde. Jetzt weiß ich, dass ich nie wieder dorthin zurückkehren kann. Wenn er mich braucht, werde ich da sein, aber ich muss mein eigenes Leben leben – ein Leben mit dir. Ich weiß, dass wir noch viel übereinander lernen müssen, aber ich glaube nicht, dass du für dieses Leben geeignet bist, nicht immer.«

Ich auch nicht, aber ich hatte vor, das Beste daraus zu machen und mich so gut wie möglich auf ihn einzulassen. »Ich werde es versuchen. Das werde ich wirklich.«

Orick schüttelte den Kopf und drückte meine Hand.

»Das solltest du nicht müssen. Ich glaube nicht, dass ich es dir schon erzählt habe, aber ich habe ein paar Nächte in New York City mit Adwen, Jane und Cooper verbracht.«

»Was?« Ich konnte mir Adwen und Orick beim besten Willen nicht in diesem endlosen Betondschungel vorstellen.

»Aye, und willst du noch etwas wissen? Es hat mir gefallen. So viele Dinge aus deiner Zeit, die ich eigentlich seltsam finden sollte, haben mir großen Spaß gemacht. Ich glaube, es würde mir leichter fallen, dort zu leben, als es dir fallen würde, hier zu leben, obwohl ich hoffe, dass wir vielleicht ein bisschen von beidem genießen können.«

Ich hatte wirklich nicht viel darüber nachgedacht, aber ich hatte nie in Betracht gezogen, dass Orick in meiner eigenen Zeit leben könnte. Der Gedanke gefiel mir ziemlich gut. »Ist das dein Ernst? Das würdest du tun? Fernab von Adwen, Jane, Cooper, Isobel … von allen?«

»Ja. Das ist das Schöne an der Festung Cagair. Wir können in beiden Zeiten leben und hin- und herreisen, wenn wir es wollen. Das würde auch für die anderen gut funktionieren.«

»Ja, aber was würdest du dort tun? Ich glaube, du bist auch nicht der Typ, der untätig herumsitzen will.«

Ich konnte Oricks Begeisterung über meine Frage erkennen und er richtete sich hastig auf, um sich mir zuzuwenden.

»Darüber habe ich auch schon nachgedacht. Ich habe mein ganzes Leben damit verbracht, anderen zu dienen. Ich bin zwar Adwens Freund, aber ich bin als MacChristy aufgewachsen.« Er zögerte. »Ich weiß nicht, wie ich es ausdrücken soll.«

»Ich weiß, was du meinst. Du warst ihr Helfer. Du hast alles getan, was sie gebraucht haben.«

»Ja. Ich glaube, ich möchte immer noch für andere da sein. Ich habe eine Idee für die Festung Cagair.«

Ich konnte es kaum erwarten zu hören, was er zu sagen hatte. Ich fragte mich, ob er mich so überraschend fand, wie ich ihn. »Was meinst du?«

»Die Burg hat für meinen Geschmack viel zu viele Räume. Selbst wenn wir ein paar Kinder hätten, würden viele leer stehen. Es ist der schönste Ort, den ich je gesehen habe. Warum eröffnen wir nicht unser eigenes Gasthaus?«

In dem Moment, als er es sagte, konnte ich nicht glauben, dass ich nicht selbst daran gedacht hatte. Es war die perfekte Idee. Ich wusste, dass Orick aus Sorge um mich darauf gekommen war. Er mochte seine Zeit in New York genossen haben, aber er war ein einfacher Mann, der viele Dinge in seinem Leben hier vermissen würde. Es wäre ein großes Opfer für ihn, im einundzwanzigsten Jahrhundert zu bleiben, auch wenn wir oft hierher zurückreisen würden.

Wenn er das für mich tun konnte, konnte ich auch Opfer für ihn bringen.

»Das würde ich gerne. Lass uns Aiden und Anne von unserem Plan erzählen und ihnen anbieten, für uns zu arbeiten und auf der Burg zu wohnen. Wir werden im Stallhaus wohnen.«

Er verschränkte die Arme, als würde er mir nicht glauben. »Gillian, ich erwarte nicht, dass du hier draußen wohnst. Du liebst die Burg.«

»Ja, aber ich liebe auch diesen kleinen Ort. Ich finde, er passt viel besser zu dir. Nur so bin ich mit dem Gasthaus einverstanden.«

Er grinste, zog mich an sich und kniff mir in den Hintern, als er mich auf seinen Schoß setzte.

»Du verhandelst hart, schöne Maid, aber für mich könnte das nicht besser klingen.«

KAPITEL 42

Festung Cagair – Gegenwart

»Wohin gehst du?« Ich zog an Oricks Arm, als er das Treppenhaus verließ und auf die Vorderseite der Burg zuging. »Wir könnten einfach hinten reingehen.«

Er nickte. »Ja, das könnten wir, aber ich glaube nicht, dass Aiden oder Anne auf uns warten. Ich will sie nicht erschrecken.«

Ich fand es eigentlich ganz lustig, sie zu erschrecken, aber ich beschloss, seinem Beispiel zu folgen. Ich verschränkte meine Finger mit seinen und ging neben ihm die Haupttreppe der Burg hinauf. Aiden musste uns kommen sehen haben, denn die Tür schwang auf, als wir oben auf der Treppe ankamen.

»Gillian und …«, er griff nach Aidens Hand. »Tut mir leid, ich weiß deinen Namen nicht mehr.«

Ich trat zwischen die beiden und schlang meine Arme zur Begrüßung um Aidens Hals. »Sein Name ist Orick.«

»Aye. Orick. Ich habe nicht damit gerechnet, einen von euch

beiden so schnell wiederzusehen. Ist alles in Ordnung? Sie haben doch nicht gelogen, oder Gillian?«

Wir folgten ihm ins Haus. Ich merkte, dass Orick mir die Führung des Gesprächs überlassen wollte.

»Ja, alles ist in Ordnung. Und nein, zu meiner großen Überraschung haben sie nicht gelogen. Wo ist Anne?«

»Ah, Anne.«

Mir war nicht entgangen, wie sein Gesicht sich vor Verlegenheit rötete.

»Sie zieht sich nur gerade an. Wir haben uns den Tag freigenommen.«

»Oh, okay. Sieh mich nicht so schuldbewusst an.« Ich lachte und deutete die Treppe hinauf. »Geh und hol sie. Ich muss etwas mit euch beiden besprechen.«

Während er die Treppe hochlief, um Anne zu holen, gingen Orick und ich ins Wohnzimmer. Orick setzte sich auf die Couch, aber ich schlenderte langsam durch den Raum, während wir warteten, und spähte mit dem Kopf in den Flur, der immer beeindruckender wurde, je länger ich ihn betrachtete.

»Er hat in der letzten Woche eine Menge geschafft. Es sieht so aus, als wäre nicht mehr viel übrig.«

»Ist es auch nicht. Er ist fast fertig.« Ich drehte mich zu Annes Stimme um, als sie von der Tür aus auf mich zu rannte und mich so fest umarmte, dass sie mir fast die Rippen brach. »Ich bin froh, dich zu sehen, Gillian.«

Ich lachte und riss mich von ihr los, um schnell an Oricks Seite Schutz zu suchen.

»Ich bin auch froh, dich zu sehen. Ich will aber noch warten, bis Aiden sich hingesetzt hat, um etwas zu sagen.«

»Ach, so spannend, was?« Anne machte ein ernstes Gesicht und ließ sich auf einen Sessel gegenüber von uns fallen.

Aiden gesellte sich kurz darauf zu ihr. »Erzähl es uns, Gillian. Wir haben deinen Brief erhalten, und die Anwältin ist am nächsten Tag gekommen. Du musst sie anrufen, jetzt wo du wieder da bist, aber es hat sie nicht gestört, dass du weg warst.«

»Gut.« Ich notierte mir in Gedanken, das zu erledigen, während ich überlegte, wie ich das Thema am besten ansprechen sollte. »Habt ihr noch andere Aufträge nach diesem hier?«

Aiden drückte Annes Knie, und ich wusste, dass er sie damit trösten wollte. Vermutlich machte sie sich ständig Gedanken darüber.

»Nein, aber das wird schon noch. Es wird vielleicht Zeit, dass ich etwas anderes mit meinem Leben anfange.«

»Genau das habe ich mir auch überlegt. Wie wäre es, wenn ihr beide hier bleiben und für mich arbeiten würdet?«

Anne fiel fast von ihrem Stuhl. »Was? Wie soll ich denn für dich arbeiten?«

»Orick und ich werden die Festung Cagair in ein Gasthaus verwandeln. Wir haben uns gefragt, ob Aiden als eine Art Wartungsarbeiter bleiben möchte und du an der Rezeption arbeiten könntest? Ihr beide könntet den ganzen Flügel im obersten Stockwerk auf der rechten Seite der Burg haben.«

Anne quiekte, aber Aiden schien einen anderen Teil meiner Rede aufgeschnappt zu haben.

»Du sagtest: ›Orick und ich‹. Dann läuft es wohl gut zwischen euch beiden?«

Er musterte uns beide und zum ersten Mal seit unserer Ankunft ergriff Orick das Wort.

»Ja, sie hat mich geheiratet.«

Aiden fielen fast die Augen aus dem Kopf und Anne

kreischte so laut, dass Toby ihre Füße anknurrte, um sie zum Schweigen zu bringen.

Ich wusste, dass wir später auf das Gespräch über das Gasthaus zurückkommen würden. Den Rest des Nachmittags würden wir damit verbringen, ihnen alles zu erzählen, was passiert war.

KAPITEL 43

Drei Wochen später – Eine Straße in der Nähe der Conall Burg

»Und was ist, wenn wir ankommen und das Haus nicht da ist?« Ich saß auf dem Beifahrersitz neben Anne, mit Toby auf dem Schoß und einem Stapel Einladungen auf dem Rücksitz, als wir zu dem Ort fuhren, an dem sie geschworen hatte, Mornas Haus gesehen zu haben.

»Ernsthaft, wie kannst du nach allem, was du im letzten Monat erlebt hast, nur so skeptisch sein? Sie wird hier sein. Ich weiß es. Glaub mir, seit du die Nachricht über die Anwältin weitergeschickt hast, ist sie viel zugänglicher geworden. Sie hat die Nachricht selbst zur Burg gebracht. Sie sagte, sie wolle sie unbedingt von innen sehen.«

Als wir die lange Straße hinunterfuhren, entdeckte ich das Haus endlich. »Hm, ich weiß nicht, warum ich immer so skeptisch bin. Das ist allgemein ein Problem. Ich hätte nicht an dir zweifeln sollen. Glaubst du, dass Aiden es schaffen wird, Orick aus dem Stallhaus fernzuhalten?«

Am Tag nach unserer Reise beauftragte ich Aiden damit, das Stallgebäude zu renovieren und dafür zu sorgen, dass es modern genug für mich war, aber auch noch ein paar alte Elemente an sich hatte, die Orick zu schätzen wissen würde – wie zum Beispiel eine große Wanne in der Mitte des Raumes.

»Ja, ich denke schon. Ich glaube nicht, dass Orick es sehen will, bevor du bereit bist, es ihm zu zeigen. Ich glaube, er genießt die Überraschung.«

Ich wusste, dass sie recht hatte. Jedes Mal, wenn ich kurz davor war, aus Versehen einen Hinweis auf das zu geben, was dort drinnen vor sich ging, hielt er sich die Ohren zu und bat mich, still zu sein.

Aiden und seine Männer kamen mit der Burg sehr gut voran, und die Renovierungsarbeiten waren innerhalb von einer Woche abgeschlossen worden. Jetzt fehlte nur noch das Stallgebäude, in dem Orick und ich wohnen würden, und Anne und ich machten uns auf den Weg zu Morna, um einen Stapel Einladungen für die Eröffnung des Gasthauses in die Vergangenheit zu schicken. Wir wollten, dass alle unsere Freunde aus dieser Zeit unsere ersten Gäste sein würden. Das schien angemessen, da sie alle so viel Leidenschaft für die Festung Cagair hegten, und es wäre eine gute Möglichkeit, ihnen mitzuteilen, dass sie das Portal jederzeit nutzen konnten, wenn sie es wollten.

Als wir uns dem Gasthaus näherten, konnte ich die alte Frau bereits in der Haustür stehen sehen. Ich wusste sofort, dass es Morna war. Sie hatte ein freundliches Aussehen, aber ich fand auch, dass sie ziemlich mystisch rüberkam. Ich zweifelte nicht einen Moment daran, dass sie die Hexe war, von der alle erzählt hatten.

Sobald Anne sie sah, kurbelte sie das Fenster herunter und streckte ihre Hand aus, um dramatisch zu winken.

Morna kam aus der Tür und traf uns am Auto, als wir anhielten.

»Anne, schön, dich zu sehen, meine Liebe.« Sie streckte ihre Hand durch das Fenster und griff über Anne hinweg nach meiner Hand. »Du musst Gillian sein. Was für ein hübsches Ding du doch bist. Du erinnerst mich an mich selbst. Ich hatte genauso rote Haare wie du, obwohl ich weiß, dass das jetzt schwer zu erkennen ist. Warum steigt ihr zwei nicht aus und kommt einen Moment mit rein?«

Bevor ich ihr sagen konnte, dass wir wirklich zurückfahren mussten, war Anne schon aus dem Auto gestiegen und ging hinein, um mir die Entscheidung abzunehmen.

Sechs Stunden später verließen wir Mornas Haus, und es war mir völlig egal, dass wir die ganze Nacht im Dunkeln zur Festung Cagair zurückfahren würden. Das Gespräch mit Morna und ihrem Mann Jerry war es wert gewesen.

»Seid vorsichtig, wenn ihr zurückfahrt. Ich könnte euch etwas geben, damit ihr wach bleibt, wenn ihr wollt. Ihr könnt auch gerne über Nacht bleiben.«

»Nein, vielen Dank, ist schon okay. Es hat mich sehr gefreut, euch kennenzulernen. Ich hoffe wirklich, dass ihr mit den anderen zur Festung Cagair kommen werdet.«

Sie schüttelte den Kopf und winkte abweisend mit der Hand. »Nein, ich fürchte, Jerry und ich werden zu diesem Zeitpunkt auf Reisen sein, aber danke für die Einladung.«

Anne, die sich bereits verabschiedet hatte, trug das Tablett mit den Backwaren, das sie uns mitgegeben hatte, zurück zum Auto und stieg ein, um dort auf mich zu warten.

»Gern geschehen. Danke für die Geschichten und das Essen. Und danke, dass Toby mitkommen durfte. Es hat ihm wirklich Spaß gemacht, mit Franklin zu spielen.«

Ich bückte mich, um Toby hochzuheben, und nahm mir einen Moment Zeit, um Mornas Welpen am Kopf zu kraulen. Die beiden Hunde sahen fast identisch aus, nur dass Tobys Fell flauschig und weiß war, während Franklins Fell flauschig und hellbraun war.

»Oh, die kleinen Kerlchen haben es definitiv genossen. Sie wollen noch nicht aufhören zu spielen. Kannst du mir einen Gefallen tun und Franklin mitnehmen? Er ist ein Geschenk für Cooper, wenn er wieder in diese Zeit zurückkommt. Seine Mutter wird nicht erfreut sein, aber sie wird es erlauben. Ich habe ihn im Auge behalten. Toby ist ihm sehr ans Herz gewachsen. Er braucht einen eigenen Hund.«

Ich lächelte und nahm Franklin in meinen anderen Arm.

»Bist du sicher?«

Die alte Frau lächelte und tätschelte mir den Rücken, während sie mich zum Auto führte.

»Ja, ich habe den Welpen für Cooper gekauft, nicht für mich. Ich wünsche euch eine gute Rückreise. Denkt daran, ich bin da, wenn ihr mich braucht.«

KAPITEL 44

Festung Cagair – Eine Woche später

Alle kamen an, wie wir es gehofft hatten. Auf der Burg herrschte ein Gefühl der Freude, des Lachens und der Gemeinschaft, wie es seit Hunderten von Jahren nicht mehr vorgekommen war. Jane und Coopers Stiefmutter Kathleen weinten immer wieder wegen jeder Kleinigkeit. Sie konnte den Anblick der vollständig restaurierten Burg einfach nicht ertragen, ohne zu weinen.

Orick freute sich darüber, dass alle, die er liebte, versammelt waren, aber schon am Tag ihrer Ankunft bei Einbruch der Dunkelheit merkte ich, dass ihn die vielen Menschen belasten würden. Es war der perfekte Zeitpunkt, um ihm Aidens Arbeit zu zeigen. Er hatte sie am Vortag fertiggestellt und mir heute Morgen beim Frühstück den Schlüssel zugesteckt.

»Psst …« Ich stand im Schatten des Speisesaals und versuchte so gut es ging, Oricks Aufmerksamkeit zu erregen, ohne die der anderen auf mich zu lenken.

Er hörte mich nicht.

Ich blickte zu Boden und entdeckte einen kleinen Kieselstein. Ich hob ihn auf und schmetterte ihn so fest ich konnte in seine Richtung. Ich wollte seine Schulter treffen, aber stattdessen traf ich sein Gesicht. Er zuckte zusammen, bevor er sich umdrehte und in die Richtung schaute, aus der der Stein gekommen war.

Als er sah, dass ich ihn zu mir winkte, schenkte er mir ein schiefes Lächeln und stand auf.

Er flüsterte, als er sah, dass ich mir den Finger vor den Mund hielt.

»Willst du mir ein Auge ausstechen?«

Ich stand auf und küsste den kleinen roten Fleck auf seiner Wange. »Nein, tut mir leid. Ich wollte nur deine Aufmerksamkeit erregen. Komm mit.«

Ich führte uns leise durch die hinteren Gänge der Burg, verließ sie durch die Hintertür und lief über den Rasen auf unser neues Zuhause zu, wobei ich Oricks Hand fest im Griff hatte. Als ich die Tür erreichte, blieb ich stehen und sah ihn an.

»Es ist fertig. Willst du es sehen?«

Ich konnte an dem ungeduldigen Zucken seiner Füße erkennen, dass er es wollte.

»Ja, sehr gern. Ich glaube nicht, dass ich schlafen könnte, wenn so viele um uns herum in der Burg sind.«

Ich nickte und reichte ihm den Schlüssel. »Ich weiß. Aber bevor du sie öffnest, muss ich dir noch etwas sagen.«

Seit unserer Hochzeit war erst ein Monat vergangen. Ich konnte nicht glauben, wie sehr sich mein Herz in dieser Zeit verändert hatte. Ich konnte mir nicht mehr vorstellen, meine Liebe zu ihm im Verborgenen zu halten, und der Gedanke, es ihm zu sagen, machte mir keine Angst mehr. Vielmehr hatte ich das Gefühl, dass die Worte aus mir heraussprudeln würden, wenn ich sie nicht freiwillig sagte, und dass ich sie dann regelrecht von den Dächern schreien würde.

»Ich liebe dich. Es tut mir leid, dass ich so lange gebraucht habe, um es dir zu sagen, aber ich liebe dich schon lange. Wenn wir unser gemeinsames Leben hier in diesem Haus beginnen, möchte ich nicht, dass du auch nur einen Moment lang daran zweifelst.«

»Gillian.«

Er schlang seine Arme um mich, hob mich vom Boden hoch und zog mich zu einem Kuss heran, der in mir das Bedürfnis weckte, ihm den Schlüssel aus der Hand zu reißen und die Tür selbst zu öffnen, nur damit wir hineingehen und etwas Privatsphäre genießen konnten.

»Ich weiß, dass du mich liebst. Daran habe ich nie gezweifelt.«

Er schloss die Tür auf und ging hinein, den Arm immer noch um mich geschlungen, als er mich auf die Füße stellte. Das Erste, was ihm auffiel, war die Wanne.

»Sie ist größer als die alte. Ich glaube nicht, dass du sie benutzen solltest, wenn ich nicht da bin, denn du wirst sicher darin ertrinken.«

Ich lachte und ging zu ihr hinüber. »Sie hat einen eingebauten Sitz, also denke ich, dass ich gut zurechtkommen werde. Und das Beste daran ist, dass man das Wasser nicht über einem Feuer erhitzen muss.«

»Aye, das ist wunderbar.«

Toby war mit Cooper in der Burg gewesen, doch nun sprang Franklin gegen Oricks Bein, sodass dieser vor Schreck fast in Ohnmacht fiel. Dann blickte er zu Boden und sah, wie der pelzige Hund ihn mit den Pfoten anflehte, ihn hochzunehmen. Er bückte sich und erfüllte den Wunsch des Tieres sofort.

»Meinst du nicht, dass einer genug ist? Dachtest du, ich bräuchte auch einen? Noch einen oder zwei, und wir müssen auf dem Boden schlafen, denn unser Bett wird voll sein.«

Lachend kraulte ich den Welpen hinter den Ohren. »Ich hätte nichts gegen einen weiteren Hund, aber nein, der hier gehört nicht dir. Franklin gehört Cooper. Ich habe ihn nur hier behalten, damit er eine Überraschung bleibt. Und damit ich Zeit habe, es seiner Mutter zu sagen.«

Orick nickte und ließ Franklin wieder auf den Boden.

»Ich verstehe.«

An seiner kurzen Antwort konnte ich erkennen, dass der Rest des Raumes endlich seine Aufmerksamkeit erregt hatte, und ich trat zurück und ließ ihm Zeit, sich umzusehen. Das Holz und der Stein sahen gleich aus, nur dass es überall die besten modernen Elemente gab.

»Gefällt es dir?«

»Das Einzige, was mir noch besser gefällt, bist du. Müssen wir gleich wieder zurück, oder können wir hier noch etwas Zeit allein verbringen? Ich hatte dich noch nie auf einem so großen Bett.«

Ich lachte und schloss die Haustür ab, wobei ich mir die Schuhe auszog.

»Wir können so lange hier bleiben, wie du willst. Die Party wird auch ohne uns weitergehen.«

Es war schon Morgen, als wir wieder in die Burg zurückkehrten. Dieses Mal nahm ich Franklin mit. Ich nahm Grace zur Seite, als ich die Burg betrat.

Sie wusste sofort, was ich fragen wollte, und stimmte zu, noch bevor ich den Mund aufmachte. Morna hatte sie vorgewarnt, als sie unsere Einladungen verschickt hatte. Nachdem ich die Erlaubnis erhalten hatte, stellte ich Cooper den kleinen Franklin vor. Als der Welpe aus meinen Armen in die seinen sprang, wusste ich, dass die beiden füreinander geschaffen waren.

Mein Herz ging auf, als ich zusah, wie die beiden auf dem Boden miteinander rangen, als Orick auf mich zukam und seine Arme um mich schlang.

Als ich mich in die Arme meines Mannes schmiegte und Freunde und Familie um mich herum standen, empfand ich nichts als Freude.

Zum ersten Mal seit langer Zeit konnte ich über den morgigen Tag hinausblicken. Ich konnte es kaum erwarten, zu sehen, was noch kommen würde.

EPILOG

Callum wünschte ihnen allen alles Gute, aber drei Nächte waren ihm genug der Zusammenkunft.

»Bist du sicher, dass du nicht noch eine Nacht bleiben willst? Die anderen wollen am nächsten Morgen abreisen.«

Callum schätzte Oricks Angebot, aber er war bereit, zu seiner eigenen Zeit zurückzukehren, zurück in die ruhigen Gemächer seiner Burg.

»Danke, aber ich bin mir sicher. Ich werde die anderen wiedersehen, wenn sie morgen kommen. Ich freue mich, dass du so viel Glück gefunden hast. Wir werden uns sicher oft sehen.«

Er umarmte Orick und machte sich auf den Weg ins Treppenhaus, wo er mühelos durch das Portal verschwand.

Es dauerte einen Moment, bis er seine Umgebung auf der anderen Seite wahrnahm. Die Zeitreise verwirrte den Verstand, sodass es ihm anfangs schwerfiel, sich zurechtzufinden.

Rauch stieg ihm in die Nase, noch bevor er die Treppe hinaufging. Panik durchströmte ihn, als er nach draußen eilte.

Callum stürzte durch die Tür am oberen Ende der Treppe. Er würgte und hustete, als er auf das Festungsgelände hinauslief und entsetzt den Kopf nach oben neigte.

Die Burg stand in Flammen.

ENDE

VORSCHAU AUF LIEBE JENSEITS DES GLAUBENS (BUCH 9)

Prolog

Cagair Burg – September 1649

Callum konnte durch den aufsteigenden Rauch kaum etwas sehen. Das Brennen in seinen Lungen machte es ihm schwer, zu denken, während er über den Rasen rannte, um besser beurteilen zu können, was alles in Flammen stand. Warum wurde es immer heißer, je weiter er sich von der Burg entfernte? Er drehte sich um und sah, wie die Quelle der Hitze – Oriks alte Hütte – von lodernden Flammen verschlungen wurde. Das Strohdach zerfiel schnell und die Holzbalken knarrten, als das Feuer sie verzehrte.

Verzweifelte Gedanken schossen ihm durch den Kopf, bis er bei der einzigen beruhigenden Tatsache landete, die er erfassen konnte. Keiner der Bediensteten war anwesend. Er hatte sie alle weggeschickt, bevor er sich auf den Weg zu den Feierlichkeiten mit dem Rest seiner Familie und Freunden gemacht hatte. Gott sei Dank.

Er ließ zu, dass die Erleichterung über ihn hereinbrach, bis er ein Geräusch hörte, das so beunruhigend war, dass er es nicht für möglich hielt – die Schreie eines Babys, eines kleinen Kindes. Der Klang der Schreie – kreischend, schmerzerfüllt und verängstigt – erschütterte Callum bis ins Mark und er fröstelte, selbst als die Hitze um ihn herum anstieg.

Es war nicht echt. Das konnte nicht sein. Er war der Einzige auf der Burg. Dann erinnerte er sich an Tom – den alten Mann aus dem Dorf, der immer nach dem Rechten sah, wenn Callum weg war. Er hoffte, dass Tom zu Hause bei seiner Familie war, dass er gekommen und gegangen war, lange bevor das Feuer ausgebrochen war. Sicherlich bildete er sich das Geräusch nur ein. Wie konnte ein Kind hier sein?

Er rannte los, um der wachsenden Rauchwolke zu entkommen, und stolperte über einen Gegenstand, der ihm im Weg lag. Er kam wieder auf die Beine und schrie, wobei er so viel Rauch einsaugte, dass sein Verstand durcheinander geriet. Tom. Bewusstlos und mit einer Stichwunde im Unterleib lag der Mann blutend auf der Wiese.

Das Geräusch. Er konnte es wieder hören. Schreie. Wieder und wieder. Er musste nachsehen gehen. Er musste das Kind da drinnen retten. Er konnte nicht zulassen, dass der Rauch ihn in die Knie zwang. Nicht, bis er das Kind in Sicherheit wusste.

In einem kurzen Moment der Klarheit riss er sich das Hemd vom Leib und band es sich über Nase und Mund, um zu verhindern, dass etwas von dem Rauch in seine Lungen drang. Ohne eine Sekunde länger über seine Entscheidung nachzudenken, stürmte er in die brennende Hütte und blindlings auf die Schreie zu.

Er fand das Kind schnell. Als er nach ihm griff, konnte er die Umrisse von zwei anderen sehen, die eindeutig nicht durch das Feuer, sondern durch den Rauch gestorben waren. Dieselbe tödliche Bedrohung würde wahrscheinlich auch sein Leben in wenigen Augenblicken beenden. Er hoffte nur, dass er das Kind sicher nach draußen bringen konnte und dass es wie durch ein Wunder überleben würde.

Es gelang ihm, das Kind weit aus dem Rauch herauszutragen, bevor er wegen eines plötzlichen Schmerzes in seinem Bein stürzte. Er ließ den Säugling los und hoffte, dass er weit genug von den Flammen entfernt war, um zu überleben. Sein Bein brannte, und der Schmerz verdrängte jeden klaren Gedanken. Er rollte und strampelte, bis das Feuer um ihn herum erlosch, aber der Schmerz ließ alles um ihn herum verschwimmen.

Nichts würde das Feuer aufhalten, außer Magie, und er war bei weitem kein Zauberer.

Bewusstlosigkeit drohte ihm. Ob es am Rauch oder am Schmerz lag, wusste er nicht. Gerade als er sich auf den Tod einzustellen begann, prasselten ihm Regentropfen ins Gesicht. Panisch warf er sich über das Kind, um es vor dem Ertrinken zu bewahren.

Dann sah er sie – eine Frau. Alt und verhüllt stand sie da, die Arme ausgestreckt, als hätte sie den Sturm allein aus Willenskraft heraufbeschworen. Das Feuer ließ nach, und auch er schloss die Augen, während er das Kind an sich drückte.

Kapitel 1

Cagair Burg – März 1650 – Sechs Monate später

»Du musst aufhören zu weinen, Jane. Ich weiß, dass du sie liebst. Ich liebe sie auch. Adwen konnte es nicht einmal ertragen, hier zu sein, so traurig war er, sie gehen zu sehen, aber sie gehört nicht uns. Du hast sie gut behandelt, aber du musst aufhören zu weinen, bevor der Bruder von Gutsherr Allen kommt. Bitte! Du brichst mir das Herz.«

Callum sah Jane an, die sich schluchzend an die kleine Nora klammerte, so fest sie konnte. Das Baby weinte genauso wie sie. So sehr er sich auch bemühte, es nicht zu tun, Callum ertappte sich selbst dabei, wie er bei dem Gedanken, das kleine Mädchen gehen zu sehen, ein paar Tränen vergoss.

»Ich weiß, dass sie nicht mein Kind ist, aber sie gehört jetzt zu mir. Niemand wird sie jemals so sehr lieben wie ich. Sie gehört mir in jeder Hinsicht, die zählt. Was wird Gutsherr Allens Bruder mit ihr machen? Wir wissen nichts über ihn. Er könnte furchtbar sein. Höchstwahrscheinlich wird er seinen Hilfskräften ihre Erziehung überlassen. Frag ihn einfach, Callum. Das ist alles, was ich will. Wenn du es nicht tust, werde ich es tun, und wir wissen beide, welchen Eindruck ich auf die Menschen dieser Zeit mache.«

Er schlang seine Arme um seine Schwägerin und drückte sie tröstend an sich, während er beobachtete, wie der neueste Gutsherr des Allen Territoriums den Hügel hinaufritt, den schmalen, hohen Pfad entlang, der zur Cagair Burg führte. Es war für sie alle ein trauriger Tag, aber für niemanden so sehr wie für Jane. Da sie keine eigenen Kinder haben konnte, hatte sie Nora am Tag nach dem Brand als ihr Kind angenommen.

»Aye, gut. Ich werde mit ihm sprechen. Hier, Mädchen.« Er zog ein Tuch hervor, das er zur Sicherheit in den Bund seines Kilts gesteckt hatte, und tupfte damit Janes Gesicht ab.

»Er wird gleich hier sein.«

»Warum zum Teufel hat er überhaupt so lange gebraucht, um hierherzukommen? Es ist sechs Monate her, Callum.«

»Jane, er war nicht einmal im Lande. Es hat Monate gedauert, bis ihn jemand aufgespürt hat. Du kannst seine späte Ankunft nicht darauf schieben, dass er sich nicht um das Kind schert. Das wissen wir nicht.«

Callum kannte keinen der Allens. Obwohl sie das größte Territorium in ganz Schottland besaßen, lag ihr Land so weit im Norden, dass sie vom Großteil Schottlands isoliert waren. Selbst als Callum, der lange ein Weltenbummler gewesen war, hatte ihr Gebiet noch nie besucht. Es schockierte ihn immer noch, dass Gutsherr Allen und seine Frau so unerwartet in seiner Burg aufgetaucht waren, und das an dem einen Tag, an dem er nicht da gewesen war, um sie zu beschützen.

Raudrich Allen ritt mit viel mehr Männern, als Callum erwartet hatte. Er hoffte, dass dies nicht bedeutete, dass der neue Gutsherr sich an demjenigen rächen wollte, der für den Tod seines Bruders verantwortlich war.

Callum bedeutete Jane, zurückzubleiben, und ging auf ihn zu, wobei er erleichtert aufatmete, als der Mann ihn freundlich anlächelte und ihm zur Begrüßung zunickte.

»Gutsherr MacChristy. Ich freue mich, Euch endlich kennenzulernen, obwohl ich wünschte, es wäre nicht nach einer solchen Tragödie.«

Callum wartete, bis Raudrich abgestiegen war, und reichte ihm dann die Hand.

»Aye, ich freue mich auch. Ihr könnt euch nicht vorstellen, wie sehr ich bedaure, was geschehen ist. Hätte ich gewusst, dass sie kommen würden, hätte ich die Burg nie verlassen. Ich hätte dafür gesorgt, dass wir Schutzmaßnahmen ergriffen hätten.«

Callum schätzte Raudrich auf das gleiche Alter wie sich selbst, aber der Mann sah viel älter aus, da er stärker von der Sonne gezeichnet war als er selbst.

»Natürlich hättet Ihr das. Ihr tragt keine Verantwortung für das, was passiert ist. Unfälle passieren, egal wo wir uns befinden. Mein Bruder und seine Frau wussten das. Sie wollten vor der Geburt ihres Kindes wieder zu Hause sein, aber eine frühe Entbindung hat ihre Pläne durchkreuzt.«

Callum konnte sich nicht vorstellen, wie die Nachricht von der Wahrheit über das Feuer Raudrich noch nicht erreicht haben konnte. Ein Unfall war es nicht gewesen.

»Gutherr Allen, wisst Ihr nicht, was hier geschehen ist? Es tut mir sehr leid, dass Ihr es nicht früher erfahren habt. Das Feuer wurde absichtlich gelegt.«

»Nein. Das kann nicht sein.«

Callum konnte an Raudrichs Gesichtsausdruck ablesen, dass er diese Nachricht tatsächlich zum ersten Mal hörte.

»Wir werden es erst in einigen Wochen erfahren, aber es war Gutsherr Macaslan. Der alte Mann, der die Burg bewacht, wenn ich weg bin, wurde nach dem Brand erstochen. Macaslan hielt ihn für tot, aber er überlebte. Als er aufwachte, erfuhren wir, was geschehen war.«

Gutsherr Allen lehnte sich an sein Pferd, um sich zu stützen. Callum wusste, wie sich die Nachricht für ihn anfühlen musste. Ein versehentliches Feuer war eine Sache, aber ein Gewaltakt, der nicht für seine Familie bestimmt gewesen war, war etwas ganz anderes.

»Was ist genau passiert?«

»Tom war hier, als Ihr Bruder und seine Familie ankamen. Er wollte sie gerade hineinbegleiten, als er Macaslans Männer heranreiten sah. Er wusste um die Feindseligkeit zwischen Macaslan und mir und befahl ihnen, sich in der Hütte zu verstecken. Er konnte sie nicht davon abhalten, die Burg in Brand zu stecken, aber er hoffte, dass sie das Außengebäude in Frieden lassen würden. Das hätten sie vielleicht auch getan, wenn das Baby nicht geschrien hätte. Macaslan zündete die Hütte an, denn er wollte keine Zeugen für seine Tat. Dann stach er auf Tom ein, in dem Glauben, er würde sterben. Ich kam zurück, als Macaslan und seine Männer schon weg waren. Ich konnte nur noch das Baby retten.«

Er konnte immer noch nicht von dieser Nacht sprechen, ohne dass seine Kehle eng wurde. Raudrich streckte die Hand aus und legte sie ihm auf die Schulter.

»Danke, dass Ihr das Kind gerettet habt. Ich könnte den Gedanken nicht ertragen, es zu verlieren.«

Callum sagte nichts. Er war auch froh, aber er hatte nicht annähernd genug getan. Wenn er nicht gewesen wäre, wären die Eltern des Kindes noch am Leben.

»Ihr seht also, Gutsherr Allen, es war kein Unfall, der Eure Familie getötet hat. Niemand hat Schuld daran, außer mir.«

»Niemand? Ich bin der Meinung, dass Macaslan der Schuldige ist. Was hast du getan, um ihn zu verärgern?«

»Ich habe seinen Sohn daran gehindert, ein Mädchen zu heiraten, das ihn nicht wollte – ein Mädchen, das bereits einem anderen gehörte.«

»Ah. Das ist kein ausreichender Grund, um den Besitz eines

Mannes niederzubrennen. Das war nicht dein Werk, Callum. Wir müssen Macaslan bestrafen.«

Die freundschaftliche Ansprache beruhigte ihn, und er stimmte Gutsherrn Allen zu. Wenn der Schuft doch nur den Weg zurück nach Schottland finden würde.

»Ja, aber er wurde seit der Nacht des Brandes nicht mehr gesehen. Sein Sohn versteckt sich in ihrer Burg, und sein Vater ist aus dem Land geflohen. Wir haben Augen an fast jeder Küste. Wenn er zurückkehrt, werden wir es wissen.«

»Was glaubst du, wohin er gegangen ist? Meine Männer und ich werden nicht eher zurückkehren, bis wir gesehen haben, wie Macaslans Kopf von seinem Körper getrennt wurde. Während du auf seine Rückkehr wartest, werden wir ihn suchen gehen.«

Callum war sich sicher, dass die meisten in Schottland so dachten. Er konnte sich nicht vorstellen, dass jemand sich mit Macaslan verbünden würde. Den meisten Clans hatte er in irgendeiner Weise Unrecht getan.

»Ein Händler in Macaslans Gebiet behauptet, er habe Freunde in Spanien, aber ich weiß nicht, ob er so weit reisen würde.«

»Dann werden wir nach Spanien gehen.«

Zum ersten Mal deutete Raudrich auf das Kind in Janes Armen.

»Wie geht es der Kleinen? Habt ihr ihr einen Namen gegeben? Ich weiß nicht, wie mein Bruder das Mädchen genannt hat.«

Callum konnte hören, wie Jane sich hinter ihm näherte. Es überraschte ihn nicht, dass sie sich weigerte, dort stehenzubleiben, wo er sie zurückgelassen hatte.

»Nora. Ich habe sie Nora genannt.«

»Das ist ein schöner Name, Mädchen. Kann ich sie sehen?«

Callum beobachtete Jane genau und hoffte mit jedem Atemzug, dass sie sich nicht umdrehen und mit dem Kind im Schlepptau zum Portal stürmen würde. Sie zitterte am ganzen Körper, aber langsam übergab sie das Baby an Gutsherr Allen. Nora begann sofort zu schreien.

Raudrich hielt das Baby unbeholfen von sich weg und fletschte unbehaglich die Zähne, als er seine Stimme über das Geschrei hinweg erhob.

»Sie sieht ihrer Mutter sehr ähnlich. Sie scheint jedoch nicht sehr angetan von mir zu sein.«

Jane antwortete mit weinerlicher, gebrochener Stimme.

»Du ... Du musst sie näher an dich drücken.«

Gutsherr Allen nickte, aber er hielt das Kind weiterhin von sich weg.

»Ja, da bin ich mir sicher. Wie heißt du? Bist du Callums Frau?«

»Nein.« Er und Jane meldeten sich gleichzeitig zu Wort. Peinlich berührt trat Callum zurück und überließ Jane die Führung des Gesprächs.

»Nein. Ich bin Jane, Adwens Frau. Adwen ist Callums Bruder.«

Gutsherr Allen nickte erneut und starrte das Baby weiterhin mit Besorgnis an.

»Liebst du sie, Jane?«

Callum fürchtete, Jane würde ihm das Kind jeden Moment aus den Armen reißen. Als sie antwortete, klang ihre Stimme verzweifelt.

»Sehr sogar.«

»Das kann ich sehen. Warum behältst du sie nicht einfach? Alles, was die Eltern des Kindes wollen, ist, dass es geliebt wird.

Ich würde sie lieben, aber ein Baby braucht mehr als nur Liebe, nicht wahr? Ich bin nicht verheiratet, und allem Anschein nach werde ich bald nach Spanien reisen. Ich kann nicht so gut für das Kind sorgen wie du.«

Jane trat vor und nahm Nora überglücklich wieder in die Arme.

»Wirklich? Wenn du sagst, ich kann sie behalten, brauche ich dein Wort, dass du sie nicht wieder zurückfordern willst. Es hat mich fast umgebracht, sie dir zu geben. Ich könnte mich nicht noch einmal von ihr verabschieden.«

Gutsherr Allen kehrte ihnen den Rücken zu, sagte ein kurzes Wort zu seinen Männern und stieg wieder auf sein Pferd, bevor er sprach.

»Aye, Mädchen. Ich werde ruhig schlafen, weil ich weiß, dass Nora bei einer Mutter aufwachsen wird, die sie genauso liebt wie ihre leibliche Mutter. Ich werde eure Zeit nicht länger in Anspruch nehmen. Meine Männer werden die Überreste meiner Familie sicher in unsere Heimat zurückbringen. Ich werde mich auf die Suche nach Gutsherr Macaslan machen und mich bald wieder bei dir melden, Callum.«

Sie warteten beide, bis ihr Besucher außer Sichtweite geritten war, bevor sie sprachen. Als Gutsherr Allen weg war, legte Jane einen ihrer Arme um Callum und drückte das Baby so fest zwischen sie, dass Nora einen unglücklichen Schrei ausstieß.

»Danke. Danke, danke, danke, danke, danke, Callum.«

Er starrte sie ungläubig an und drehte sich um, um sie beide zurück zum Portal zu führen.

»Warum bedankst du dich bei mir? Mir hast du nichts zu verdanken. Das war Gutsherr Allens Entscheidung.«

»Aber du hast sie gerettet, und sie ist jetzt meine Welt. Ich bin Gutsherr Allen auch dankbar, aber ich meine, ernsthaft, was ist los mit ihm? Wer überlässt seine Nichte einer völlig Fremden? Er weiß nicht einmal, ob er seine Nichte gerade einer völlig durchgeknallten Irren überlassen hat.«

Callum lachte. »Ich glaube, das hat er.«

Jane stieß ihm den Ellbogen in die Rippen, bevor sie vor ihm durch das Portal am unteren Ende der Treppe ging.

Als er ihr ins einundzwanzigste Jahrhundert folgte, wusste er, dass dies für sie alle der glücklichste Tag seit vielen Monaten sein würde.

Lesen Sie jetzt den Rest der Geschichte.

BÜCHER VON BETHANY CLAIRE

Lesen Sie die ganze Reihe

Liebe jenseits Der Zeit

Liebe jenseits Der Vernunft

Ein Conall-Weihnachten

Liebe jenseits Der Hoffnung

Liebe jenseits Aller Grenzen

Zu Gegebener Zeit

Liebe jenseits Aller Maße

Liebe jenseits der Träume

Liebe jenseits des Glaubens

Ein McMillan-Weihnachten

Liebe jenseits der Reichweite

ÜBER DEN AUTOR

BETHANY CLAIRE ist eine USA Today-Bestsellerautorin von mitreißenden, schottischen Liebes- und Zeitreise-Romanen. Bethany liebt es, ihre Leser in Welten eintauchen zu lassen, die mit üppigen Landschaften, gutaussehenden Schotten, viel Magie und Happy Ends gefüllt sind.

Sie hat zwei quengelige Pelzbabys, spielt jeden Tag Klavier und liebt Disney und Yogahosen mehr, als eine Frau in den Dreißigern es sollte. Am kreativsten ist sie nach ausreichend Schlaf und der perfekten Tasse Kaffee. Wenn sie nicht schreibt, reist Bethany so viel wie möglich und verlässt ihr Zuhause nie ohne ein gutes Buch, das ihr Gesellschaft leistet.

Wenn Sie mehr über Bethany lesen möchten oder neugierig sind, wann ihr nächstes Buch erscheint, besuchen Sie bitte ihre Website unter: www.bethanyclaire.com. Dort können Sie sich auch anmelden, um E-Mail-Benachrichtigungen über Neuerscheinungen zu erhalten.

Printed in Poland
by Amazon Fulfillment
Poland Sp. z o.o., Wrocław

45069130R00168